ふたたび夢に向かって

高野幹英

柘植書房新社

Prelude

はじめに

「人はなぜ生きるのか」

少年期を過ぎたころになると、ふと、そんな疑問が頭を悩ますようになる。多くの宗教家たちが「答えを見つけた」として、それを神や仏に結び付けて人々に説いて見せる。しかし、その答えに納得できないまま、憂鬱な青春の日々を過ごす若者も多い。

私の青春期がまさにそうだった。そして、答えを求めて詩やエッセイなどを読み漁り、そこで巡り会ったラフォルグのネクラな世界に引きずり込まれて行く。

しかし、やがてそのうちに気づく。

「なぜ生きるのか」へのこたえなど、どうせ見つからない。それなら「どう生きるか」を考えたらいいんじゃないのか。

かくして自分を悩ませてきた哲学的命題は、「人はなぜ生きるか」という、人類共通の問題から、「自分はどう生きるのか」という、自分個人の問題へと変わり、それぞれみんな違った生き方があっていいんだと納得する。

自分はどう生きたらいいんだろう。それは「なんのために」「誰のために」生きたらいいのか、という疑問でもある。

「自分のために生きる」。それは大事なことだ。ならば「自分」は何ものなのだろう？　何ものになりたいのだろう？

「誰かのために生きる」。それもいい。自分が誰かにとって価値を持った時、それは自分の「生きる意味」となる。

我々の青春時代、世界はベトナム戦争で揺れていた。ベトナム反戦の風は全国の学園を吹き抜け、多くの若者たちに影響を及ぼしていた。その風に当たった一人である私も、戦争と、それを動かす政治について考えるようになった。

ベトナム戦争の期間中、日本は米軍の装備や軍需物資を大量に生産した。戦車などの兵器の修理も行なってきた。そのおかげで、日本経済は高度成長を遂げた。

日本の繁栄は、ベトナム人の血の犠牲と引き換えに得た物だった。戦後日本のこのような状況は「今、ベトナム戦争に抗議しなくていいのか」という思いを、多くの青年たちに抱かせた。そうして青年たちは、ベトナム反戦運動を通じて日本と世界を理解して行った。「ベトナムのために生きる」ことは、同時に「自分のために生きる」こととなった。

またその意識は、もう一つ、三里塚にも向けられた。

政府は、機動隊の暴力によって強引に三里塚農民から農地を取り上げ、そこに成田空港を建設しようとしていた。「成田空港問題」とは、突き詰めれば、三里塚の土地を強奪しようとする政府と、それに抵抗する農民の闘争なのである。

いま沖縄では、辺野古新基地建設を巡って政府と沖縄県民とが争っている。その構造はかつての三里塚と同じだ。

一九七九年、我々はベトナムの実態調査のため、旅行団を結成し、まだ中越戦争最中のベトナムを訪問した。街中では塹壕が掘られており、中国の侵略を糾弾し祖国防衛を呼びかける大看板が街じゅうに掲げられていた。「赤旗」の高野功記者が北の戦線で取材中に中国軍に射殺されたため、同姓の私はベトナムではすぐに覚えられた。

世界中のベトナム反戦運動がベトナム・カンボジア戦争によって敵と味方とに分裂する中、我々はベトナム訪問を契機に、ベトナム支援の意志を改めて強く打ち固めていった。

それから二三年後、楽器の寄贈のためにベトナムを再び訪問した時の手記を本書の最初に掲載した。この手記は新時代社の機関紙「かけはし」に連載していただいた。

最後に掲載したのは、柘植洋三さんの著書『我等ともに受けて立たん』に寄稿した文書である。

管制塔占拠闘争の二七年後、警察は一億円もの損害賠償請求を管制塔元被告たちにかけてきた。我々は一丸となって、四ヶ月間に一億円を集め切り、これに勝った。この、胸のすくような快挙の最大の功労者である柘植さんへの、これは献呈の辞なのである。柘植さんの活躍は、『連帯基金運動 四ヶ月の記録』にも鮮明に書かれている。

こうして、「ベトナム」と「三里塚」に、私の生きてきた意味は凝縮されている。だから本書は、最初にベトナム旅行記で始め、最後に三里塚のたたかいで締めくくった。

人生は長いようで短い。もう六九年も経ったか、と驚くばかりだ。自分では三桁の大台に乗るまで死なないつもりだが、それにしても、と思う。その六九年のあいだに大したことはやれていない。やりたいことが山ほど残っているのに。

モーツァルトはわずか三五年の生涯の中で四一の交響曲、二七のピアノ協奏曲を含む六二六曲もの作品を残した。

バッハはそれよりは長寿だったが、六五年の生涯でコラール、オルガン曲、器楽曲など一千曲以上も残している。

ゴッホは三七年の生涯で油彩八六〇点を含む二千点以上もの作品を残している。多くは晩年の一〇年間の作品だ。

第一回十字軍に二十歳そこそこで従軍した英雄タンクレディは、エルサレム王国を建設し、それを強固にするために三六年の短い生涯を捧げた。

天才は短い生涯に途方もない業績を遺してゆく。

凡人は長い時間をかけて、それに少しでも追いつこうとする。だから私も、もう少し長生きしたいと思う。


人は死ぬ前に一〇のやるべきことを決めるのだというが、数えてみたら一〇どころか、二〇以上もやりたい事がある。これではやはりまだ、当分死ぬわけにはいかない。

二十歳の頃、台風のために途中で引き返した北アルプス槍ヶ岳頂上にはぜひ到達しなければならない。

音楽から遠ざかってしまっている。昔練習したピアノもずいぶん弾いてない。他にもやりたい楽器が沢山ある。

三十歳代の頃はよく絵を描いた。日展にも応募した。しかしそれから、ちっとも絵筆を握っていない。キャンバスと油絵具の、あの匂いが懐かしい。また絵を描こう。

数え上げたらきりがない。

だが、言えるのは、今まで「自分だけのために使う時間」が少なすぎた。これからそれを取り戻して行きたいと思う。残りの人生を、もっと自分勝手に、わがままに生きよう。


佐藤真の合唱組曲『旅』は、高校の音楽部時代にも、大学の合唱団でも歌った懐かしい曲だ。その初期の楽譜の表紙は若草色の写真になっている。表紙をめくると、裏にシャルル・ボードレールのことばが書いてある。

まことの旅人は、出発するために旅に出る

その終曲「行こう、ふたたび」はつぎのように歌う。

ああ　未来は明るく輝やき
ゆこう　美しい　旅にゆこう

私は今、ようやくここにたどり着いた気がする。

ゆこう！　ふたたび

「人はなぜ生きるか」などとエラそうな事を書いた。まるで自分一人で生きてきたかのようだ。しかし本当は無数の誰かに支えられてきた。そして多大な迷惑をかけてきた。

父母、祖父母、親戚、友人、恩師、仲間、仲間の知人、知人の知人、多くの人々との交流の果てに今の私がある。

私を知り、私を支えて下さった全てのみなさんに、こころから感謝を申し上げる。

誰よりも、幸子さんに。ありがとう。ほんとうに。

二〇二〇年七月七日

Table of Contents

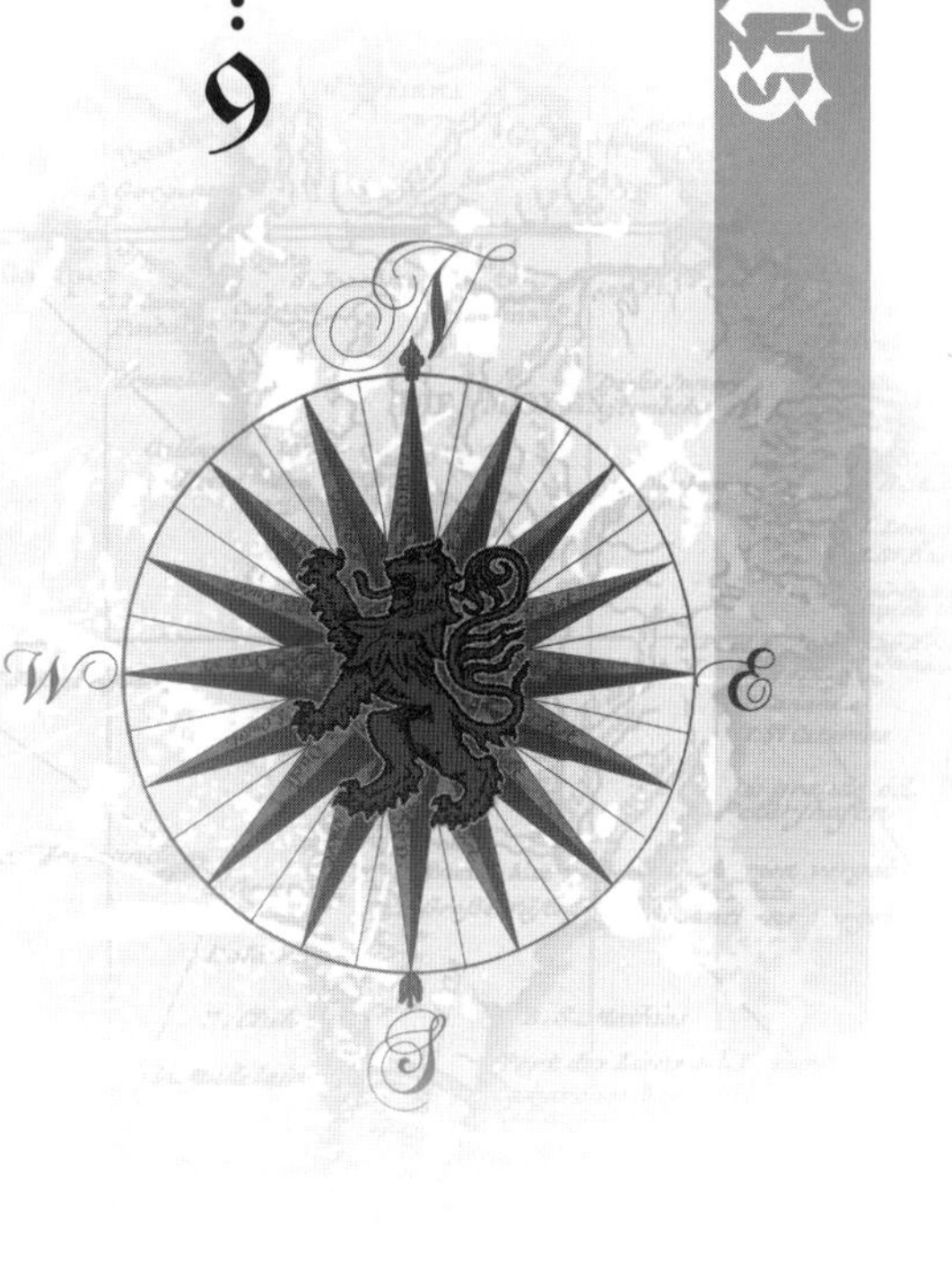

目次

Table of Contents

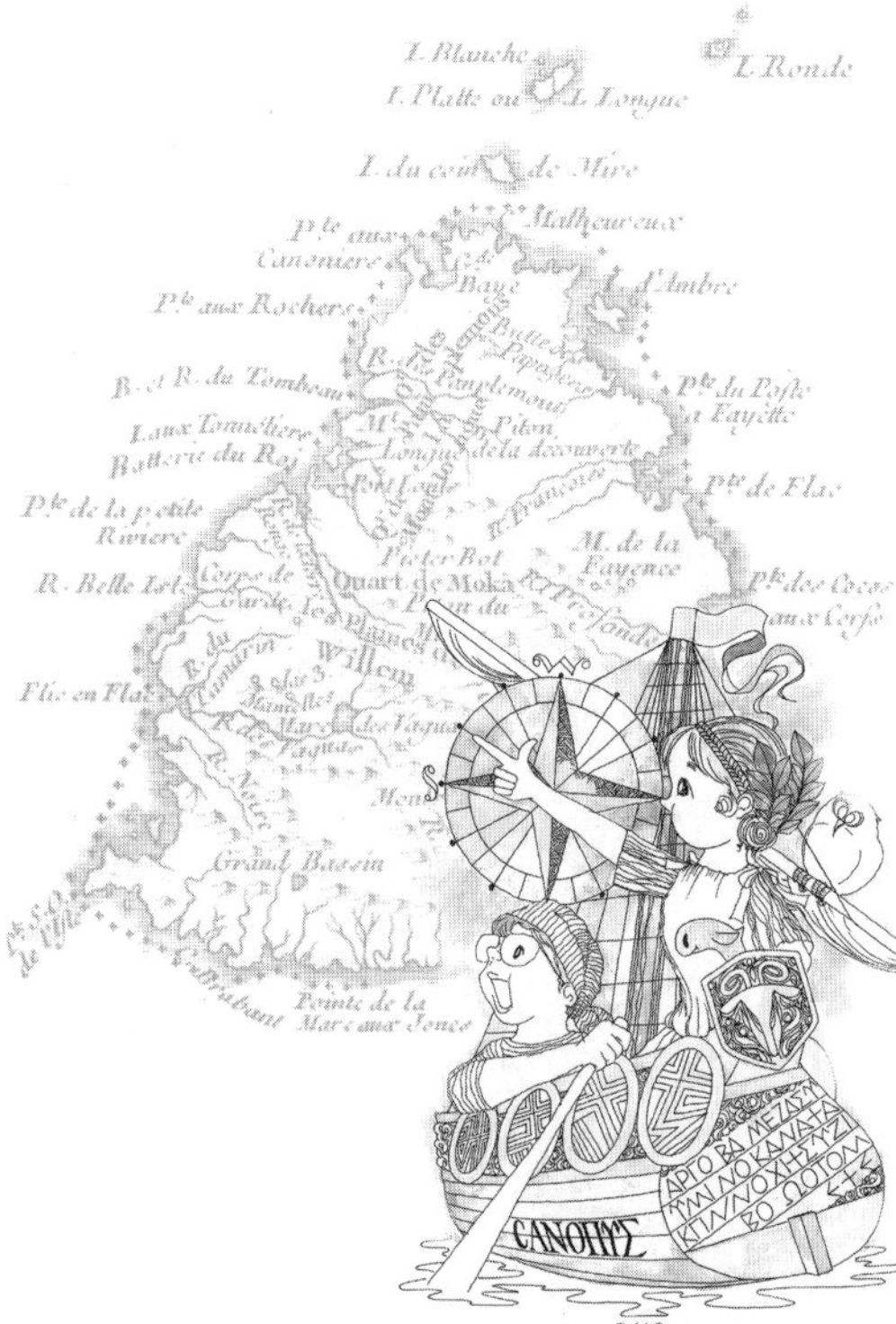
I. Blanche
I. Platte ou I. Longue
I. Ronde
I. du coin de Mire
Malheureux
P.te aux Canoniere
P.te aux Rochers
I. d'Ambre
R. et R. du Tombeau
Batterie du Roi
P.te de la petite Riviere
P.te de Flac
M. de la Fayence
Quart de Moka
Flic en Flac
Grand Bassin
Pointe de la Mare aux Joncs

Canopus

Part One

●反戦運動のはてに

第一部

ダラットへの道
ベトナム旅行記

DƯỜNG ĐẾN ĐÀ LAT
taketani masaki

2002年8月　武峪真樹

はじめに

これは二〇〇二年に私がベトナムを訪問した記録である。実は私はその二三年前にも「ベトナム友好訪問団」の一員として訪問している。ベトナムへの訪問は二度目だったわけだ。訪問団はまず北のハノイを、次に南のホーチミン市を訪れた。

五月四日、私はそこで二八歳の誕生日を迎えた。

しかし、この記録を出した当時は、それを公開出来ない事情があったため、この記録の中ではこの訪問団に私が参加したことは伏せてある。

●ベトナム反戦世代

戦争がおわって僕らは生まれた。しかし別の戦争によって僕らは新しい世界へと踏み出していった。

ベトナム戦争が世界の注目を浴びていた、あのころ青年時代を過ごした人々のうちの少なくない部分が、ベトナム反戦運動の荒々しい波を体験した。六〇年代後期に始まった世界の青年反乱を鼓舞し牽引したのは、紛れもなくベトナム人民の不屈のたたかいであった。

ベトナム戦争は七五年の勝利に到るまで、世界の青年たちをひきつけた。日本でも、沖縄で、立川で、砂川で、相模原で、ノースピアで、あらゆる所で青年たちは解放戦線旗を掲げてたたかった。我々の合い言葉は「ベトナム」であった。所属するグループや主義主張のちがいをこえて、青年たちのこころはベトナムを通じて結ばれていた。その意味で、現在、四十代なかばから五十代までに分布する人々を「ベトナム反戦世代」と呼ぶことができる。

私も、その「ベトナム反戦世代」の一員といっていい。それまで閉ざされていた私の心の扉は、ベトナムによって世界へと開かれた。そうして私は我が青春をベトナム反戦と三里塚闘争に捧げていくことになった。だから、ベトナムは私にとって「特別の国」なのである。社会主義政策がどうであるとか革命の問題がどうであるとかを語るまえに、まず自分の闘いの軌跡として、自分の一部として、ベトナムは私の胸のなかに今も存在し続ける。

ここに報告するのは、そうした熱い想いをほんの一時でも共にしたすべてのベトナム反戦世代の人々に捧げる、最近のベトナムの事情についてのささやかな報告である。政治的にまとまった文章とはいえないし、経済的な分析をおこなっているわけでもない。ベトナムを訪問し、直接見て、聞いてきた「生のベトナム」である。伝聞の中には不正確なものもあるかもしれない。不充分なものもたくさんあるにちがいない。しかし、私の報告が今日のベトナムというものをいくらかでも理解するうえでの参考になれば、そしてそこから何か汲み取るに値するものがあるなら幸いである。

●戦車阻止闘争の思い出

相模原・ノースピア闘争を体験した人なら、よく覚えているだろう、あのＭ４８型戦車のことを。三十年前、村雨橋前で米軍戦車はおよそ百日間にわたって搬出入を阻止された。間もなくこの闘争は相模原の米軍補給廠前での監視テント村へと発展し、連日はげしい阻止闘争が続いた。

当時日本政府と軍需産業は米軍のベトナム侵略に荷担し、国内では米軍のあらゆる兵器・弾薬の補給・修理・整備を行なっていた。また大量の軍需物資を米軍に供給していた。爆撃機は沖縄嘉手納基地から出撃し、連日南北ベトナムに膨大な量の爆弾と投下地雷と枯れ葉剤とを降らせていた。日本は、いわば米軍によるベトナム人民殺害への手助けと引き替えにアメリカから巨額の利益を得ていたわけである。多くの心ある日本人は皆これに抗議し阻止する闘いに決起していた。あの時のわれわれの戦車阻止闘争はそのままベトナム人民の戦いと直結していたのである。

この闘争の情報はベトナムのジャングルの中にも密かに伝えられ、解放戦線兵士たちを大いに勇気づけたという。

今春、元べ平連の人たちがベトナムに行き、当時の資料を手渡した時に、その話が出たそうである。

実はまったく同じ話を、二十三年前、我々も耳にしている。我々がベトナムに派遣したベトナム友好訪問団から、その情報はもたらされた。

七五年のベトナム解放のあと、カンボジア・ポルポト政権との間で紛争があり、三年後、ベトナム軍によってポルポト政権が打倒された。するとすぐにこれに対する報復として、中国がベトナム北部国境から侵入してきた。

世界的「ベトナム非難」の大合唱のなかで、私が所属していたアジア青年会議はベトナム友好訪問団の派遣を決定し、青年たちを募り、ベトナムへ実情調査に向かわせた。帰国した八名の青年たちは精力的に全国をまわって数十回に及ぶ報告集会をひらき、火を吐くような勢いで解放四年後のベトナムの様子を熱く語った。その彼らの話のなかに戦車阻止闘争のエピソードはあったのである。

訪問団一行はホーチミン市の米軍戦争犯罪展示場に案内された。そしてそこにＭ４８戦車があるのをみつけて興奮し、口々に、日本での戦車阻止闘争の様子をベトナム人ガイドに説明した。そのベトナム人ガイドは日本語が堪能であったが、実は元解放戦線のゲリラ兵士であった。彼はジャ

M48戦車。多くの市民たちが村雨橋前でこの戦車の前に座り込み、ベトナムへの搬出を止めた。

ングルの中にいてラジオで日本語の短波放送を聞きながら日本語を学んでいった。それで日本の反戦運動が戦車を阻止した事を知り、仲間たちに伝えたのである。ガイドはそう説明した。

訪問団は帰国後、多くの場所でこの話をした。集会参加者の多くは、自分たちの闘いがジャングルの奥深くまで確かに伝わっていた事を知って非常に驚き、深く感動した。いまもまざまざと思い出す、私にとっても貴重な思い出である。

訪問団は、この他にも多くの未知の情報を我々にもたらした。ここでは、その時の訪問団の報告による当時のいろいろな情報と比較しながら、現在のベトナムの姿についてエピソードなどをまじえながら報告してゆこう。

●楽器を寄贈する

今回のベトナム訪問が実現したのは、全くの偶然による。私は吹奏楽に親しんでいた関係からいくつかの楽器を所有していた。その中には、友人から譲り受けたユーフォニウムもあった。ユーフォニウムは七六年頃購入され、政治集会や日韓交流会の時にも使用された。しかし、ユーフォニウムは個人で所有していても演奏する機会はない。もったいないのでどこかで引き取って使ってくれないか、と各方面に問い合わせていた。するとベトナム在住の友人からメールが来た。以下は、私と友人とのメールのやりとりの内容である。

友人より

ベトナムでは、音楽の授業は歌のみとのことです。

ブラスバンド好きの教師も必ずや居るに違いないでしょうが探すのも手間取りそうなので別件で以前コンタクトしたことがあるダラットの師範短大の学長に問い合わせてみました。

学生達は卒業後教師になり、音楽も教えることになるわけで、当然、師範短大でそのための授業もあり、ユーフォニウム2台共引取りたいとのことです。

ダラットは高原地帯で、少数民族居住地でもあり、何といっても子ども達の可愛らしさでは少数民族が一番です。

師範短大の備品となるわけですので、贈答者の氏名住所職業等を明記した書類が欲しいとのことでした。お手数ですが、事前に適当な贈答趣意書みたいなものを簡単に作ってもらえませんか？　英文であればベターですが、日本文

米戦争犯罪展示場。1979年の訪問団。筆者（右側）は顔が隠れている。

でも結構です。その場合はベトナム語に訳し、送り返しますので、署名の上ご返送ください。

配送、通関手続きについては調べてからまた連絡します。

友人への返信

おお！　ありがとうございます。趣意書をつくってみました。

なお、ユーフォニウム2台だけではたいしたアンサンブルもできないし、他に超格安の楽器をみつけたので、それもいっしょに贈ります。なお、リコーダーは今の日本では教育用のおもちゃみたいなものですが、バロック時代にはアルトリコーダーはフルートと同程度の地位にあり、かなり高度な演奏もできます。バッハ、テレマン、ヘンデルなどの楽譜も一緒におくります。これは安いのでもっとたくさんおくるのも可能です。

楽器寄贈趣意書

私はかつて、青年時代に、平和を求めるこころの大切さをベトナムの人々に教えられました。（中略）しかし、まだ貧しい経済事情の中で多くの日常の必需品も不足している事も知りました。そして友人のM氏から貴師範学校にはまったく何の楽器もなく、音楽の授業は歌ばかりであるとおしえられました。

将来、豊かな国を建設してゆくために子どもたちには豊かな感性をもって育っていってほしいと思います。そのためにも、私の楽器を貴師範学校に贈呈したいと思います。私が所有するユーフォニウムをぜひお受け取りください。そしてこれらを音楽教育のために、あるいはさまざまな催しのために活用していただけたなら、これほどうれしいことはありません。ついてはユーフォニウムをはじめ以下の楽器を贈呈したいと思いますので、どうかお受け取り下さるようお願い申し上げます。

ダラット師範短大　御中

●ユーフォニウム　2台
●クラリネット　2台
●トランペット　1台
●小アコーディオン2台
●アルトリコーダー3台
●楽譜、教則本など

友人より

ダラット師範大学からＦＡＸで、ダラット人民委員会によるホーチミン市税関宛、「免税申請書」が届きました。これで通関の際の課税問題はクリアできるものと思います。

……………………

こうしてベトナムに楽器をおくることが決まった。友人の骨折りによりダラット師範大学の要請によるダラット人民委員会の寄贈品受け取り許可と免税提議の公式の書状がビザ申請手続きのコピーとともに航空便で私の手許にとどいた。

しかし輸送の手続きや梱包の手間が思ったより大変であることがわかった。航空運賃は高い。また船便では相当に頑丈な梱包をしなければならないし日数もかかるので、その間に湿気にあたって楽器が錆びることも考えられる。梱包料金も高いし、サイゴン港についたあと、三百キロ先のダラットへ運送する手配も考えなければならない。すっかり途方にくれてしまった。

しかし、ここまで話がすすんだからには今さら後へはひけない。絶対にベトナムへ楽器を送り届けなければならない。友人に相談してみると、「そんならハンドキャリーで来い」という。そこで旅行運賃を調べてみた。すると手荷物として直接持ち運んだほうがはるかに安いし安全であることがわかった。ダラットへもバスで持っていけばいい。そうなると話ははやい。一番都合がいい日を選んで旅行することが突然にきまってしまった。

●ベトナムへ！

今、ベトナム旅行はブームなのだろうか。旅行会社がさかんにあおっている。また、ベトナム行きの飛行機は増発され、だいぶ便利になったようだ。台北に一泊してから往く便が格安だが、私は、できるだけベトナムに長く滞在したかったので、関西空港からのベトナム直行便にした。これなら五時間でホーチミンに行ける。

二十三年前はまだベトナム解放四年後で、日本からの空路は開けていなかった。そのため訪問団はいったんバンコクで一泊し、そこからラオス・ビエンチャン空港を経由してハノイに入った。また帰りもバンコクに一泊している。しかし、今では新幹線などを使いながら東京から長崎あたりまで行くのと変わらない時間で行けてしまう。ベトナムは近くなった。

深紅のアオザイを着たスチュワーデスを見た時には、と

タンソニャット空港へ向けて降下する飛行機から。水田に映る青空と雲が美しい。

うとう行けるのだという実感が湧いてきて、胸が熱くなった。有名なベトナムビール「バーバーバー」を飲みながら窓の外を眺める。しばらくの雲上航行の後、飛行機は雲海の下へ降りてゆく。やがて雲間にかすみながら地上が見えてくる。田園地帯と、森林と、その間を流れる幾筋もの河。河は空と雲を映しておおきく蛇行している。ところどころに見えるおもちゃのような家々。その間をまっすぐに進む道路と車。夢に見たベトナムの風景。やがて人家が多くなり、工場も見えてくる。道路は数を増し、市内に近づいているのがわかる。飛行機はいよいよ高度を下げ、タンソニャット空港の滑走路へ降下、着陸した。午後二時三十八分、ついにベトナムの地を踏んだ！

その途端にどしゃぶりの雨。

●ベトナムの交通事情

ホーチミン市に降り立つと、まず誰でも最初に驚くのがオートバイの数の多さである。どこもかしこもバイクだらけ。そのバイクの群れが車といっしょになって市中の道路をところせましと走り回っている。ベトナムでは車は右側通行であるが、どの車も中央線を大きくはみ出して追い越しをする。だから対向車が追い越しをかけながら正面に迫って来てこわい。いつ正面衝突しても不思議ではない。右折も左折も、日本では考えられないような曲がり方をする。そしてやたらに警笛を鳴らす。日本では暴走族が鳴らすような警笛を装着している車が多く、あちこちで「パラリラパラリラ」と喧ましい。横断歩道は所々あるが、無いのと同じ。車は止まってくれない。歩行者の間を通ってゆく。

二十三年前に訪問団が来たときには、いくらなんでもこれほどではなかった。交通ルールもマナーもあったもんじゃない。友人の話によればバイクの免許取得は簡単で、実技と筆記試験はあるが、自動車の筆記試験は一〇問の選択式である。そのうえバイク運転者の半分以上は無免許だとのこと。これでは事故がおきないわけがない。メコンデルタツアーでお世話になった日本人ガイドの話によれば、ホーチミン市だけで一日二十人以上が亡くなっており、死者など何度も見ているそうだ。私もバスの中から、気の毒な犠牲者を見てしまった。ホトケさまは道路の端でコモをかぶせられ、仰向けにひらいた足先が見えた。胸のうえにバナナの大きな房と長いお線香が供えてあった。ベトナム交通当局は交通安全のために昨年六月、バイク搭乗者にヘルメット着用を義務づけたが、守る人はほとんどいない。

しかし、それでもバイクは重要な交通手段である。まだ裕福とはいえない一般庶民にとって、バイクは便利で手軽な「マイカー」なのである。たまに家族で帰省するときにはお父さんが運転し、お母さんと子どもを乗せて四～五人乗りで出かける。多少の危険があっても、これがいちばん安上がりな方法なのである。

市内主要道路と、国道など幹線道路は舗装されている。しかし道路の端は土けむりが舞い上がるしバイクの排ガス規制などもなく、空気は汚れている。それにベトナムの強い日差しはバイク搭乗者の肌をさす。そのためバイク搭乗者の多くは帽子をかぶりタオルでマスクをする。とくに「肌の白さ」はベトナム人にとって大事なことらしく、そのために日焼けから肌を防いでいるのだという。

車種をみると、市中ではバイクは日本車が多い。ベトナムでは、九八年にハノイ近郊でホンダの現地生産が開始されたが、数年前から中国製の安いコピーバイクがベトナム市場に大量に流入し、バイクの絶対量が急増。交通渋滞をさらに悪化させる結果となった。またこれはホンダのシェアにとって脅威となった。これに反撃してホンダは、中国製部品を多用した自社ブランドバイク「ウェーブ・アルファ」をベトナムで組み立て、従来の約半値での販売を開始した。すると安いので予約殺到。中国製コピーバイクは一転して在庫過剰の投売りとなった。ホンダは更にこのバイクをフィリピンにも輸出。その後、中国でコピーバイク工場とホンダの提携が報じられた。ベトナムでの現地生産は他にスズキとヤマハ。カワサキはタイからの輸入と思われる。

郊外に行くと、旧ソ連製のミンスク、旧東ドイツ製のシムソンなどを見かける。しかし都市部では以前から見向きもされないそうである。「ミンスク」というバイクは形はホンダによく似ている。2ストローク単気筒を採用している。たぶん2ストの馬力、登坂力が山岳地帯では実用的なのだろう。ダラットへ向かう道で時々見かけた。バリバリと騒音を立てながら煤煙をまき散らして国道二〇号線を走ってゆく。

アジアの多くの国々と同じく、ベトナムでもバイクを「ホンダ」と呼んでいた。インドなどでは「俺のホンダはヤマハ製だぞ」などという会話が成立しているが、ベトナムでもそうであった。八〇年代まではアジア全域で「ホンダ帝国」が成立していた。このホンダ「神話」はベトナム戦争の過程で形成されたものらしい。しかし特に都市部では九〇年以降この言葉はだんだん使われなくなってきた。それは中国の影響によるところが大きい。中国のコピーバイク

ホーチミン市の街角にて。お巡りさんはホンダのオートバイに乗っている。(2002年)

は、「技術立国」日本をおびやかし、「ホンダ帝国」を崖っぷちに追い込むものだった。ホンダはこの中国の「ライバル」と提携する事によって自らの内に取り込む戦略を取るに至った、ということなのだろう。

車は、乗用車もトラックもバスも、少し前までは日本車が多かったそうだが今では韓国車が圧倒している。訪問団が見たというソ連製トラックなどはほとんど見かけない。通り過ぎる車はどれもデウ（大宇）、ヒュンダイ（現代）が多い。さらには、韓国から直接払い下げになったらしい中古の路線バスが国道を走っており、そのバスには韓国の市内循環経路がそのまま掲示されていた。同じく日本製のバスにもそうしたものがあり、ダラットからの帰り道で「湊川公園」と大きく書いてあるバスを見かけた時には思わずのけぞった。このほかにも「神戸三宮神社行き」バスなども以前たくさん走っていたそうだ。こういう不思議な風景はいまアジア各地に見られる。

中古車、特に大型車は韓国製が圧倒的に多いが、乗用車の新車事情はやや異なる。金持ちは皆日本製ＲＶ車かベンツを買いたがる。もしくは両方持っている。そういえばダラットの師範学校が送迎してくれた公用車も濃紺色のトヨタカローラだった。

●経済発展と都市の景観

訪問団が訪れた七九年にはまだ「ドイモイ」（市場開放）政策ははじまっていなかった。また対中国戦争の最中に訪れたこともあって、彼らが撮ってきた写真には戦闘的で勇ましい看板がたくさん映っていた。そこには「北京の侵略に対して闘おう！」とか「祖国防衛」「社会主義共和国万歳」「共産党とともに全人民は団結せよ」といった文字が並んでいた。

しかし現在、ホーチミン市内ではそういう政治的スローガンの看板は多くない。「ソニー」「東芝」「パナソニック」「フィリップス」「サムスン」などの家電メーカーをはじめとして「ロート製薬」「メンソレータム」「コカコーラ」「ロッテ」「タイガービール」などの看板がベトナム独特の屋根のうえに大きく立てられている。

ただ、政府の看板が無くなったわけではない。その宣伝内容が変わってきた。家族計画のキャンペーンや、エイズや麻薬の撲滅を呼びかける看板を所々で見かけた。

サイゴンはかつて美しい都市として知られ、「東洋の真珠」「東洋のパリ」と呼ばれていた。その面影は街の景観にまだたくさん残っている。クリーム色のモルタル壁に明るいレンガ色の屋根をのせ、窓や玄関を濃い原色（大抵の場合濃緑色）に縁どられた建物がここかしこにあり、おちついたたたずまいを見せている。ベンタィン市場、統一会堂、国立劇場、市庁舎などの歴史的建造物はそのような美しい景観を形作る代表的存在である。

しかし、ドイモイとともに押し寄せた海外資本によって、街の景観は変わりつつある。建物の壁という壁、そして屋根のうえにも購買意欲をそそるように商品宣伝の看板が取り付けられている。そればかりではない。郊外に出れば、畑のよこに巨大な鉄塔がそびえ立ち、そこに一キロ先からでも見えそうなほどとてつもなく大きな商業看板がのっけられている。そうした街の景観の変化は道路交通事情の変化とともに、この国の経済的活況を印象づける。事実、ベトナム政府の統計によれば経済の発展は近年著しいという。

経済的活況が都市の外観にもたらしたもう一つの影響は「高層ビル」である。ホーチミン市ではクリーム色のモルタルと菩提樹の美しい並木道の後ろに高層ビルが建ちはじめている。世界貿易センタービルはこの国も資本主義経済に組み入れられつつある事を象徴している。それからドイツの保険会社のビル。その他に外国資本の高級ホテルが建ち並びはじめている。

これらの巨大なビル群をささえるために、以前よりもはるかに大量の電力の生産が必要となる。訪問団の報告によれば二十三年前には電気のない村がたくさんあった。また、ビールに氷を入れて飲むのは電気が少ないせいだと聞かされていた。しかし、現在では国道沿いに立派な送電鉄塔と電柱の列が山の向こうへと続き、電化政策が進んでいることを思わせる。また、どんな田舎の村にも、テレビのアンテナが立ち並び、カラーテレビがかなり普及している。

ベトナム北部にはホアビンダムをはじめ水力発電事業は多く、南部へも送電している。東京電力、東北電力等日本企業も発電施設建設の取り組みをしている。またロシアとの間では原発開発に関する技術援助も話し合われている。

余談ながら、氷入りビールはベトナムの風習として定着したようで、ホーチミン市でもダラット市でも、ビールは氷入りだった。

●社会主義と市場経済のジレンマ

ホーチミン市では共産青年団の新聞「タイニェン」やホーチミン市労働連団の機関紙「グォイラオドン」(労働者)などがある。「グォイラオドン」には「求人」とともに「求職」広告がたくさ

ベトナムを走る中古車。「性能のいい日本車」であることを示すため、わざと日本語表示を残している。※注意！ これに乗っても日本には行けませんよ。

ん掲載されている。求職者は自分の特技や長所を宣伝し、そして希望金額も書いている。平均してだいたい一〇〇ドルくらいを要求している。技術的に自信があるものは二〇〇ドルから三〇〇ドル。企業は、この求職情報を見て電話し面接・採用するのだそうだ。高倍率の競争に勝ち抜き入学した国立大の「情報技術科」を卒業しても就職先を見つけるのは簡単ではない、ということらしい。

経済的活況はベトナムだけではなく、隣国のカンボジアも相当なものらしく、経済的交流が盛んである。多くのベトナム人がカンボジアへ出稼ぎにゆく。ホーチミン市からプノンペンまでは三〇〇キロほど。また、最下層の人民にまで「経済的交流」は及んでおり、近隣のカンボジアからもはるばる歩いて国境を越えて物乞いにやってきて市当局に見つかり、本国に送還される。カンボジアから物乞いにサイゴンに来る人々は恒常的なもので、「今年は何人送還」と報道される。

中国と同じくベトナムも経済的ジレンマの中にある。社会主義とは平等を目指す体制であるわけだが、長いあいだ植民地解放戦争をたたかってきたベトナムには資本の蓄積があるわけもなく、そのままでの社会主義では「貧困の平等」にしかならない。そこで市場の開放をおこなったわけだが、それは経済の資本主義化を促進し、人々の平等を求める意識と連帯感を薄れさせ、個人的利益を最優先する利己主義的傾向を不断に生みだしてゆく。

ベトナムの国家経済全体が上昇してゆくのはいいことだが、その富の分配を政府がコントロールできなければ、社会主義への道は遠のき、少数の「赤い資本家」と多数の貧困に苦しむ人々とを生み出していくことになる。こうした危険は、相対的に資本主義が圧倒的に有利な現在の世界情勢の中で巨大な重圧となってこの小さな社会主義国にのしかかってきている。ベトナムでは、経済政策上の資本主義的リスクは企業ばかりでなく政府・官庁内部にも影響を及ぼしてきており、役人の「汚職」が深刻な問題となっている。ベトナム共産党指導部はこれをどのように解決してゆくのか。

●経済発展と貧困、戦争の傷あと

資本主義的方法による経済の発展は必ず貧困を生み出す。これは資本主義経済の宿命である。アジア諸国では、その状況が繰り返し現れた。そして今なお貧困の問題は解決できないばかりか、ますます深刻化してきている。フィリピンではマニラ近郊の通称「スモーキーマウンテン」といわれるゴミ山の周辺に最下層の人々が住む。中国では上海郊外、タイでもバンコクの鉄道沿いに貧民が集まり、不衛生で貧しい生活を強いられている。資本主義グローバリゼーションがＷＴＯや世界銀行を通じて強力に推進されている現在、貧困の問題はますます顕著になってきている。

ベトナムではどうか。飛行機が降下しタンソニャット空港が見えてきた時、郊外に真新しいきれいな建物がいくつも建ちならんでいるのが見えた。しかし同時に、空港付近には無数の粗末なバラック建ての建物がひしめきあっているのを見た。ベトナムでも間違いなく貧富の差は広がっている。そして貧困はベトナム社会を蝕み始めている。街角のいたるところにいる物売りにまじって、宝くじを売るこども。そして物乞い。

私が下町の屋台で夕食をとっていると、小さな女の子が近づいてきた。まだ五歳か六歳くらい。愛らしい目でわたしを見つめ、一枚二千ドンの宝くじの束を差し出す。この子たちは毎日朝から晩まで売り歩いて一日百枚から百五十枚を売る。五枚、十枚とまとめ買いをする人が多いので、固定客を掴めばそれなりの売上げになる。売上げのうち五〜一〇％が収入となるので一日二万ドンくらいの収入となる。三〇日売り続ければ六〇万ドン。これは農村部での法定最低賃金（二〇万ドン）よりも多い。統計的に比較したわけではないが、もしも何の生産性も生まない宝くじ販売の方が農業生産に従事するよりも多額の収入を得られるというのであれば、これは現代資本主義のメカニズムそのものであり、ベトナム人は宝くじを通じて「生産よりも投機の方が優位である」体制を日常的に学んでいる事になる。このような資本主義的「訓練」が日常的に横行している中で、はたして政治思想だけで人々を社会主義に向けて組織していけるのか、ベトナム政府の困難性を思わずにはいられない。

物乞いはたいてい両足または片足がない。または両足ともあっても細くて立てそうもない。それが薄汚れたすげ笠を差し出してお金を要求してくる。三十代から老人まで、年齢の幅はひろい。足が無いのは地雷のせいだろうか。物乞いをしなくてはならないのは政府の厚生事業予算の不足によるものだろうか。

そういえば、以前日本でも有名になったベトちゃんドクちゃんの消息を知ることができた。彼らは二人とも元気で、とくにドクちゃんのほうは健常者と変わらないそうである。最近も日本から支援者がやってきたという。しかし、報道機関に注目を浴びた子どもはまだ幸せである。実際には多くの農村で、今でも障害児を抱えた家庭がある。その子たちは周囲の目を避けてひっそりと暮らしている。

枯れ葉剤の正体はダイオキシンであり、これは決して分解しない猛毒である。米軍はこれをベトナムのジャングル地帯に大量に散布した。その量は七五〇〇万リットルを超える。だからいまだに地方農村には多量のダイオキシンが残っていると考えていい。アメリカがこれを処理したという話は聞かない。まだまだ問題の解決は遠い。

しかし、最近の経済発展のおかげで、政府はそうした障害者をかかえる家庭に対して月額五万ドンから十万ドンの補助金を出すことができるようになったそうである。これは日本円に直すと四百円から八百円くらいに相当する。

●学校制度と子どもたち

ベトナムの学校制度は日本とちがって五・四・三・四制である。だが、日本と一番違っているのは、小学校から「卒業試験」があることである。日本では小学生は必ず卒業するが、ベトナムでは試験に合格しなければ卒業できない。そして、その卒業率におおきな地域差がある。就学率・進学率にも地域による大きな差異が見られる。それは経済的な較差によるものではないかと思われる。特に農村部は貧富の格差が拡いている。

ベトナムでは人口増加が深刻な問題となってきており、現在、年間百万人ずつ増加していると見られている。二十三年前には五千百万人と報告されているが最近の統計では八千万人に近い。しかし出生率は都市部では減少傾向にある。これは高学歴化にとって有利となっている。しかし農村部では退学者の増大が指摘されている。最近発表された資料でも小学校卒業年齢に占める卒業者の割合が一番低いのは中部高原地域で六〇％。また高校卒業試験の全国平均合格率は九〇％だが、メコンデルタ地帯では低い。

ベトナム政府はこの状態を改善しようと努力している。ベトナムには五十三の少数民族が存在するが（一九八九年統計）、多数派のキン族（ベトナム族）と比較すると経済

イエンソー農業合作社の子供たち（1979年訪問団の撮影）

的な較差が見られ、それは子ども達の進学率にも影響を与えている。そこで進学試験の際、一部の少数民族の子どもたちには、いわゆる「ゲタ」をはかせる優遇措置がとられている。戦争終結後しばらくは、優遇措置の対象は解放戦争を戦って戦死した解放戦線や北ベトナム軍の兵士の子どもたちであったが、今は廃止されたという。

二十三年前には戦争孤児の問題が最も大きかった。南部に一〇万人以上もいる孤児たちのために「竹の子学校」という施設が建設されていた。訪問団はこのうちチュドックの竹の子学校を視察した。白人兵の子、黒人兵の子、韓国兵の子、いろいろな子どもたちが仲良く生活していたという。その子たちは今では三〇歳から四〇歳に達しているはずである。

「週刊金曜日」七月五日号には子どもに関する新しい問題が指摘されている。ストリートチルドレンの問題である。主に都市部で深刻化しているという。子どもたちは麻薬を売買し、ＨＩＶに冒される。低開発国における市場経済の歪みは先進諸国よりもはるかに増幅された苦痛となって一番弱い子どもたちを襲う。しかし、友人によれば、農村部の貧困の問題も都市部に負けないほど深刻な問題となっているという。

●ダラットへの道

ダラット市はホーチミン市から北東方向に約三百キロの高原地帯にある。空港に着いた翌朝、私は早朝の長距離バスでダラットにむかった。飛行機でも行けるが、高原地帯は気候が不安定なため、よく欠航となるので、確実性をとってバスにしたのだ。朝七時三〇分、バスは出発し、国道一号線を東へ向かった。

国道一号線はベトナムを南北に縦貫する大動脈である。メコンデルタ南端の町ナムカンを起点とし、ホーチミン市中を通って東へ向かう。そして海岸に出ると、そこからは海岸伝いに北上する。国道はダナンやフエなどを通ってハノイに至り、更にそこから中越紛争激戦の地として伝えられた国境の町ランソンまで伸びている。かつてはこの道路を通って何台ものアメリカの軍用トラックが兵員と軍需物資を積んで北へ向かった。そして七五年の解放の時には逆にここを解放戦線軍部隊が南下した。

バスは郊外へ出てサイゴン河を渡る。そしてドンナイ省ビエンホアを過ぎてしばらく行くと道は二手に分かれる。左の道が国道二〇号線。二〇号線はここから始まって北東

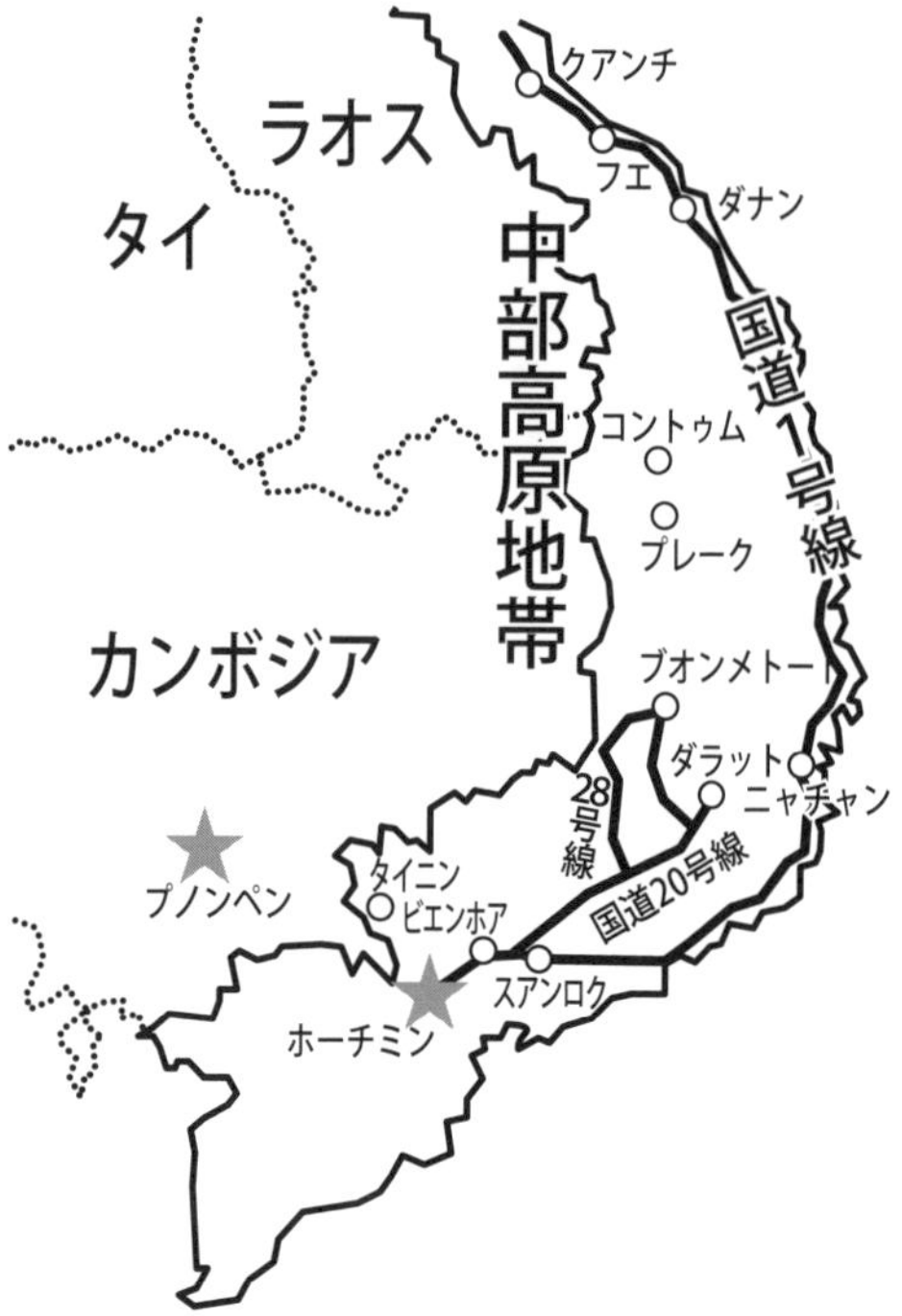

へ延び、ダラットまで続いている。右へ行けば国道一号線。すこし行くとスアンロク市がある。

ホーチミン市で買った地図を見ながら、七五年の春季大攻勢の時、解放勢力が進撃していった道を地図上でたどってみた。解放戦線軍は、まず三月中に中部高原地帯を制圧した。これはラオス国境からホーチミンルートを南下した主力部隊によるものであった。部隊はさらに南下し、中南部の都市ブォンメトートを攻略。三月一一日にこれを陥落させた。これは攻防の帰趨を決したと言ってよいほど決定的な勝利への布石であった。解放軍部隊がブォンメトートから東の海岸地帯まで進めば、南ベトナム各地に点在する軍事拠点の多くは首都サイゴンとの連絡線を断たれて孤立する。傀儡政府軍は浮き足立った。戦意を喪失したところへ解放戦線軍の猛烈な攻撃が始まった。フエ、ダナンなどが次々と解放されていった。

二〇号線には途中、ブォンメトートから二七号線と二八号線が交差する。ブォンメトートを制圧した解放勢力はおそらくこのどちらかの道を通り、二〇号線に入ってバオロクを制圧、そしてスアンロクへ向かった。サイゴン防衛の前線基地であったスアンロクへの攻撃は四月九日に開始され、二一日に陥落した。こうしてサイゴンは無防備となった。

首都サイゴンは、このスアンロクに結集した部隊、そして北部のカンボジア国境タイニン省方面からの部隊に加えて西方向、そして南方向のメコンデルタ地帯から集結した部隊によって解放された。二七年前の四月三〇日のことである。わたしは、解放軍がサイゴンに向けて進撃した国道二〇号線を逆にダラットに向けて進んでいる。

国道は幅約二〇メートルほどの舗装された一本道となってどこまでも続く。道路が舗装されている以外には、ほとんど整備らしい整備というものはされていない。交差する道路もほとんどないから信号もない。だからバスは全く止まることもなく快速でとばす。そしてけたたましく警笛を鳴らしながら道路わきを走るバイクやトラックを追い越してゆく。

ホーチミン市は再開発が進んでいることを感じさせるが、郊外に出ると、まだそれほどの大きな変化を感じない。すこし豊かになった人はレンガとモルタルの家をつくる。しかし、まだ木造の家が多い。とくに高原地帯に住む少数民族には経済発展の影響を感じるところがない。子どもたちは泥んこになりながら家の軒先や空き地でサッカーをしている。ベトナム人はサッカーが大好きである。

道路の両脇には新しい電柱が立てられ、家々にはテレビのアンテナが高く高くそびえ立っている。少し大きな街には大きな鉄塔が建っている。ダラット市に建っていたのは大きさも形も岩山大鉄塔によく似ていた。電気とテレビの普及は、もしかするとこの国の最も大きな変化かもしれない。ダラットのホテルで見たテレビはチャンネルが三つあり、ドラマ、ニュース、ポップミュージックをやっていた。ベトナムの若手ミュージシャンと思われる歌手が歌っていたのが新鮮だった。

道は少しずつ高さを増しながら高原地帯へと昇ってゆく。ドンナイ省をとおり、ラムドン省にはいる。途中、ゴムの木の長い森林を抜け、桑畑や茶畑のあいだを通る。このあたりの風景は日本のいなかにそっくりで、いつか来たようななつかしい気分になる。バナナや椰子の木がなければ、ほとんど日本と変わらない。どこまでもうねうねとつづく広い茶畑から、やがて水田地帯に入る。安らぎを覚える風景。峠を越えて下り道をおおきく曲がるとダラットの街が遠くに見えてきた。

●ダラット師範短期大学

ベトナムの高等教育は大学（四年制）の他にいくつかに分かれている。ダラット師範短大は三年制の独立した短期大学であるが、他に、二年制の中等専門学校、五年制の工科大学、貿易大学。そのほかに多くの大学が短期大学課程も併設しており、これは志願者が願書を提出して入学するのではなく、入学試験で合格点に到らなかった場合に短期課程の定員に組み込まれるという制度をとっている。

ラムドン省都ダラット市。人口約三〇万。東西に長く延びる湖のほとりに町は開けている。円形広場を中心にして正面に大きな市場がある。それを囲むようにたくさんの商

ダラット市の朝市。街の中心地の広場には朝早くから大勢の人々が集まり、市を開いていた。(市場に面したホテルの窓からの撮影)

ダラット師範短期大学の美しい校舎。フランス植民地時代に建てられ、教師を養成している。しかし音楽教育用の楽器がほとんど無い。

店街、そしてホテル。我々は、そのホテルのひとつに部屋をとり、すぐに師範短期大学へ向かった。

大学は湖の横の橋を渡って南側へ回り込んだ先の斜面にある。古いレンガ造りの高い尖塔を持つ、美しい建物。広いキャンパスは木立ちや花に囲まれ、落ち着いた佇まいを見せている。ここは一九二九年、フランス植民地時代にリセとして開校された。そして一九七六年一〇月六日、現師範短大として新たに開校した。学生数は一学年あたり約千五百名。幼稚園、小学校、中学校の教師を養成している。卒業生たちは、教師として全国各地へと赴任してゆく。

音楽の授業を受ける学生数はおよそ五百人。しかし、現在までのところ楽器はなく、音楽の授業は歌だけだという。私が持ち込んだ楽器の多くは主に吹奏楽用のものであるが、学校教育用には、ピアノなどの方が役に立つのかもしれない。先日、日本の街角にピアノが捨ててあり「まだ充分使えるので欲しい方はどうぞ」などと張り紙がしてあったのを思い出した。日本の多くの家庭にはピアノが粗大ゴミと化して大量に眠っているのに、ベトナムでは学校にさえろくに楽器がない。なんとかできないものか。

我々が訪れた日は休日だったので、先生方は、我々を迎えるために学校へ出てくる。我々が約束の時間よりも早く来てしまったために、先生方はまだ学校に到着していなかった。校長室の横の大きな掲示はおそらく学校の沿革などが書いてあるのだろう。毎年の学生数がグラフで示されている。

やがて、学校支配人、校長先生、音楽教師、英語教師の方々がやってきて握手をかわした。そして、私のささやかな贈り物にとても喜んでくれた。グエン・コン・ダィン校長先生は、この贈り物を「我が校とあなたたちの友情の始まりのしるしとしたい」と言われた。さらにプロの写真屋を手配して記念写真撮影。その後、校舎を案内し、学校の歴史を説明し、公用車でホテルまで送ってくれ、そのうえ夕食に招待したいと言われた。こんなちっぽけな贈り物のために、そんなにまでしてもらう事に、かえって気がねをしてしまった。が、断ることはかえって失礼である。招待を受けることにした。

夕刻、われわれは市中ではかなり高級と思われる料亭「萬華楼」の一室でもてなしをうけた。もしこれが日本だったら、中古楽器よりも宴席の方がはるかに高くつくはずである。なにか申し訳ない。

食事中の話題は専らサッカーである。ベトナム人の多く

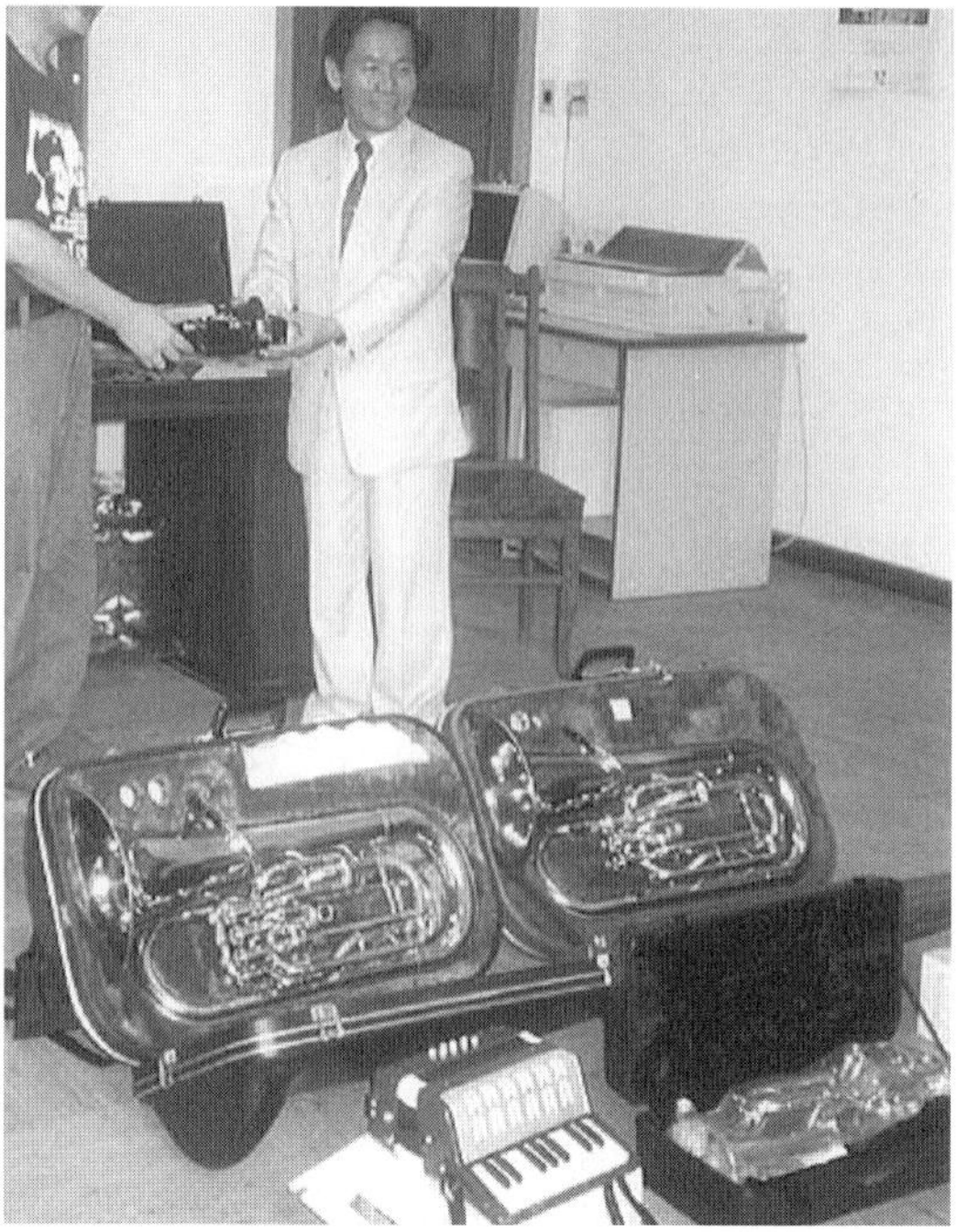

はアジアチームを応援する。ヨーロッパと比べて同じアジア人という気持ちをもっている。フランスが負けた時には大喜びしたそうだ。これは植民地支配への感情に関係あるのだろうか。それなら日本チームにも韓国チームにも反感をもってもいいのじゃないか、とも思うが、そういう様子は見えなかった。

余談だが、ワールドカップでにわかサポーターになった日本人と違って、ベトナム人のサッカー好きは驚くほどである。彼らは外国チームや選手の事も、よく知っている。勝敗をめぐる賭けも盛んで、過度に熱中する人も多い。買ったばかりで支払いが残っているバイクを賭けて負けてしまい、首を吊って死んだ人や、負けた腹いせに自宅に放火した人などの記事が新聞に載る。

これも余談であるが、ベトナム語は美しい。まるで歌うように語る。以前からそう思っていたが、今回、間近で聞いて本当にそう思った。校長先生の話すベトナム語は、端正で、リズミカルである。そのうえメロディアスでもある。つまり音楽的なのだ。その秘密はベトナム語のイントネーションにある。文法は英語よりも易しく、覚えるのに苦労はしないだろう。しかし、六種類の抑揚を使いこなすのは難しい。だが、それに習熟できた時、世界一美しい言語を操ることができるようになる。

さて、こうして今回の主要目的を果たすことができた。心に残る一日だった。この日の事は一生涯忘れない。そして我々は翌朝のバスで再びホーチミン市へともどった。

●やりての女主人

短い滞在期間はまたたく間に過ぎた。帰国に際して、いろいろお土産品を物色した。雑貨店には面白いものがある。銃弾を使ったライターは粗悪品だが、実弾から作ったところに面白みがある。古い時代のコインや紙幣を物色してみた。インドシナ三カ国で共通に使えた植民地政府発行の紙幣、解放戦線支配地区で通用していた紙幣、それからグエンバンチュー政府の紙幣などもあった。ここの店の女主人はなかなかやり手で、まけようとしない。さんざん交渉して、少し値引きしてもらった。

そして店を出ようとすると、このおばあさん、今度はわれわれを無理矢理に引っ張って店のすこし奥の棚に案内した。その棚には、グエンバンチュー時代の真新しい紙幣が何千枚、いや、何万枚もきちんと揃えて積んであった。

おばあさんがこんなにチュー政権時代の紙幣を持っている理由を想像してみた。アメリカが手を引き、チュー政権が崩壊の瀬戸際にあった時、サイゴンにいた政府関係者や米軍と親しかった者たちは、パニック状態にあった。解放戦線がやってこないうちに、ここから何とか逃げ出す事を考えていた。そして街の両替屋などでベトナム紙幣を大量にドルに替えていったのだろう。やり手のおばあさんなら、こういう時、ベトナム札を安く買いたたいて「大もうけ」をしたに違いない。

しかし、おばあさんの喜びは長くは続かなかった。ベトナム解放は、同時に苦しみの始まりでもあったからである。当時四〇万人と言われる売春婦をはじめ高級クラブなど米兵相手に商売をしていた者の多くが失業者となった。また南ベトナム政府軍百万人も同じく失業者となった。南ベトナム経済を支えてきた膨大なドルの供給がストップし、そのうえ、アメリカはベトナムに対し長期間にわたる経済制裁をおこなった。

統一ベトナム新政府は破壊された農村経済と大量の失業者と傷痍軍人と地雷や爆撃や枯れ葉剤の犠牲者と戦災孤児とを抱えて経済復興に挑戦しなければならなかった。

物資の不足からすぐに猛烈なインフレがはじまった。「おおもうけ」したはずの貨幣価値が見る見るうちに下がっていった。そしておばあさんがしこたま集めたベトナム札は結局たいして価値のない紙くずの山になってしまった。……という事にちがいない。そうでもなければこの大量の旧紙幣の山の理由が説明できない。さて、この想像は当たっているだろうか。

インフレの名残は現在のベトナム通貨に見ることができる。あまりにもケタが大きすぎるのだ。ホーチミン市で通用している最低単位が二百ドンで、それ以下の紙幣はない。「ハオ」や「スー」などの通貨単位は流通していない。コーヒー一杯飲むと五千ドンもする。訪問団の報告集によれば当時の一ドンは六一円であった。それと比較するとインフレ率は二十三年間で七千六百倍に達したことになる。

映画『ローマの休日』で、逃げ出した王女がアメリカの新聞記者から一万リラを渡されて驚くシーンがあったが、ベトナムははるかその上を行っている。

●帰国

夜十一時五分発のベトナム航空便は予定時刻通りに雨上がりの曇り空の中を飛び立った。滑走路を離れて飛行機は傾きながら左に大きく旋回し上昇していく。まどの外いっぱいにホーチミン市の明かりが見えた。道路に等間隔にともる街灯は、ほんのりクリーム色で、それに照らし出された道路が真珠のネックレスのように見える。幾筋もの真珠の列に区切られて密集する建物の明かりは青白くまばゆく輝いている。街全体がクリーム色と青白色の宝石のように見える。こんなに美しい夜景は見たことがない。この明かりの下で無数の人々が活動し、それぞれの生活を営んでいる。ついさっきまで自分も、その中のひとりであった。

飛行機が上昇するにつれて、周囲の暗がりが見えてくる。真っ暗なベトナムの大地にぽっかりと輝く、宝石のような都市。それがだんだん遠くなってゆく。ベトナムへの航路は格段に増大し便利になったが、果たして今後ふたたび訪れる機会はあるのだろうか。もしや、これがベトナムを見る最後の機会だったのだろうか。そう思った時、ホーチミン市のまばゆい光景がにじみ、胸が熱くなった。そして、こころの中でつぶやいた。

さようなら、ホーチミンシティ。

さようなら、ベトナム。

右:アジア青年会議発行のベトナム訪問団報告書「解放四年後のベトナム」(B５版)

左:メーデーの日、公園にたくさん張り出されていた、子どもたちによるポスターの一つ。「全人民は兵士になる」。当時は中国からの侵略戦争の最中であった。訪問団は帰国後ポスターにした。

追記　この報告文を書いているうちに、ちょっと嬉しいニュースが飛び込んできたので、ぜひ伝えておきたい。

私はベトナム友好訪問団が二十三年前に残したパンフレット『解放4年後のベトナム』を参考資料にしている。この訪問団には私も参加していた。このパンフレットの最後のほうに、訪問団がホーチミン市でお世話になったガイド、ホンハーさんの事が紹介されている。ホンハー氏は、クチの革命根拠地で抵抗闘争を続けながら短波ラジオを通じて独学で日本語を習得したという。

「ホンハー」とは「紅河」の意味であるが、ハノイの東側に同名の大河が流れている。ここにはロンビエン橋という長大な鉄橋が架かっておりハノイ市と郊外とを結ぶ重要な補給線となっている。米軍は度々この橋を爆撃し、テレビカメラ付きの「スマート爆弾」によって破壊に成功した。この爆弾のカメラがソニー製であったのは知る人ぞ知る事実である。

ホンハー氏は名前の意味から考えても本名かどうかがわからず、どこか謎めいた人物であった。ところが、最近、このホンハー氏に二十三年ぶりに再会した。

それは八月三日、相模原市での事である。その日、戦車阻止闘争三〇周年を記念する集会がここで開催された。この集会には何名かの元アジア青年会議（戦車阻止闘争当時にはベトナム・インドシナ連帯委員会）関係者が参加していたが、私もその中のひとりとして参加していた。

元べ平連の小田まこと氏の挨拶に続いてベトナムから来日した訪問団代表が挨拶した。最初に挨拶したのはベトナム・日本友好協会事務局長グエン・コン・ティン氏であった。氏のあやつる日本語には独特の表情があった。また挨拶の中で語られたトンネルでの闘争の経験談も元訪問団メンバーであった私には聞き覚えがあった。「もしや、あれはホンハーさんではないか？」…集会終了後、ティン氏の控え室に押しかけ、彼が「ホンハー」氏と同一人物である事が確かめられた。全く思いがけない出来事であった。私は数少なくなった訪問団の報告記をティン氏に渡した。ティン氏は二十三年前の自分の写真を見ながらほがらかに笑った。そして握手し、私を固く抱きしめてくれた。

上下とも1979年5月ホータイ（西湖）ほとりのタンロイ（勝利）ホテルにて（右上が筆者）

UỶ BAN NHÂN DÂN
TỈNH LÂM ĐỒNG
***
Số : 1503 /UB
V/v Tiếp nhận hàng tặng phẩm từ người nước ngoài

CỘNG HÒA XÃ HỘI CHỦ NGHĨA VIỆT NAM
Độc lập - Tự do - Hạnh phúc
----------------------------------(145)

Đà Lạt, ngày 16 tháng 5 năm 2002

552
17/5/02

Kính gửi: - *Trường Cao đẳng Sư phạm Đà Lạt*

Xét công văn số 70 ngày 7/2/2002 của Trường CĐSP Đà Lạt về việc xin phép tiếp nhận hàng tặng phẩm từ người nước ngoài, Uỷ ban nhân dân tỉnh Lâm Đồng có ý kiến như sau:

Cho phép trường CĐSP Đà Lạt được tiếp nhận số nhạc cụ sau đây do Ông Mikihide Takano, giám đốc công ty Toki Co, Ltd., (Nhật Bản) gửi tặng thông qua công ty TNHH thương mại và dịch vụ SDS (thành phố Hồ Chí Minh):

- 2 Euphnium
- 2 Clarinet
- 1 Trumpet
- 2 Small sized Accordion
- 3 Alto recorder

Trường CĐSP Đà Lạt liên hệ công ty TNHH thương mại và dịch vụ SDS và Cục hải quan thành phố Hồ Chí Minh để đề nghị được nhận số tặng phẩm nói trên miễn thuế./-

Nơi nhận :
- *Như trên*
- *Sở GD&ĐT (biết)*
- *Lưu VP/NV*

KT. CHỦ TỊCH UBND TỈNH LÂM ĐỒNG
PHÓ CHỦ TỊCH

NGUYỄN ĐỊNH

ダラット市から送られてきた、寄贈品の受け取り書類。「ミキヒデタカノ」「トキ」の名が見える。

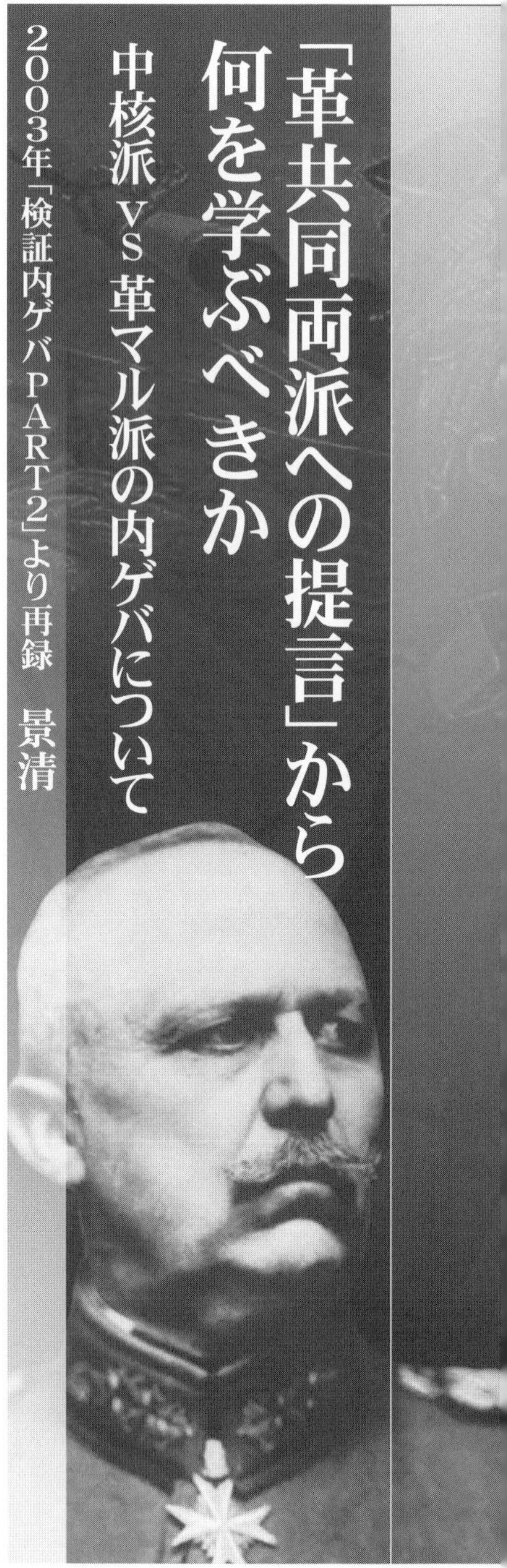

「革共同両派への提言」から何を学ぶべきか

中核派VS革マル派の内ゲバについて

2003年「検証内ゲバPART2」より再録　景清

内ゲバは過去の問題なのか

日本の大衆的社会運動は世界にも稀なほど沈滞した状況にある。イタリアで労働者のゼネストが闘われ、ロンドンやワシントンでは数十万人の人々がグローバリゼーションと戦争に抗議して起ちあがっている時に、日本の民衆は、アメリカの戦争政策やそれに追随して軍事国家化への道を進む日本政府に対して有効な運動を創りだし得ていない。

この原因の全てとは言えないにしても重大な要因として、新左翼党派間の内ゲバと、それを背景とした大衆運動への恐怖支配があった事は、既に多くの人たちによって指摘されている。

各セクトが大学を自派のテリトリーとして一元支配し、他の政治傾向を排除してきた結果、権力に立ち向かおうとする青年の自発的で健全な闘いのエネルギーは学生運動から奪い去られていった。また内ゲバは労働運動にも持ち込まれ、そのため労働運動からも、政府・資本に抗して闘うエネルギーは退いていった。

現在では、かつてほどの規模で内ゲバが行われる事はない。社会的運動が減退していくとともに内ゲバ党派の勢力も減退し、それにつれて内ゲバそのものも減少していったからである。それでは内ゲバは、もう過去の問題となったのだから、ただ学術的研究の対象として考察していればよいのだろうか。

『検証　内ゲバPART1』は、この内ゲバがもたらした深刻な社会的影響を体験者や当事者の言葉によって明らかにしているが、内ゲバの影響は今も運動の沈滞という深刻な結果を日本の社会運動につきつけている。又、内ゲバを正当化してきた党派は、現在も真摯な自己批判をおこなうことなく、自派がテリトリーとする労組や学園内部で一元支配を続けている状況にあり、かつて激しい内ゲバ戦争を演じてきた党派同士が、いまだにそれぞれの機関紙上でお互いを口汚く罵倒しあい、お互いを「権力の走狗」「反革命」と規定し、相手党派の「解体」「打倒」「せん滅」を叫んでいる。つまり現在の彼らには内ゲバを実行する力はないが、言論の上での「内ゲバ扇動戦」は今も続いているのである。このような状態を放置していれば、大衆運動が再びエネルギーを回復した時には内ゲバのエネルギーも回復し、巷にはふたたび内ゲバが横行するだろう。

したがって大衆運動の発展を願うならば、「内ゲバ問題」は単なる歴史的研究対象ではなく、撲滅の対象として認識されなければならない。内ゲバを撲滅するためにはどうしたらよいのか。内ゲバのない大衆運動を創っていくために必要なことは何なのか。そうした「実践的課題」として提起し実践していくべきであると思う。

革共同両派への提言

六〇年代以降のながい内ゲバの歴史の中で、党派による内ゲバに対して市民、あるいは学生など、特定の党派とは直接の利害関係を共有しない人々が自主的にたちあがった事例がいくつかある。ここではそのうちのよく知られた事例を考察してみよう。

七五年六月二七日、知識人による中核派・革マル派に対する「革共同両派への提言」（以下「提言」と略。資料参照）と言うものが出された。革共同両派の内ゲバ戦が激化し、死者も増加したことに悲観した、色川大吉、井上光晴、対馬中行、ののべながおき、埴谷雄高各氏はじめ一二名を発起人とし一一一名の賛同人を得て発表されたものであった。もとよりこの提言を発表した諸氏の善意については疑うものではない、しかし、提言は結局失敗したと断言してよいだろう。「提言」後も内ゲバが停止に向かう兆候は全くなかったからである。それはなぜだろうか。思うに、この提言の内容には重大な欠陥があったからであると考えられる。

立花隆氏は『中核派vs革マル派』の中でこの「提言」失敗の原因について「両派のどちらにも片寄るまいと努力したが故に、失敗に終わったといえる」と書いているが、それはまったくちがうと思う。この「提言」は主観的「公平さ」にも関わらず客観的に見れば革マル派に著しく片寄っていた。そしてその事を見抜けなかったのは、「両派」以外の事を全く念頭においていなかったからである。そしてその理由は「提言」が内ゲバの本質を見ようとせず、ただ現象面にだけとらわれていたためであると考える。

「提言」に対する両派の態度

この「提言」を読むと、明らかに革マル派・中核派両派に対して「休戦」を提案しており、「調停」「仲裁」を意図しているものであることがわかる。そして調停の内容として、両派に暴力的な敵対関係を解消することだけを望んでいるのである。「提言」の文言を読むと、両派のことを「既成左翼にかわって、真実、労働者階級の利益を代表する党派」というように高く評価している。

しかし、両派とも互いに相手を「権力の走狗」「反革命」などと規定している関係上、このような「提言」の表現を受け入れるはずがないと考えるのが自然である。実際、中核派はこれを拒絶し、「提言」の署名者を追及して自己批判書まで書かせ、機関紙『前進』紙上に発表したのであった。

ところが、革マル派はこの「提言」を一部保留付きではあるが高く評価し、機関紙『解放』紙上に大きく取り上げてキャンペーンをおこなった。又「提言」にも紹介されているように、革マル派は三月の段階で「内ゲバ停止」を宣言していたのである。このため、中核派側の内ゲバの激化により、内ゲバ戦争はこの頃には革マル派側の被害のほうが大きくなった。

では、この状況を理由に革マル派の態度の方を是とし、中核派だけを非難するべきなのだろうか。私はそうではないと考える。むしろ、この「提言」が革マル派の一方的な利害に関係している事を見落としてはならない。実はこの年三月一四日未明、中核派の本多延嘉書記長が革マル派の襲撃部隊によって虐殺された。革マル派はこれを「歴史的な闘い」と自画自賛したうえで、この後の三月二六日の政治集会で内ゲバ戦争の停止を一方的に宣言したという経緯がある。しかし、この停止は「彼らを力で一挙的にたたきつぶす権利を限定つきで一時保留しよう」というものであり、一時休戦にすぎないものであった。又「停止宣言」の後も「防衛」を名目として京都、大阪、東京などで中核派への襲撃を繰り返しており、「提言」の三日前には解放派を襲撃し死者を出している。この時も「防衛」を理由としている。つまり革マル派は、回数こそ減らしたが事実上は「内ゲバを停止した」といえる状態ではなかったのである。

「提言」は革マル派への迎合

この時点では革マル派も中核派も内ゲバ行使の「権利」を全く放棄していない。ただ、中核派側が主要に物理的暴力によって革マル派に対決しようとするのに対して、革マル派側は「内ゲバ停止宣言」によって、内ゲバに対する社会的非難の声を主要に中核派へ向けさせることで、自らは批判から逃れ、中核派だけを社会的に孤立させるという戦術へ方針を転換したのだと見ることができる。つまり「軍事戦」による多大な消耗を避けて「宣伝戦」へと方針を切り替えたのである。革マル派にとって本多書記長殺害は、この戦術転換にうってつけの契機であった。「敵の最高指導者を仕留めた」という事実は、組織内部に方針転換を納得させるに充分であっただろう。

本多書記長殺害によって革マル派側は「大戦果」をもって勝ち逃げを図ろうとし、中核派側が復讐心を煮えたぎらせて猛烈な反撃を開始していた時に、知識人「提言」は、この革マル派の思惑に乗って内ゲバを停止させようという試みであったと言える。両党派への非難も自己批判要求もなく、双方のこれまでの犯罪的行為には目をつぶり、それどころか「真実、労働者階級の利益を代表する党派」と褒めあげ、革マル派の「停止宣言」を「決定的ともいえる好機」と絶賛し、もし中核派がこれに同調すれば「急速に解決に向かう好機」と誘いをかけることによって、革マル派のイニシアティブの延長線上に両者の内ゲバ停止を期待するというものであった。

だから「提言」は、革マル派にとっては、まさに「渡りに船」。一方的に都合のよいものとなった。しかし中核派側にすれば、組織の最高指導者を殺されたまま、一方的な「停止勧告」をつきつけられたわけである。これでは「調停」が成り立つわけがない。調停とは双方の立場を対等・公平に扱ってはじめて成立するものだからである。中核派は、この「提言」を拒絶してさらに革マル派への内ゲバ戦争を激化させていった。これに対して革マル派は二月のニセ機関紙『前進』発行を始め、中核派区議の選挙妨害工作や「警察謀略論」キャンペーン、中核派を殺人罪で刑事告訴するなどの「謀略戦」へと重点を移していった。

「提言」は失敗する運命

この「提言」については問題にしなければならない欠陥がふたつある。第一に、当事者である両党派の善意(?)による内ゲバの停止に期待した「調停」であったことである。第二に、「調停」であるにもかかわらず、その絶対的前提条件であるべき「両者に対する公平な態度」を、この「提言」は貫けなかったことである。もしも、本気で調停の成功を願うなら、まず両派がそれまで殺害し、あるいは負傷を負わせた全ての人々に対して真摯な自己批判と、死者への哀悼の意を表明することが前提となってしかるべきである。両派の死者に対して互いに哀悼が捧げられたとき初めて、両派が互いに「同志の死に対する復讐の誓い」をおろす事が可能になるであろう。そして両者は「対等」になるのである。

しかし、もしもそのような要求を両派に対しておこなえば、その時点で「提言」は調停としては成立しなくなる。両派が自己批判や互いの死者に対する哀悼の意など、絶対に表明するはずがないからである。「提言」から二七年を経過した現在も、中核派も革マル派も自己批判どころか、内ゲバ殺人を「反革命をせん滅した」「権力の走狗を撃沈した」と公言してはばからないことを見てもこれは明らかである。「提言」を両派に対する「調停」として提案した時点で、失敗は運命づけられていたと言っていいだろう。

なお、「提言」は発起人・賛同人にとっても問題のあるものだったらしく、その後「第二提言」が出されているが、現実を無視した「調停」であったことに変わりなく、結局これも失敗した。

党派の「善意」に期待した「提言」

この「提言」がやめさせようとしているのは両党派相互の「殺人」と「テロル」であり、両党派がそれぞれ相手党派に対しての襲撃をやめることだけを求めている、しかし、このような「党派間」に限定した意味でのみ「内ゲバ」をとらえるのは一面的であり、現象的な理解にすぎず、内ゲバの本質にせまるものとは到底言い難い。なぜなら、内ゲバは殺人に至らない程度では、各職場・学園をはじめとして一般市民や学生大衆をも含めた広い社会運動とのかかわりの中で頻繁に起こっていることだからである。

内ゲバの「本質的目的」を考えてみれば、その理由がよくわかる。党派にとっての最終的目標は革命による国家権力の奪取であろう。そして、そのためには大衆運動の全ヘゲモニーを掌握する事が望まし

第四インター日本支部発行
「革命的暴力と内部ゲバルト」

い。もしも大衆運動のヘゲモニーの獲得と維持を民主的手段によってめざすならば、どの党派にもゆるされるべき「自由な政治活動」の範囲に属するであろう。

しかし、内ゲバ党派は、そのような「自由な政治活動」を許さない。彼らにとっては、すでに政治的ヘゲモニーを掌握している大衆運動（学生自治会なり労組なり）は「当然なる既得権」なのであり、これを維持するためには大衆運動内部の反抗的と見られる人間を暴力的に従わせるのは当然なのである。また、一方では他党派のヘゲモニーのもとにある運動を奪うためにも内ゲバは使用される。「自分たちだけが絶対に正しい」のであるから、民主的手続きは不要であり、大衆的運動の全てを自己のヘゲモニーのもとに掌握するのは「正義」なのである。だから、それが実現するまで暴力は使用され続けることになる。

例えば、やくざ同士の縄張り争いと比較すれば解りやすい。やくざにとって、自分の組の縄張りに居住する人々は自分たちの「所有物」であり、逆らう人間には暴力が下されるわけであるが、縄張りを拡げるためには他の組との間で暴力的抗争もおこなわれる。「知識人提言」が求めたのは、このうちの「組同士の手打ち」つまり平和共存であって、「やくざによる住民への恐怖支配」という「内ゲバの本質」（本来的目的）については全く触れられていないのである。

内ゲバへの批判は、「住民の立場」から始めるべきなのであって、「組の立場」に配慮したり「親分の善意」にすがる限り、本当の解決はあり得ない。

三四八人「声明」

知識人「提言」から九年後、三里塚空港反対闘争の戦術的方針を巡る対立から、中核派により第四インター派に対する内ゲバがおこなわれた。八四年一月九、一〇日、それから約半年置いて七月五、一四日に襲撃がおこなわれ、第四インター派は脳挫傷、片足切断も含む八名の重傷者を出した。この時には中核派が一方的にテロ襲撃をおこなったのであるが、第四インター派は、後で述べるように内ゲバとは全く違った方法で中核派に対抗したのである。又その間の三月七日には、前田俊彦氏の呼びかけにより、中核派の襲撃を非難する「声明」が三四八名の賛同者をもって発表された。

この時の三四八人「声明」（以下、「声明」と略）は、四項目からなる非常に短いもので、その中で、内ゲバに対する非難と、二つに分裂した反対同盟の「大義による一致」要求とを明らかにしている。特に第二項、第三項はこの「声明」が内ゲバをどう理解しているかをよく示しているので、ここに引用しておきたい。

「二、万人の自由と平等をめざし、平和を希求するわれわれは、物的利益主眼の権力政治に反対するとともに、運動内部での排他的なイデオロギーによる支配にも反対する。

一、運動上の意見や方針の相違を、物理的暴力、とくに肉体的な抹殺や、それを背景とした脅迫によって解決しようとするような行為は、運動の基本原則とまったく無縁であり、人民の運動の荒廃のみか、広く民衆一般の政治不信を広げるものと憂慮するわれわれは、このような行為が二度と起こされぬよう、強く要望する。」

「声明」は内ゲバの本質をとらえている

「声明」を「提言」と比較すると、明らかに違う点がいくつか見つかる。「声明」は内ゲバを「運動基本原則とまったく無縁」「人民の運動の荒廃」「広く民衆一般の政治不信を広げる」と強く非難しており、「提言」のように内ゲバ党派を褒めあげたり迎合するところがまったくない。また、内ゲバが「物理的暴力」「肉体的抹殺」に限定されるものではなく、「それを背景とした脅迫」の範囲も含まれることを宣言している。そのうえで党派同士の内ゲバだけに限定するのではなく「運動内部での排他的なイデオロギーによる支配」と書いており、内ゲバの目的・本質をはっきりと言い当てている。

つまり「声明」は「提言」のように党派の立場に配慮する事なく、大衆運動の立場から党派の内ゲバを糾弾しているのである。

そして、この「声明」は「強く要望する」とは書いてあるが、中核派に「内ゲバ停止宣言」を要求したり機関紙上での回答を期待しているわけではない。「声明」は内ゲバに対する実効性を伴った大衆的な反撃の始まりだったのである。それは第四インター派の反内ゲバ闘争とも戦術的に通じるものであった。

反内ゲバ闘争の始まり

「声明」は発表されただけでは終わらなかった。この「声明」に賛同した三四八名の多くは、労組や大衆運動団体で活動する活動家や、国会および地方議会の議員、あるいは党派関係者としてそれぞれの分野で活動する人々であり、多くの大衆運動において共に連帯して運動を進めていく仲間であった。賛同者たちは自分たちの運動に「内ゲバ党派を参加させない」方針を立て、それを実行していったのである。それまでは内ゲバ党派やそれに深く連なる大衆団体とも連帯して闘ってきた様々な団体が、「声明」をきっかけとして「内ゲバ党派と一線を画す」運動体として結び付いていったのである。

第四インター派は以前から「内ゲバに反対する党派」として知られていたが。この時にも内ゲバによって対抗せず、「声明」を支持し、あらゆる大衆運動のあるところへ「声明」を持ち込み、内ゲバ反対の大キャンペーンを繰り広げた。

さらに、第四インター派は、「中核派から大衆的つながりをはぎ取る」闘いを全組織をあげて展開していった。中核派と友好的であると見られる知識人・文化人に精力的に接触し、中核派の内ゲバの実態を説明し、このような暴力的な方法で運動を引き回す党派と手を切るよう説得した。そうした説得をねばり強く続けていった結果、多くの大衆団体が中核派と距離をおくようになり、また「中核派系」文化人が離れていったのである。

中核派は一時期、宮崎学氏と結びつき、一定の「大衆性」を復活させたかに見えたが、宮崎氏が公安調査庁と利権でつながるスパイであり、中核派の情報を権力に売っていた事実が判明すると、それはますます大きな打撃となって中核派を襲った。

現在の中核派は、過去に築いてきた「財産」によって、いまだに新左翼緒党派の中では比較的大きな勢力を誇っている。しかし、大衆的な集会や運動から排除される事も多く、党派的影響を大衆的に発揮させる事ができないでいる。これは革マル派にも言えることである。

内ゲバは民主主義への敵対

ここでの「内ゲバ」の用法に疑問を持った読者もいるかもしれないので説明したい。二つ以上の政治性勢力が相互に暴力的手段を用いて争うことを、一般に「内ゲバ」と呼ぶ。だから、一党派から別の党派や一般大衆に対する一方的な暴力の行使を「内ゲバ」と呼ぶべきでないとの意見もあるであろう。実際、「声明」には「内ゲバ」の用語はまったく使用されていない。この場合には、襲撃者側からの「これは正義の暴力であって内ゲバではない」という言い逃れを許さないためにも、あえて「内ゲバ」の用語を使用しなかったのは賢明であると考える。

だが、用語・用法はともかく、「内ゲバ」について考えてみる時には、このような限定的な定義によっては本当の姿が見えてこない。「提言」は中核派と革マル派の内ゲバに対して、限定的な定義に従って対応したために失敗した。内ゲバの本当の目標は大衆に対する暴力的支配なのであり、その支配権の争奪戦が内ゲバとして争われているのである。だから、大衆に対する暴力行為も「内ゲバ」とセットでとらえるべきなのであり、そのように理解したときはじめて、内ゲバの「ほんとうの被害者」である大衆の立場から、内ゲバを理解することができるのである。そしてまた内ゲバを撲滅する方法も見えてくるのである。筆者は「声明」のもつ優れた役割がそこにあったと考える。

左翼運動や市民運動が本来目指しているのは、平等で公平な利益や権利の享受であるといっていいだろう。自己が解放されたいだけでなく、その集団が目的とする事業を他の多くの人々と共同で達成しようとするからこそ、お互いの連帯感が生まれ、そこに運動が成立するのである。自己中心的なエゴイスティックな目的を持つ運動は社会的運動とはなり得ない。社会運動が発展しその運動に参加する人々が増えれば増えるほど、様々な傾向が運動に流入してくることになるわけであるが、その時「共同行動」として運動を組織していこうとするならば、運動全体の統一した意志を決定していく際のプロセスが重要な課題となる。方針決定などをめぐって様々な意見がある時、自由に意見を述べあう環境の中で、十分な議論の権利の保証と、最終的には多数意見を基調にするとしても少数意見を保留する権利を誰に対しても排除しない事が保証されなければならない。運動の参加者が主体的にその運動を推進していくためには、その運動の決定事項が参加者の自由意志による自主的な決定の結果である事が重要なのである。これをひとことで言えば「民主主義」ということである。

内ゲバはこうした民主主義を尊重せず、民主的手続きを無視するか形骸化させることによって、党派がエゴイスティックな方針を大衆に押しつけるための手段のひとつとして使用される。これに類する手段は他にもいろいろある。運動を担っている人々に民主的な討論をヤラセない、あるいは正確な情報を与えなかったり恣意的な情報操作をする、運動団体の中で影響力のある反対者やその勢力を脅迫したり運動から遠ざけたりする、あるいは物理的暴力を加える、そして一度運動団体のヘゲモニーを握ったら、権力を独占できるように非民主的な運営機構へと改変してしまう等々。こうした「民主主義の破壊」を手段として行われる権力簒奪行動を総称して「内ゲバ」と理解するべきである。

現在、「学生自治会」や「労働組合」の中には内ゲバ的手段によって簒奪されているものが多数ある。また、市民運動に対してもそのような方法による介入を謀ろうとしている内ゲバ党派がある。

内ゲバ党派は民主主義を破壊する。そうすることによって社会運動から党派の利己的利益だけを吸い取るだけ吸い取り、その結果、運動自体を堕落させるか又は破壊していく。内ゲバ党派の目的は「党派の利益」であって「運動の利益」ではないのである。このような内ゲバを社会運動に持ち込ませてはならない。また今までの内ゲバを正当化し、「正義の暴力」と居直っている党派や集団を社会運動に入れてはいけない。それは必ず社会運動に実害を与える事になるだろう。

早稲田大学反内ゲバ闘争の検証（略）

再建自治会勝利の可能性はあったか（略）

新しい運動の発展を目指して

資本のグローバリゼーションが人々の生活を翻弄し、ますます貧困へと追いやっている現在、これに対抗する世界規模での人民の運動が発展している。日本はこれに大きく遅れてきていたが、運動の回復と発展の努力はさまざまな方面からおこなわれている。今後、日本の大衆運動が発展していけるかどうかの「鍵のひとつ」は、内ゲバに対する対応が握っているのではないかと思う。

内ゲバに対して私たちはどう対応しなければならないのか。「提言」と「声明」との比較から、ある程度見えてきたのではないだろうか。「提言」は失敗したが、「声明」は現在、一定程度の収穫を得た。内ゲバに対して看過せず、これを糾弾し、内ゲバを正当化する党派やグループとは断固として手を切ってきた事が運動の発展に貢献したのである。

革共同両派への知識人提言から二七年、中核派テロへの三四八人声明から一八年が経過し、人々の記憶からあの忌まわしい一連の事件が忘れさられようとしている。忘れた頃にやってくるのは天災ばかりではない。内ゲバ党派は再びテロ的手段によって大衆運動団体を私物化する事を狙っている。

社会運動を発展させるために、内ゲバ襲撃を居直ってはばからない党派に対する警戒を解いてはならない。絶対にかれらを社会運動に参加させてはならない。

【参考】

●立花隆『中核ｖｓ革マル』
●小西誠ほか『検証　内ゲバＰＡＲＴ１』
●新時代社『革命的暴力と内部ゲバルト』
●新時代社『共同行動の原則と「内ゲバ」主義』

補論　クラウゼヴィッツとルーデンドルフ

2017年7月　景清

殲滅戦と総力戦

一九世紀初頭のドイツ軍参謀であったカール・フォン・クラウゼヴィッツはフリードリッヒ大王やナポレオンの戦法を研究し『戦争論』で「殲滅戦」としてまとめた。

殲滅戦とはひとりひとりを殺すことではない。組織として機能している軍隊の指揮命令系統を破壊し、壊走させ、軍としての機能を壊滅させる。それを殲滅戦と呼んだのである。

それから百年が経過し二〇世紀に入ると、戦争はもはや職業軍人だけの戦いではなくなっていた。軍事力のみならず、経済や人的資源も含む国家の総力をあげて敵と戦う時代となった。

第一次・第二次世界大戦を戦いドイツ参謀総長となったエーリッヒ・ルーデンドルフはこれを『総力戦』と呼んだ。

両派の戦いの行方

革マル派は中核派との内ゲバ戦争に当たって、学生の中から選抜した人員による内ゲバ専門の特殊部隊を創設し、中核派の職場や学園での幹部メンバーを次々と襲撃した。組織の「頭」を襲って末端組織を壊滅させる戦略をとったのだ。つまりこれは「殲滅戦」思想に他ならない。革マル派にとっては内ゲバは「組織活動の一部門」における専門部隊の領域でしかなかったのである。

ところが中核派の方は革マル派とは全く異なる戦術で反撃した。まず、全組織を内ゲバ部隊に組織し訓練し、組織の総力を挙げて対抗したのである。しかもターゲットは革マル派幹部だけではない。末端までの全メンバーを攻撃対象とした。

すなわち革マル派と中核派の内ゲバ戦は言い換えれば「殲滅戦」対「総力戦」の戦いだったのだ。これでは革マル派に勝ち目はない。もはや勝負はついたと言っていい。

中核派の「全面戦争」に悲鳴をあげた革マル派は、最高指導者である本多延嘉を殺し、そこに世間の「反内ゲバ」世論を利用するとともに、革マル派の息のかかった「知識人声明」謀略によってこの内ゲバ戦の「革マル派の勝ち逃げ」を目論んだ、というのが真相であろう。

しかし革マル派のそのような甘い謀略は、首領を殺された中核派には通じなかった。「内ゲバ戦争」という狭い世界では、革マル派は中核派に敗北した。

しかし同時に、大衆運動よりも組織の内ゲバを優先するような中核派もまた、大衆から信頼を失ってしまった。

「検証内ゲバ」　社会批評社
■四六判　345ページ 並製
■定価 2,300円＋税
■ISBN 978-4-916117-47-2

「検証内ゲバ Part2」　社会批評社
■四六判　337ページ 並製
■定価 2,300円＋税
■ISBN 978-4-916117-53-3

映画『永遠のゼロ』についての考察

感動の非戦作品か、戦争賛美作品か

2014年1月15日　まっぺん

■はじめに―批評の自由

リヒャルト・ワーグナーという音楽家がいます。彼は反ユダヤ主義者でした。彼の反ユダヤ主義と北欧神話に基づくゲルマン民族主義に彩られた音楽は、ナチスドイツに利用された。その結果、戦後成立したイスラエルではワーグナー音楽はタブーとなりました。そのタブーを一九八一年にインド人指揮者ズビン・メータが、二〇〇一年にはダニエル・バレンボイムが打ち破った。もちろんその時は賛成派、反対派双方の激しい応酬がありました。このワーグナーの音楽をどう思いますか？

音楽、文学、そして芸術一般をどう解釈するか。これは難しい問題です。いろいろな批評が有りうる。しかし「批評の自由」が前提となって初めて、豊かな理解や批判が生み出される。そうでなければスターリン主義によって「社会主義リアリズム」に画一されたソ連芸術や「頽廃芸術展」によってナチスに規制を受けたドイツ芸術のような事になってしまうでしょう。この事をまず確認しておきたいと思います。

■作家と作品の関係について

文学作品を読むとき、映画を観るとき、そこに何を読み取るべきなのでしょうか？　作家をまず見て、その人の思想調査をし、しかる後に作品を「その作家の思想の発現」として理解するべきなのでしょうか？　私はまったくそうは思いません。作家が自分の作品にどの程度「自分の思想を盛り込むか」は未知数です。

作品は「作家の私有物」でもありません。例えばそれが「論文」なら「作者の思想の反映」であり「作者の私有物」といっていい。しかし「文学」という虚構の芸術なのであってみれば、そこにはいくつもの解釈がなりたつのであり、ひとたび出版されたならば、それは読者諸氏によってさまざまな批評を加えられ、そうした批評の力によって新しいひとつの「作品」として完成してゆくのだ、と考えています。だから私は作家が何者であるかにかかわらず、まず作品そのものを偏見なく読むことから出発するべきだと考えています。

■故児玉清氏推薦がきっかけ

この作品に最初に出会ったのは三年前でした。ＮＨＫで「週刊読書レビュー」という番組があり、毎週そこでいろいろな本が紹介されます。故児玉清さんがここで本を紹介してゆくのですが、たまたま私が見た時に児玉さんが『永遠のゼロ』を読んで泣いた、というので興味をそそられたわけです。はたして書店に行ってみると平積みで、帯に児玉清氏推薦の言葉が書いてありました。そこで買って読んだので、百田氏についてはまったく予備知識もなく、「ゼロとは零戦のことらしい」というのは読んで初めて知ったくらいでした。つまり、まったく作者について何の偏見もなく読むことができたわけです。

「作者は右翼だから作品も胡散臭い」、あるいは逆に「作者は左翼だから良い作品に違いない」という偏見は捨てるべきです。それをいくつかの他の作品との比較で論じてみたいと思います。

■戦争と『風の谷のナウシカ』

『風の谷のナウシカ』はご存じのとおり、宮崎駿の初期の代表作で、私も何度も観に行きました。いい作品ですね。ではどこがいいのでしょう？　何が私たちを感動させるのでしょう？　これは架空の物語ですが、我々の多くが、核戦争による世界滅亡後の人類の物語というように翻訳して観たのではないでしょうか。つまりまったく架空ではなく、「どこか我々の世界に通じている」事を実感していた。

毒気をまき散らす「腐海」はまるで放射能汚染地帯のようです。その架空の「未来世界」で軍事大国「ドルメキア王国」が風の谷に侵略してくる。軍事力による戦争世界で、ナウシカは、「腐海」の秘密を知り、死を賭して戦争を止め、王蟲の怒りを鎮める。…　ここには大きな「戦争史観」＝「戦争についての作者のメッセージ」が横たわっています。軍事力による世界分割戦争は結局自らをも亡ぼすのだという主張が、作品全体を俯瞰して存在しています。その中でナウシカが見せるのは敵味方を超越した「人類愛」どころか、王蟲をも含んだ生物世界全体への愛情です。これが私たちを感動させる。

■司馬遼太郎の『坂の上の雲』

司馬遼太郎の時代小説はとても面白く、わたしもずいぶん読みました。その彼の『坂の上の雲』も、それぞれの登場人物の描写は見事で、非常に引きつけられます。また秋山兄弟、正岡子規、夏目漱石など、有名人が数多登場します。魅力的な人物描写によって、司馬作品は大きな説得力を持って読者に迫ってきます。そのような豊かな描写力によって魅力ある作品を書く実力を持った作家が敵に回ったら本当に怖い。

『坂の上の雲』はまさにそれを証明する作品と言えます。作品はふんだんな資料をもとにこの戦争を細部にわたって描写しています。海戦などは、それぞれの軍艦の位置や行動を何枚もの図を使って正確に、詳細に再現しています。そして清国軍やロシア軍と比較して日本軍の装備や作戦行動の長所・短所を指摘しながら戦争が進んでいく。しかしこうした詳細な資料による物語の進行の裏には実に巧妙に戦争賛美のメッセージが仕込まれている。

■「戦争賛美」とは？その意味

戦争を賛美するにはどうしても必要な条件が二つあります。

(1)愛する祖国の防衛のための正義の戦争だ＝「聖戦思想」

(2)個人の人権やいのちよりも国家が大切だ＝「国家主義」

(1)と(2)は連携しています。戦争を賛美するためには、その戦争は「侵略ではなく防衛」でなければならない。また「祖国愛」はひとりひとりの人権やいのちよりも気高い概念であり、国家のために国民は犠牲となってあたりまえ。そしてそのような犠牲は英雄的行為として賛美される。司馬遼太郎は、まさに戦争の「目的」という根幹的な部分において日清・日露戦争を「国家防衛の正義の戦争」と位置付けているのです。

当時の日本は産業発展と経済拡大によって世界の帝国主義諸国の一員となることを目指していました。だから周辺諸国への侵略は予定行動であり「国家の意志」でありました。江華島事件から、日清・日露戦争、韓国併合に至る一連の軍事行動は帝国主義への成長過程の一部でありました。また日清・日露開戦の契機そのものも、日本側の積極的な挑発があった事は歴史的に明らかです。それを「防衛戦争」と言いくるめ、そのために戦った青年たちを英雄に仕立て上げる。まさしくこの「歴史全体を高所から俯瞰する」位置において、この小説は「戦争賛美」作品であると言えます。

■現場の視点でつづる戦争

考察したふたつの映画・小説は、その物語全体を俯瞰する位置において対立するものでした。一つは博愛主義的観点から、もうひとつは国家主義的観点から、それぞれ戦争を俯瞰し、一方はそれを否定し、一方は肯定しています。そしてそれぞれ全く相反する目的のための「自己犠牲」が描かれている。私は前者には涙するが、後者には怒りを覚えます。

ではそのような「全体を見通した俯瞰的メッセージ」が、小説や映画にはかならず必要なのでしょうか？　そんな事はありません。末端の現場で兵士や庶民が体験した事をつづるだけでも戦争についての強いメッセージとすることができます。例えば大岡昇平の『野火』。私は若い時にこれを読んで非常にショックを覚えました。人間を生き地獄に突き落とす戦争の姿にぞっとしました。そのことだけで十分に説得力のある反戦のメッセージとする事ができることをこの小説は物語っています。だから『野火』は優れた反戦小説と言えると思います。

■映画『ビルマの竪琴』について

この映画も又、現場・末端の兵士たちの視点で戦争の姿をとらえた作品です。もともと小中学生のために書かれた児童文学で二度映画化されています。ビルマ戦線に派遣された軍のある小隊の話です。この小隊長は学徒出陣組でしょう。戦争末期に学生の兵役免除が取り消されたため、多くの学生が「幹部候補生」として志願しました。私の父もそうでしたが、学生は知識と学習能力が優れていると見なされ、幹部候補生として曹長、少尉くらいの地位にまで短期促成で出世させ、「見習士官」とか「予備士官」の地位を与えて、現場の指揮官として戦場に投入しました。

この小隊長は音楽学校を出ていて、兵たちに歌を教えます。その中の「羽生の宿」などがイギリス人にもなじみ深い歌であることから、歌を通じて敵味方同士が心を通じ合わせる事で、平和的に降伏することができます。やがて捕虜の中の水島上等兵が、異国の地で死んでいった多数の戦友たちをそのままにして帰れない、遺骨を弔っていかなくてはならないと思い詰める。そういう物語でした。

■戦友たちの死と生き残った自分

ここに登場するのは「普通の」兵士たちです。命令があれば敵兵（イギリス兵）と戦う、何の「反戦思想」も持たない普通の兵士です。しかしそんな兵士たちの中で水島が固めた決意は、実は当時の多くの日本軍兵士の胸に刻まれていた想いだったのではないでしょうか。

多くの戦友たちが死に、そのまま白骨化して山野に散らばっている。しかし自分は生き残ってしまった。その後ろめたさというか、罪悪感のようなものを当時の人々が背負っていたのではないでしょうか。私の父がそうでした。古い集合写真を見ながら「こいつも死んだ、こいつも、こいつも…」とつぶやいている姿は悲しげでした。しかし、そのように死んでいった仲間を悼む気持ちは、それだけでは何の思想性もありません。仲間の死を悼むあまり、それを「神」としてヤスクニに祀りあげることでそれらの「死」に「意味」をもたせるのか、それともその哀悼の気持ちから「不戦の誓い」を立てるのか。それによって道はわかれます。

■観客によって反戦映画となった

児童文学『ビルマの竪琴』が発表されたのが一九四七〜四八年。映画化が五六年です。まだ戦争の記憶が日本中に生々しく残っていた時代です。この映画は作者の側も「反戦映画」と意識していたし、多くの観客がそのように受け取っていった。だから、戦争についての明確な善悪のメッセージもなく、「戦友の死を悼む」気持ちの先にあるものを掘りさげていないにもかかわらず、水島上等兵への共感と共に明確に「反戦映画」として受け入れられ、空前のヒットをしたわけです。「あの映画の中の水島上等兵は自分だ」。そう思う多くの観客がこの映画を「反戦映画」へと育てていったと言えます。

現代の私たちの目から見れば、不完全なところはいっぱいある映画です。いま述べたように「死者を悼む」気持ちの「両義性」をはらむ曖昧さもそうですが、そもそも他国を侵略し軍靴で踏みにじったのに、自分の国の兵士だけを弔うのはどういうわけか。迷惑を被ったビルマ側の事情を何も考慮していないではないか。そういう批判も今ならできる。

日本の侵略戦争に対してアジア諸国の人々が告発を始めている現在からみれば、そういう視点の欠落は指摘できます。しかし、五〇年代当時ではできなかったのでしょう。それでもこの時代、日本人が反戦の決意を固めてゆく上でこの映画が大きく貢献した事は否定できません。

■零戦へのオマージュとして

さて、『永遠のゼロ』です。作者は零戦が大好きなのでしょう。同じ零戦でも二一型、三二型、五二型などいろいろな型の零戦を地域や年代ごとに塗装を変えて登場させるほどのマニアックぶりです。あるいはレシプロ機へのあこがれでしょうか。それなら百田氏だけでなく、宮崎駿にも見られる傾向です。『紅の豚』、『風の谷のナウシカ』、『天空の城ラピュタ』、『風立ちぬ』などの作品にもそれが見られます。

零戦は当時の日本の工業技術水準からは考えられないほどの高性能な戦闘機でした。米国や欧州のどこの航空機よりも速度、運動性能、上昇速度に優れ、航続距離などは当時の常識の数倍という驚異的な距離を誇るものでした。だからこれに多くの人が魅かれるのは当然です。しかし、それは戦闘機として作られた。だから戦争と切り離して語ることはできません。中国戦線で最初に登場した時から敗戦時の特攻に至るまで、作者はこの零戦に「宮部久蔵」という、ある意味では「理想のパイロット」を搭乗させ、それによって零戦への挽歌を捧げたのだ、と思う。

■おじいさんのものがたり

この物語は、若い姉と弟が特攻で死んだ自分の「本当の祖父」のことを調べ始めるところから始まります。二六歳の青年・佐伯健太郎は祖母が亡くなった日、祖父から実は血の繋がった本当の祖父がいた、と聞かされる。姉弟は生き残りの祖父の戦友たちを探し回って祖父・宮部久蔵のことを尋ねます。ところがどの人もみな久蔵を「腰ぬけ」「臆病者」「命を惜しむ奴」とさんざんののしる。しかしそれでも何人もの人に聞いてゆくうちにやがて全く違った意見を持った戦友に出会う。

宮部は結婚したばかりで出征することになりました。その時妻と固く約束を交わした。「私は絶対に生きて帰ってきます。けがをしても、例え死んでも絶対に帰ってくる」。この約束が彼を無謀な戦闘から避けさせ、そして「臆病者」といわれる事になった。しかし久蔵は自分の命だけを惜しんだのではありません。同僚や部下たちにも「少しでも生き残る可能性があるなら希望を捨てるな」と言い続ける。その久蔵の言葉に従って困難の中を生き残った祖父の戦友に、健太郎は会うことになります。

■この作品の性格をどう見るか

私は戦争を扱った映画・小説をいくつかのタイプにわけて論じました。まず物語全体を俯瞰する位置から戦争についてのメッセージを織り込んでいる作品として、「平和主義」の立場から『風の谷のナウシカ』、「国家主義」の立場から『坂の上の雲』を論評しました。次に、こうした高所からの俯瞰もメッセージもなく、現場の兵士の視点でつづった作品として『野火』と『ビルマの竪琴』を論評しました。この両作品とも、反戦思想など出てこないし、登場人物もみな命令で敵を殺す「帝国軍隊の兵士たち」ばかりです。それにもかかわらず、結果としてこれらの作品は戦争に対する嫌悪感、強い拒否意識を生み出す文学として人々に受け入れられ、またそのような批評によって、反戦文学となる事になりました。

では『永遠のゼロ』は上記と比較してどう分類できるでしょうか？　現代と六〇年前とを往き来しながら進行してゆくドラマのどこにも全体を俯瞰する位置からの「戦争美化」のメッセージは出てきません。むしろ宮部久蔵とその周囲のパイロットたちの現場の視点で綴られた物語と言えるでしょう。その人々がどんなドラマを展開してゆくのか。それはどうぞ自分の目で見て、それから考えて欲しいと思います。

■宮部久蔵は国家主義者か？

私は「戦争美化」の条件をふたつあげました。ひとつは「聖戦思想」です。当時の日本人の恐らく多くが帝国主義政府の宣伝に飲み込まれ、「鬼畜米英」への憎悪を燃やしていたことでしょう。またそうではない者も当時の言論統制と社会的風潮の中で政府の宣伝と強制に公然と反対する事はできなかった。そうした中で、宮部は「祖国防衛」だの「正義の戦い」だのとは一切言っていません。それどころか、この戦争に対する批判めいた言葉をいくつも残していきます。映画では省略された部分もありますが、それでもいくらかは出てきます。戦争全体についてどう思っていたのかはまったく語っていません。

もうひとつの「戦争美化」の条件は「国家主義」です。国家のために個人の人権やいのちを犠牲にする。この「国家主義」に対しては、宮部は真っ向から対立する立場にありました。そしてこの映画全体を最後まで貫き通す「国家よりもいのちが大事」という宮部のメッセージがあるからこそ、最後の感動があるのです。ネタばらしはマナーに反するので言えませんが、宮部は国家よりも家族への愛情をはるかに大切にしていたのです。だから「腰抜け」と言われた。また戦友たちにも「絶対に生き残れ」と言い続けた。

■死んだ部下を擁護する宮部

宮部が人のいのちをいかに大切にしていたかを物語るエピソードはいくつか出てきますが、その中でも死んだ部下を擁護するシーンは印象的です。戦争末期、宮部は教官となって後進を育てる任務についていました。その部下の一人が操縦に失敗して地面に激突して死んだ。上官の中尉は「精神が足りなかったからだ」「軍の風上にも置けない」と罵倒します。黙ってうなだれて聞いている部下たちの前で宮部は「伊藤は立派な男でした」と敢然と反論し、逆上した中尉によってめちゃくちゃに殴りつけられます。この時初めて、部下たちは宮部教官がただの腰抜けではなく、人のいのちを大切にし、部下たちの事を思っているのだと知ります。

実は映画には出て来ないのですが、宮部が死んだアメリカ兵に示す態度も当時の日本軍の常識から外れています。宮部は米兵の胸ポケットに入っていた女性の写真を見てから、裏の文字を読み、もとのポケットに戻します。そしてそれをもう一度取り出そうとした仲間を殴りつける。宮部は、あの写真はこの米兵の妻だ、一緒に葬ってやりたいと言う。こうした、人の命を大切にする宮部のやさしさが最後に、逆説的ですが特攻志願へと彼を向かわせる事になります。

■宮部はなぜ特攻を志願したか

宮部は個人の犠牲を強要する帝国主義軍隊の中で、それに逆らって人の命を優先させ続けてきました。しかし戦争末期、特攻戦術が採用されたために、自分が教えた若い学生パイロットたちが次々と死んでゆく。最初は操縦試験の「不合格」を出し続けることでそれを阻止していましたが、それも出来なくなる。この頃から宮部の態度がおかしくなっていきます。その理由は容易に分かります。「死ぬな、生き残れ」と言い続けてきた自分が、生き残るためではなく敵に体当たりするための操縦技術を教えている。そして「教官」という安全な地位にいて教え子たちを次々に死地へ向けて誘導し、体当たりを見届けて帰ってくるのです。これは宮部にとっては「地獄」にほかならない。

私は『ビルマの竪琴』のところで「多くの戦友が死んでゆき、自分だけが生き残ってしまった」当時の兵士たちの気持ちについて指摘しました。宮部の場合はそれどころじゃない。もっと酷いものです。自分が手を下しているようなものですから。だから宮部が特攻に志願したのは、この苦悩から逃れるために死んで行こうと決意したからです。またそれは自分が志願すれば、少なくともひとりは一日だけでも生き延びるという選択でもあった。

■宮部はなぜ飛行機を交換したか

この「戦友が死に、自分だけは生き残る」かもしれないという「試練」は、特攻機に搭乗した瞬間にもう一度、久蔵の前に現れます。それは「エンジン音」です。彼は非常に耳が鋭く、整備士さえ聴き逃すようなちょっとした音の違いからエンジンの不調を見抜く。映画ではちょっとだけしか出てないので見逃すかもしれませんが、これが最後の出撃の時に重要な鍵となります。最新型の零戦五二型に搭乗した久蔵は、すぐに部下のひとりに「飛行機を交換してくれ」と申し出ます。果たして部下が乗った五二型はやがてエンジン不調のため不時着し、彼は生き残ることになる。

宮部にはこの事が分かっていた。だから自分の命を助けてくれたことのある部下にこの飛行機を譲ったのです。もしそうしなかったら、おそらく宮部は一生後悔し続けたことでしょう。明らかに故障すると分かっている飛行機に搭乗し、まんまと自分だけ生き残る事になるからです。この宮部の特攻志願と飛行機交換とが最後の感動へとつながる。

およそこんな内容です。最初に述べたように「いろいろな批評」があってこそ「批評の自由」があって初めてゆたかな評価と批判とが可能となります。この映画をどう解釈しどう評価するかはそれぞれ違っていていいと思います。私は感動的な映画として評価します。大事なことは「自分で見て評価する」ことじゃないでしょうか。また、ぜひとも「本で読む」ことをお薦めします。

■映画には出てこなかった事

死んだ米兵へのやさしさもそうですが、おそらく時間的制約によって省略されたエピソードがいくつかあります。例えば宮部久蔵はプロに匹敵する囲碁の名手であった事です。それでその評判を聞いた上級の将校たちと囲碁を打つ。この中でも痛快なエピソードが綴られています。映画では宮部は戦争が終わったら何がやりたいか聞かれて黙っていましたが、小説を読めば碁打ちになる事を決意していた事がわかります。戦争との関係で言えば、将棋は戦術の遊び、囲碁は戦略の遊びと言われます。宮部は将棋しかできなかった山本五十六について「囲碁を知っていればあんな戦争はしなかっただろう」と語ります。日本軍には「戦略思想」が無かった。

それから、健太郎の祖母が亡くなったときに祖父が激しく号泣するシーンが出てきます。これには理由があるのですが、映画では解き明かされません。本を読まなければわからない。作者の百田尚樹は右がかった思想の持ち主のようですが、長年のテレビ業界の仕事経験から、自分の思想を盛り込んだらヒットしないだろうと分かっていたんじゃないでしょうか。だから思想的主張は抑えたのだと思います。

この映画を貫く最大のテーマは国家主義でも聖戦思想でもなく「家族への愛」です。戦争という究極の逆境の中にあっても貫かれた夫婦の強いきずなに、読む人・観る人は感動するのです。

■余談ですが――安倍は何に感動したか

安倍首相が感動したそうですが、いったい「何に」感動したのでしょうか？　たいへん不思議です。おそらくこの映画が持っているメッセージ＝「逆境を乗り越えた夫婦の愛のきずな」について分かっていないのではないかと思います。なぜならこの映画は、自民党が提唱する新憲法草案の趣旨とも対立する内容だからです。

その対立軸とは「人権問題」です。自民党の新憲法草案には反動的な面がいろいろありますが、その根幹には「国家主義」が貫かれています。これまでの日本国憲法が保障する基本的人権を「天賦人権説」として退け、国家が認める範囲に限定するという立場が安倍自民党の新憲法草案の主柱です。

つまり「人権よりも国家」。それは「国家よりも人のいのち」を優越させるこの映画のテーマと対立しているのです。

にもかかわらず安倍首相が感動したのだとすれば、戦闘機や戦車に乗ってはしゃぐミリタリーオタクで国家主義な首相が「国家のために戦闘をしている」シーンを喜んで観ているだけなのではないでしょうか？

空中戦のシーンはよく出来ています。しかし思想性はない。まぁゲームセンターでシューティングゲームに夢中になっている子どもとあまり違いがない。それからこの映画には海上自衛隊も協力したそうです。そうした情報、つまり「安倍首相が感動した」「作者は右翼的思想」「海上自衛隊も協力した」などの外殻的キーワードによって判断するのか、それとも内容を自分で観て判断するのか。本の読み方、映画の見方はそこが分かれ道だと思います。

■三〇〇万部突破の超ベストセラー

私がこの本を購入した時にはまだ一〇〇万部も売れてなかったと思いますが、昨年一二月二日には『オリコン二〇一三年年間「本」ランキング』で文庫部門一位と発表され、一二月九日には実売部数（発行部数ではなく）三〇二万七〇〇〇部と発表されました。三〇〇万突破は文庫部門では、というより漫画部門を除けば全部門で史上初めてです。

また映画は公開二日で四二万人が映画館に足を運び、一月五日までに累計で二五九万人がこの映画を観ております。国内映画ランキング（全国観客動員数）で三週連続第一位。二位がアニメの『ルパンvsコナン』、三位がハリウッド映画の『ゼロ・グラビティ』。

この作品がこれほどの影響力を発揮したのはなぜでしょうか？　少なくとも多くの人々にとっては「馬鹿馬鹿しい退屈な作品」ではないからでしょう。では「世の中が右傾化しているから」でしょうか？　私はそうは思いません。

キーワードは二つ。ひとつは「零戦へのオマージュ」であり、もうひとつは「夫婦の固い約束」です。しかし前者はどちらかと言えばマニアックな趣味的領域に過ぎません。鉄道マニアのそれと大差ない。戦場という殺伐とした現場が舞台であるにも関わらず、とりわけ後者の強い男女の愛情のきずなが人々に共感を呼び起こしているのだと思います。しかしそのようなテーマでは、「戦争賛美」とも「反戦」とも言えません。

■評価は読者・観客がくだす

映画『ビルマの竪琴』についてわたしは「観客によって反戦映画となった」と書きました。この映画には戦死者に対する鎮魂の気持ちが強く表現されています。そのために一大決心をした水島上等兵への観客の共感がこの映画を大ヒットさせ「反戦映画」へと押し上げた。

もしも鎮魂の気持ちが「ヤスクニ」へと動員されていたら、この映画は「戦争賛美映画」とされたかも知れません。「日本軍将兵への鎮魂」に留まっていてアジア諸国への謝罪が表現されていない事からも、そうした可能性はあったと思います。

しかしそうならなかったのは、やはり観客の圧倒的な反戦の気持ちからの共感が一定の評価を造り出したからです。

ひるがえって『永遠のゼロ』も又、戦争についての評価が定まっている作品ではありません。私たちの間に議論が起こったように、観た人々がこれをどう評価するのかによって、感じ方も違ってくる。だからこの作品が「戦争美化映画」として定着するのか、それとも「反戦映画」として定着するのかは、読者・観客の評価次第です。そのような作品に対して「左翼」を自認する人々はどう対応するべきなのでしょうか？

■感動の内容を明らかにしてゆく

作品をよく吟味せず、「作者の思想性」などの外的要素による偏見から自分の感情を前面に出して「馬鹿馬鹿しい、退屈だ」と逃げるのでは「大衆が感動・共感している」事実を解明する事はできません。大衆をそのように一方的に突き放すような態度はわれわれがとるべき態度とは思われません。逆に、この作品がこれほどまでに大衆的に支持されている事実を受け止め、分析し、感動・共感の理由を明らかにする事が、この映画を「反戦映画」へと発展させてゆくカギになると考えます。

この作品が大衆的に共感をもたらしたキーワードは二つあると書きました。その後者である「どんな逆境にあっても絶対に生きて帰る」という約束こそが共感の源泉です。その約束を断ち切った「逆境」とは、アジア侵略戦争と、それに続く太平洋戦争でした。その戦争犯罪者どもが戦争末期に採用した「特攻戦術」が、宮部を妻と子から引き離したのです。

「戦争」と「人のいのち」とが対立構造にあることはもう一つの場面でもはっきりと表現されています。それは操縦に失敗して死んだ部下を宮部が擁護し、それに逆上した上官が宮部を殴りつける場面です。殴りつける上官は、日本の国家主義の理不尽さを体現しており、明らかに「人の命を踏みにじる国家主義者」への憤りが、観客の心に宮部への共感を生み出しているのです。

この映画が感動を呼び起こす理由は、人命を国家の犠牲にする事を何とも思わない「国家主義者の命令」よりも「人の命、家族を大切に思う心」の方が気高く美しいからです。この事に多くの観客・読者が気づき、自分の流した涙の意味はそこにあったのだと理解した時、この映画は「反戦映画」として高く評価され、「国家主義」への強い拒否の気持ちを育ててゆくだろうと信じています。

藤田嗣治の戦争絵画に寄せて

戦犯画家糾弾は、贖罪のための「魔女狩り」だったのではないか

2020年5月　高野幹英

戦争責任に問われた戦後の画家たち

終戦後、それまで「集団催眠」とも言うべき戦争の狂気に駆られていた日本人が正気に戻って行く過程で、自らを精神的に解放するためにわき起こってきた現象の一つが「戦犯探し」と吊し上げだったのではないか。

軍部、政治家、そしてそれらに連なる人々が打ち建ててきた「天皇制国家」という虚構の精神的共同体。ここからの解放に向かって、直接の戦争犯罪者ばかりでなく、様々な分野での戦争協力者たちが「戦犯」として吊るし上げられ糾弾された。その中で筆を折り、画壇から去ってゆく画家たちは、日本人が過去と決別し自らを浄化させるための「生贄」だったのではないか。フジタは、それを察知したからこそフランスへと去って行ったのだ。

戦争を憎み、平和を願うための自浄行為。これは、七〇年昔の終戦直後ばかりでなく、現代でも続いていると思う事がある。

例えば歌。戦前に歌われてきた童謡や歌は、現在では廃止されほとんど誰も歌わなくなった歌も多数ある一方、戦争に関係する部分だけを除いて歌うようになった歌もある。

ところが、「蛍の光を歌うな！」というような極端な主張が今でも聞かれる事がある。「蛍の光」は明治時代にスコットランド民謡に訳詞を付けたものだが、三番、四番はその当時の天皇制国家主義を前面に押し出す内容であるため、戦後は二番までしか歌われなくなった。これを今でも「歌そのものを歌うな」と主張する意見に出会うことがある。

こうした「魔女狩り」的主張と、終戦後に藤田に向けられた糾弾の声とには共通するものがある。藤田は、その意味では戦争による二重の犠牲者だった。

藤田作品は人々を戦争へ導いたのか

作家自身の戦争責任について、作家自身がどの程度戦争に熱狂し、人々を鼓舞したのか、また作品の持つ「煽動能力」について、それが社会的にどのように影響を与えたのか、そして社会の中で生活する我々自身は、それをどう受け止めてゆくべきなのか。

以前「NHK日曜美術館」で、この作品を含む多くの戦争絵画をテーマにした事があり、藤田の他の作品も紹介された。藤田自身は、生活のためにやむなく協力したというよりも、積極的に協力した。

それについては、過去の多くのヨーロッパ絵画に描かれ日本ではまだ確立されてこなかった「戦争絵画」というジャンルへの意欲的な挑戦だったのではないか、という解説であった。

政府からの「戦争鼓舞」への協力という観点からみれば、この『アッツ島玉砕』は残虐さが前面に押し出されており、政府の目論みからズレているように思える。また絵画そのものから受ける印象は、むしろ丸木位里・俊の描いた『原爆の図』に匹敵する悲惨に支配されている。これを観るがわにとっては、戦争の悲惨さが印象的と言える。

絵画の「作品としての価値」は決してそれを描いた作者のみによって決められるものではないと言うことだ。

作品への評価と作家への評価の混同

戦争に関わった人の「戦争責任」について無視するつもりはない。しかし当時は、かなり多くの日本人が積極的にか、生活の為にかの区別無く戦争に動員された。兵士として参戦した者、軍事工場での生産に従事した者、それどころか食糧生産者さえもが「戦争加担」を問われなければならない。

なぜなら、ルーデンドルフが考察したように、戦争は一部の職業軍人だけが戦っていたクラウゼヴィッツの時代を終え、国家総動員体制のもとで戦われる「総力戦」の時代に入っていたからである。

もうひとつ、芸術家と芸術作品とを混同してはならない。藤田の『アッツ島玉砕』は『原爆の図』に匹敵する戦争の悲惨さを描きだしている。

なぜ丸木位里・俊の作品は高く評価され、藤田の作品は評価されないのか。私はそこに「戦争責任」への贖罪を、このような形の「戦犯画家糾弾」によって為そうとした人々の存在を思わざるをえない。

芸術家が生み出す作品は見る者・聴く者に様々な感情を催させる。しかしまた、同じ作品を誰もが等しく評価するものではない。様々な解釈がありうる所に芸術作品の意味がある。ところが、ナチスは作品評価の可能性を画一的に支配し、またスターリンも「革命的リアリズム」によって同じく「芸術の支配者」となろうとした。我々がそのような愚かな立場に立っていいのか？

また作品への評価がそのまま作家の「人間的評価」に結びつくことがあった。

では芸術作品の価値は芸術家の人間的価値を決めるのか？　また、逆に作家の人間性がそのまま作品の芸術的価値を決めるのか？　もっとはっきり具体的に言えば『永遠のゼロ』は百田が書いた作品だから腐敗している」のか？

逆に、革命的作家の作品は革命的で素晴らしいのか？


巨大な壁画によってメキシコ民衆に革命を鼓舞した画家シケイロスはメキシコ共産党員でもあり、亡命中のトロツキー宅を機関銃部隊で襲撃した。暗殺は未遂に終わり、そのあと別の男によってトロツキーは暗殺された。

シケイロスが日本に来た時、我々は何人かの仲間で、講演会場入り口でトロツキー暗殺を糾弾するビラを撒き、さらに会場内に入って、警備員につまみ出されるまで糾弾を続けた。しかし、そうであるからといって、シケイロスが描いてきた数々の作品を非難したり糾弾することは無かった。作品への評価はまた別に存在するのである。

作家への評価と作品への評価が画一的になされるとしたら、なんと貧しい評価なのだろう。

http://zigzag.blog.jp/archives/2451960.html

米国の対中国戦争戦略と日米安保体制

辺野古新基地建設のほんとうの目的は、日本を犠牲にして米国の安全を守ることだ

２０１９年ブックレット　武峪真樹

はじめに

このブックレットは、米軍が構想する世界戦略についての解説です。冷戦終結後、世界最大の覇権国家となり、世界中で破壊と殺戮を続けるアメリカはなにを考えているのか、日本はそれにどうかかわろうとしているのかを知り、私たちはそれに対してどう対処してゆくべきなのかをお考えいただくための資料として制作しました。どうぞご活用ください。

1 新しい時代が始まろうとしている

内閣府が２０１０年に「世界経済の潮流」と題する報告書を発表しました。そこでは、中国経済が大きく発展し、まもなくアメリカを追い越して世界一の経済大国になると予測されています。各国ＧＤＰ(国内総生産)の世界経済に占める割合を比較すると、２００９年には２０・５％を占めていたアメリカは２０３０年には１１・７％に後退しているだろう。日本も同じく６・０％から３・３％へと後退。それに対して中国は１２・５％から３０・２％へ急成長です。つまりあと１０数年経つと、日本と

アメリカのＧＤＰを合計しても、中国はその２倍になると内閣府は予測しているわけです。また２０３０年には、インドや東南アジアもふくめたアジア経済全体は世界のほぼ半分を占めることになります。バブル崩壊による経済恐慌の危険も見えてきていますからこの予測は必ず当たるとは言えませんが、アメリカ経済の減速は今も続いています。

人口の上でもアジア人はすでに地球人口の６割近くを占めています。また軍事の面でも、世界の軍事力の半分を独占してきたアメリカは現在では世界の３分の１になり、今も削減し続けています。２０１５年にはオバマ大統領が「アメリカは世界の警察官ではない」と宣言しました。もはやアメリカの軍事覇権による支配ではなく、世界の国々が対等平等に平和を求めて努力しあう時代になろうとしています。

2 米軍には「対中国戦争構想」がある

アメリカは今も中国を敵視し、「対中国戦争」のシナリオを持っています。これは海上自衛隊幹部学校が発行する『海幹校戦略研究』に翻訳掲載されています。

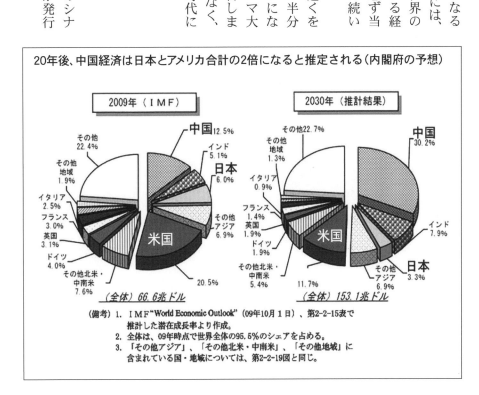

20年後、中国経済は日本とアメリカ合計の2倍になると推定される（内閣府の予想）

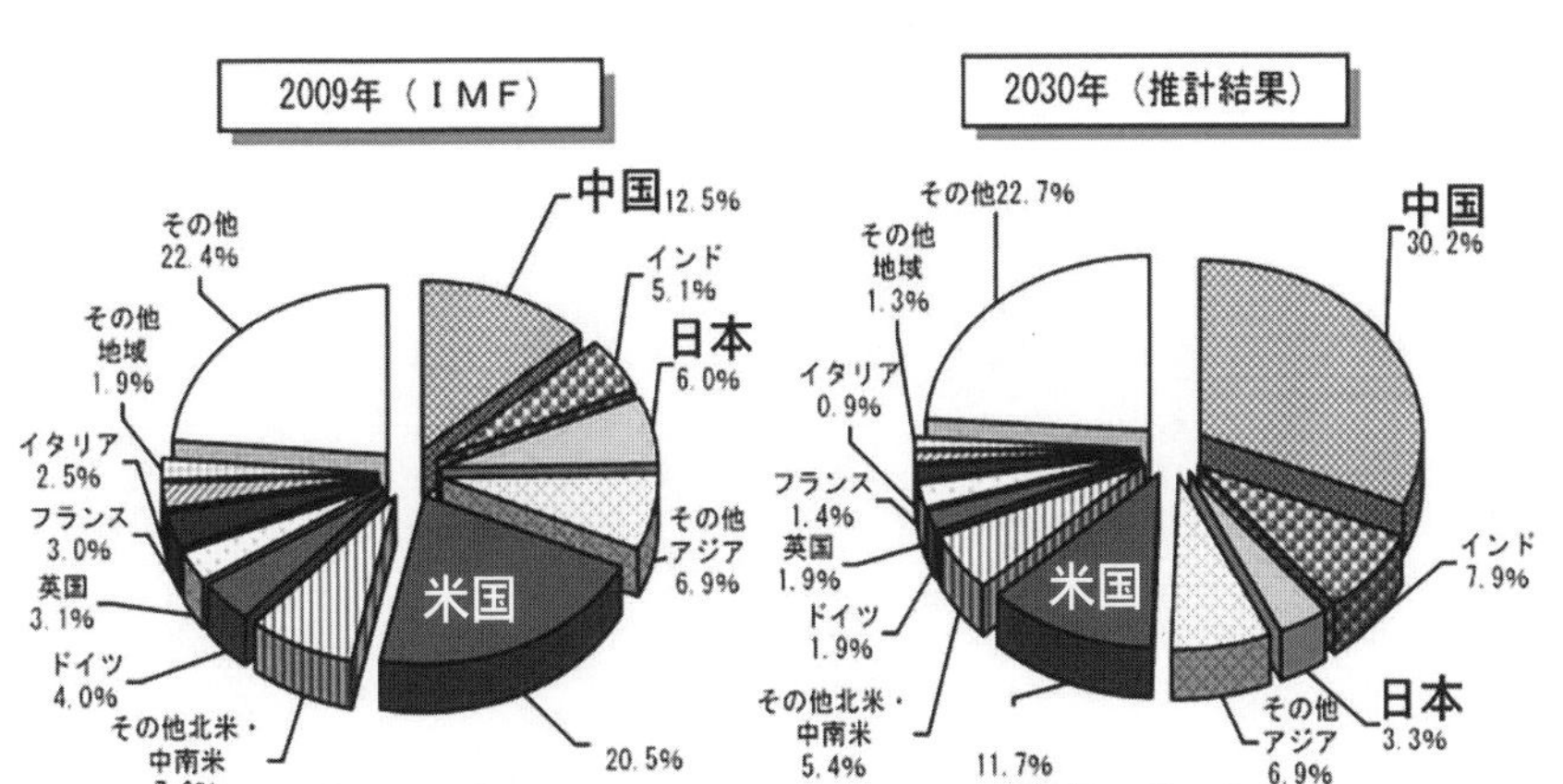

（備考）1. ＩＭＦ"World Economic Outlook"（09年10月１日）、第2-2-15表で推計した潜在成長率より作成。
2. 全体は、09年時点で世界全体の95.5%のシェアを占める。
3. 「その他アジア」、「その他北米・中南米」、「その他地域」に含まれている国・地域については、第2-2-19図と同じ。

海上自衛隊幹部学校ホームページ。ここにはエアシーバトル、オフショアコントロールなど米国戦略研究の翻訳書が多数収録されている

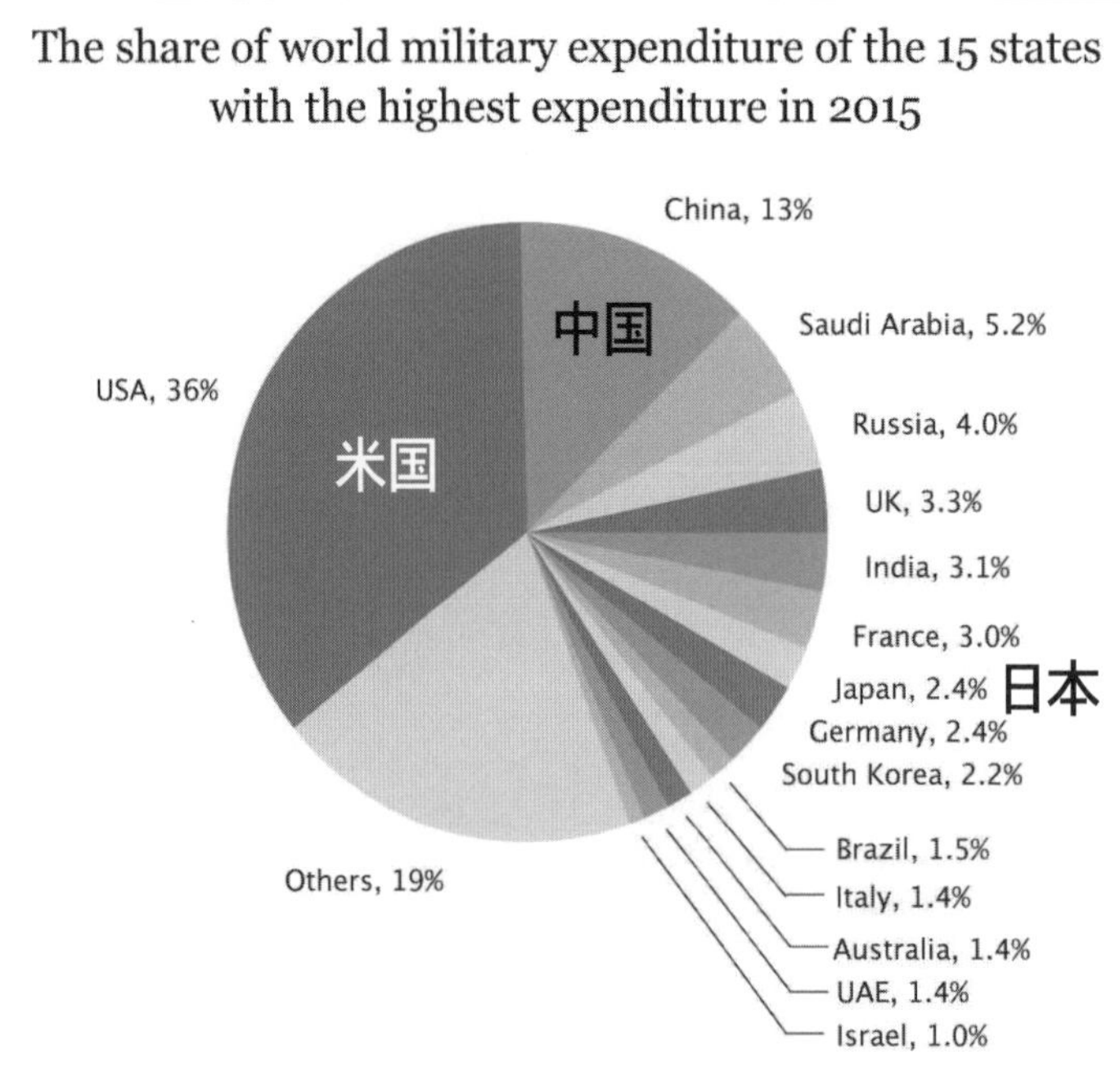

アフガン戦争のころ世界の半分を占めていた米国の軍事費は2015年には世界の約3分の1へと後退した。それに代わって中国が台頭してきている。経済成長に伴って軍事費を増やし、今では米国の約3分の1に成長している。

（ストックホルム国際平和研究所）

「エアシーバトル」と呼ばれる米軍の対中国戦争構想は、中国に対する空と海からの攻撃の構想として組み立てられてきましたが、中国は近年、目覚ましい経済発展によって軍事力も飛躍的に高めてきたため、米軍は米連邦議会国防委員会からの要請で戦略の練り直しを迫られました。それが「アメリカ流非対象戦争」戦略および「オフショアコントロール」と呼ばれる構想です。米軍は「アメリカ流非対象戦争」戦略によって、今まで世界中に散在してきた各部隊を特定の地域に集中して効率を高めようとしています。沖縄海兵隊のグアムへの移転はその一環です。また米軍はアメリカ議会の決定により軍事予算を削減し、世界中に展開する５０万の兵力のうち８万人以上も縮小することになったため、いままで米軍が全て担ってきた軍事的任務を、米軍の指揮のもとで同盟各国の軍隊にも分担させることになりました。これが「オフショアコントロール」の内容です。

このアメリカの方針にしたがって、日本は今、沖縄とその周へんの島々に自衛隊基地建設を進めています。今自衛隊が進めている南西諸島各地のミサイル基地やレーダー基地は、日本独自の方針ではなく、アメリカの方針に従って行われているのです。

3　アメリアと中国の戦争は起きるの？

中国経済が発展したのは、欧米や日本など先進諸国の企業や投資家たちが莫大な資金を中国に投資して、中国国内で様々な産業を育成し、中国の安い労働力を利用して巨額の利益を生み出したからです。それによって中国経済は大きく発展しましたが、投資した欧米や日本の投資家たちも巨額の利益を得ました。

今でもその関係は続いています。中国には、世界シェア１位の米国デル・コンピューターなど外国企業の工場群がたくさん立ち並んでいます。また先進国の投資家への利益の供給は続いています。だからもしもアメリカが中国と戦争をすれば、アメリカの投資家や企業が莫大な損害をこうむることになるでしょう。もちろんヨーロッパや日本の企業も。

また中国の軍事力は軍事費ではロシアの2倍を超え、アメリカの約3分の1で世界第二位になっています。大型大陸間弾道ミサイルも核弾頭も多数保有し、アメリカと戦争になればそれがワシントンやニューヨークに飛んでゆくでしょう。当然アメリカも北京や上海を攻撃するでしょう。そうなれば米中両国ともあまりにも被害甚大です。だから、アメリカも中国も互いに本格的な戦争を起こすことはできないのです。

4 それなら戦争は絶対に起きないの？

米中の直接の戦争は、双方ともあまりにも被害が大きくなるのでできません。そこで「アメリカ流非対象戦争」戦略では、アメリカ本土が攻撃されないようにアメリカ側も中国本土を攻撃せず、「特定の場所」で核兵器を使わない「限定戦争」を行なう事になっています。なんと！その「特定の場所」とは日本です。米軍が作成した地図には沖縄は「壊滅地帯」、日本本土は「戦場」と書かれています。つまり米中戦争の時には、アメリカと中国はお互いに安全なままで、日本を戦場にして「勝ち負け」を決めようというのです。

米中戦争が始まれば、中国は日本の米軍基地にミサイルを何百発も撃ち込んでくるでしょう。敵の軍事拠点をたたくのは戦争の常識です。たたかないはずがない。また敵の弱点を狙うのも戦争の常識です。ダムや発電所などは破壊目標となります。全国に５０カ所もある原子力発電所がミサイルで破壊されれば、もはや日本は、人が住める国ではなくなるでしょう。

なぜそうなるのでしょうか。それは日本と沖縄に米軍基地が集中しているからです。なぜ日本に米軍基地集中しているかといえば、日本はアメリカと日米安保条約（安保）を結んでいるからです。つまり「日本には安保があるから米軍基地があり、米軍基地があるから攻撃される」わけです。

5 戦争が起きるとすればどんな理由で？

アメリカが想定しているのは「中国が台湾に進撃してくる場合」です。中国は「台湾は中国の領土」と言い続けています。台湾が中国の領有となるのか独立するのかは、台湾の人々が決めるべき問題ですし、戦争ではなく外交手段によって平和的に解決する道もあるはずですが、アメリカは、中国が台湾を武力攻撃してくる場合を想定しています。

台湾の中国側に向いた西海岸は非常に強固な防衛対策がほどこされていますから、中国は黄海から出て南西諸島を越え、台湾の東へ回り込んで東海岸側から攻撃しな

仮想敵国が山陰地方に上陸し近畿・中部や東京へ進撃してくる事を想定した日米合同の図上軍事演習。作戦名は「ヤマサクラ」（海幹校戦略研究より）。しかしこの作戦には重大な欠陥がある。敵が原子力発電所を攻撃することをまったく想定していない。

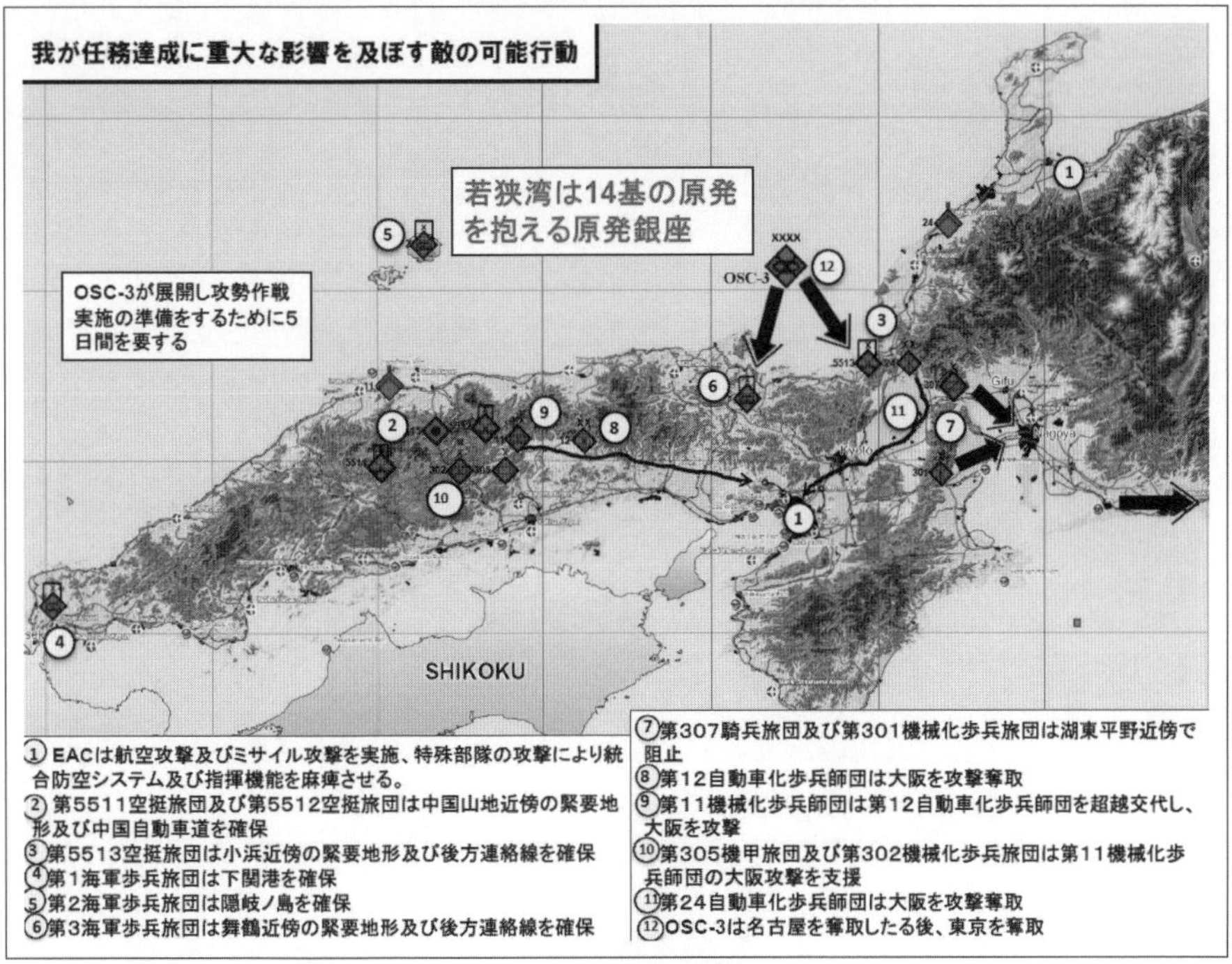
我が任務達成に重大な影響を及ぼす敵の可能行動
若狭湾は14基の原発を抱える原発銀座
OSC-3が展開し攻勢作戦実施の準備をするために5日間を要する
OSC-3
XXXX
SHIKOKU
①EACは航空攻撃及びミサイル攻撃を実施、特殊部隊の攻撃により統合防空システム及び指揮機能を麻痺させる。
②第5511空挺旅団及び第5512空挺旅団は中国山地近傍の緊要地形及び中国自動車道を確保
③第5513空挺旅団は小浜近傍の緊要地形及び後方連絡線を確保
④第1海軍歩兵旅団は下関港を確保
⑤第2海軍歩兵旅団は隠岐ノ島を確保
⑥第3海軍歩兵旅団は舞鶴近傍の緊要地形及び後方連絡線を確保
⑦第307騎兵旅団及び第301機械化歩兵旅団は湖東平野近傍で阻止
⑧第12自動車化歩兵師団は大阪を攻撃奪取
⑨第11機械化歩兵師団は第12自動車化歩兵師団を超越交代し、大阪を攻撃
⑩第305機甲旅団及び第302機械化歩兵旅団は第11機械化歩兵師団の大阪攻撃を支援
⑪第24自動車化歩兵師団は大阪を攻撃奪取
⑫OSC-3は名古屋を奪取したる後、東京を奪取

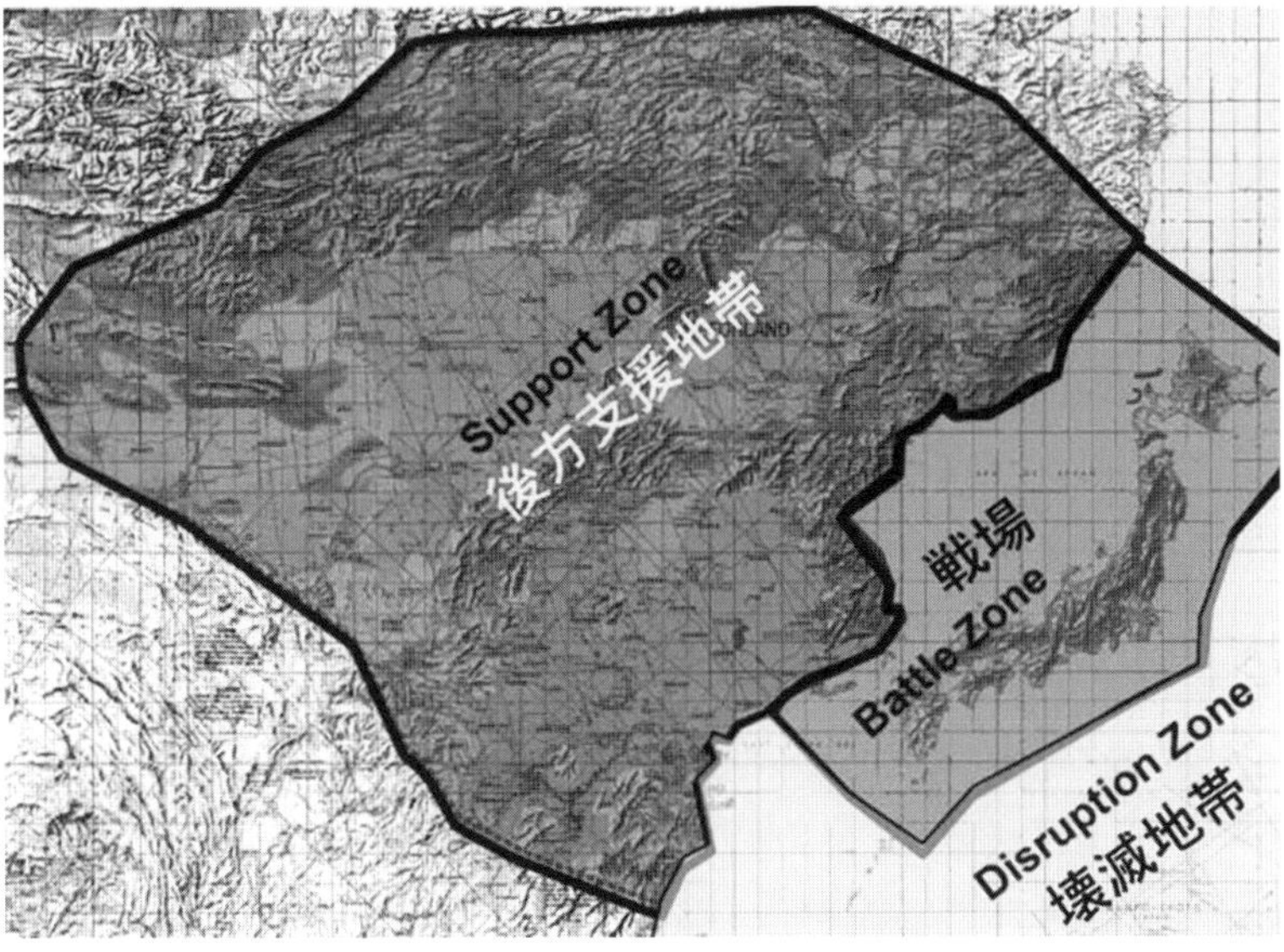
Support Zone
後方支援地帯
戦場
Battle Zone
Disruption Zone
壊滅地帯

もしも米中戦争が起きたら奄美以南は壊滅地帯、日本本土は戦場とされている。（YS61Brief 資料より）

防衛省が開発中の超高速滑空弾による攻撃の模式図。このような高速のミサイルが開発されれば迎撃はもはや不可能となる。中国も同種の高速滑空弾を開発すれば撃ち合いとなり、互いに甚大な被害が想定される。その被害は南西諸島住民が受けることになる。

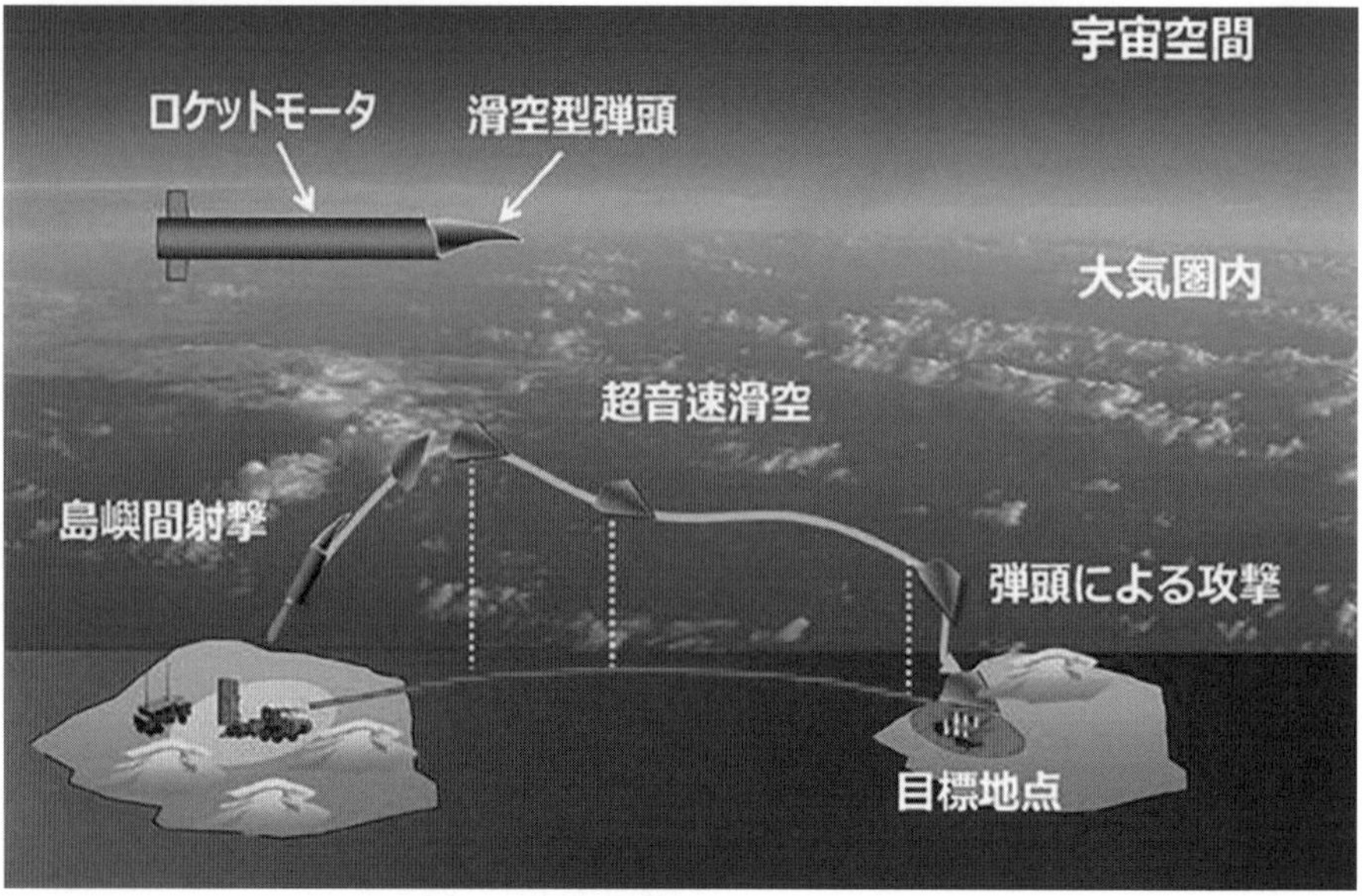

ければなりません。その中国軍の進路の途中に宮古島や石垣島などの先島諸島があります。いま宮古島、石垣島、与那国島に自衛隊がミサイル基地を建設しているのは、もしも米中戦争になったら中国軍を迎撃するのが目的です。つまりこれらのミサイル基地は「日本防衛」ではなく、「台湾防衛」のために建設されているのです。

もしも自衛隊が中国軍をミサイル攻撃すれば、中国側だってだまっていません。ミサイルを撃ち返してくるでしょう。その時、宮古・石垣合計１０万人以上の住民をわずか１５００人の自衛隊で守れるのでしょうか？

6　アメリカは日本を守ってくれるの？

日本に米軍基地があるのは日米安全保障条約（安保条約）が結ばれているからです。でも安保条約のどこにも「米軍は日本を守る」などとは書いてありません。しかし「極東の安全を守る」とは書いてあり、極東にいくつもの米軍基地があるので、結果的にはそれは日本を守ることにつながるかもしれません。しかし米軍は、日本をはじめ世界中の米軍基地、洋上の空母や潜水艦、宇宙衛星を組み合わせたネットワークで、地球全体を包括する世界戦

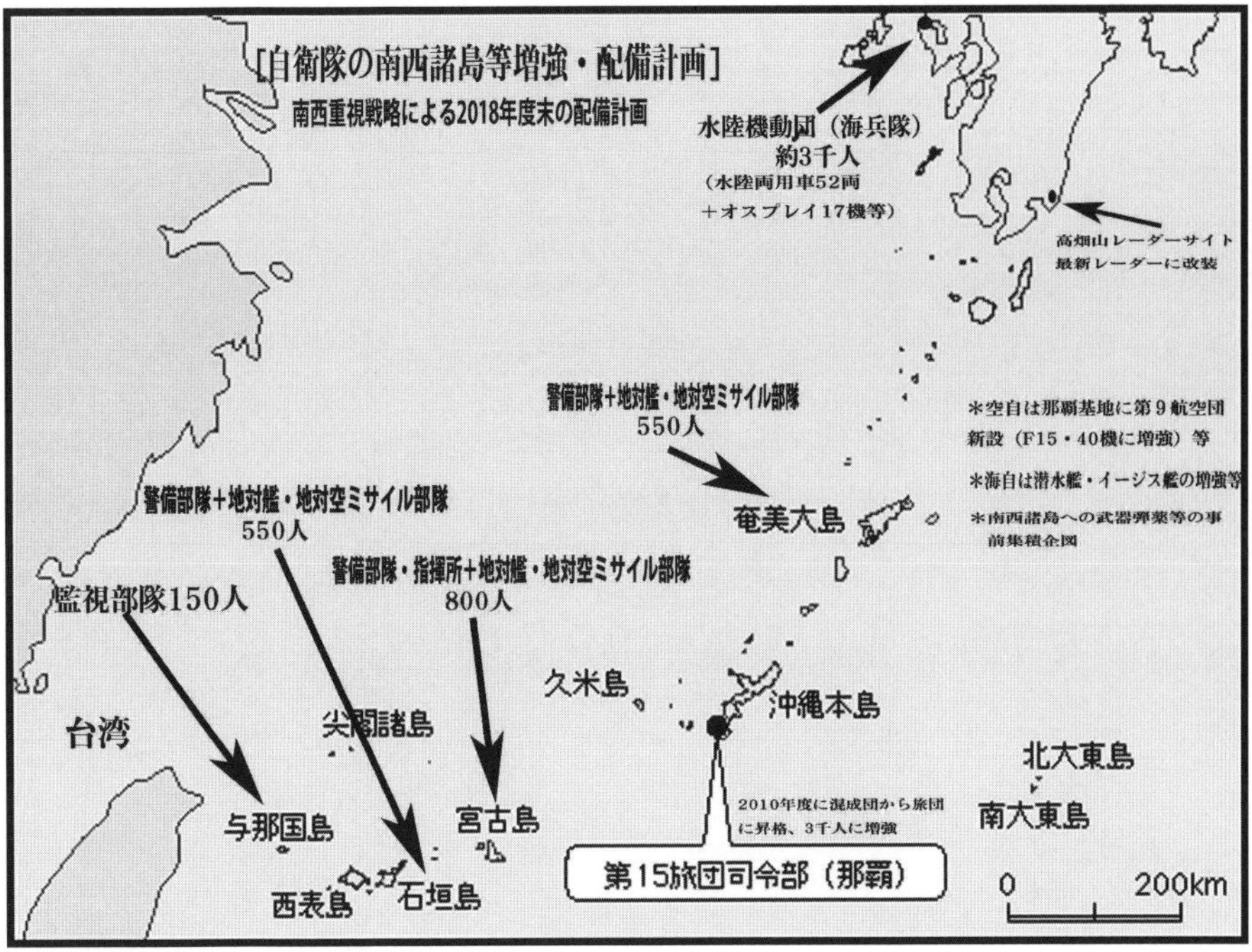

略のもとで軍事行動を行なっています。湾岸戦争の時には、沖縄で軍事訓練を受けた米兵が中東へ出撃していきました。つまり安保条約は米軍の世界戦略のために日本を利用するのが目的なのです。

もしも米中戦争になった場合、米軍基地がある日本や沖縄に何百発ものミサイルが一斉に飛んできます。とても防ぎきれるものではありません。そこで米中戦争構想では、戦争が始まったら米軍はいったん基地を捨てて（つまり日本を見捨てて）テニアンやサイパンなどに退避することになっています。そして次の第二段階で制空権を奪い返し、中国の艦船や飛行機を攻撃する。そして第三段階が日本本土での戦争です。日米合同の「ヤマサクラ」作戦は、日本だけを戦場として行われる戦争を想定しています。

つまり現在の日米安全保障条約は、「米軍による日本の安全保障」ではなく、逆に「日本の犠牲によるアメリカの安全保障」が目的なのです。

7　先島諸島自衛隊配備の本当の目的

政府は宮古島、石垣島、与那国島など（先島諸島）

に自衛隊を配備しようとしています。配備されるのは、警備部隊のほか、地対空ミサイル部隊、地対艦ミサイル部隊、そしてレーダー部隊。

政府は配備の理由を「中国の脅威から日本の国土を守るため」といっています。しかし現地の人は「そんな脅威は全然感じない」と言っています。実は政府も「中国が尖閣諸島や宮古島に攻めてくる」とは思っていないのです。5でもお話ししたように、このミサイル基地は中国の攻撃から台湾を守るために設置されるものです。しかも今までなら米軍が守るところを、同盟国軍隊に米軍の役割を肩代わりさせる「オフショアコントロール」構想によって自衛隊が派遣されたのです。

つまり派遣された自衛隊は日本の防衛方針によってではなく、「台湾防衛」という米軍の構想にもとづいて米軍の「下請け」を引き受けているということです。そのために「集団的自衛権」容認や安保法制が必要になったわけです。

「米軍のコマ」として米軍の下で使われ、米兵の代わりに人を殺し、米兵の代わりに戦死する。そんなことがあっていいのでしょうか？

8 なぜ政府は辺野古にこだわるの？

米軍普天間基地は、２００３年にラムズフェルド米国防長官が「世界一危険な米軍施設」と指摘したように、周辺市街地や学校への飛行機の墜落の危険や、騒音被害、駐屯する米兵の犯罪も含めてたいへん危険な基地ですが、米兵による少女暴行事件をきっかけに沖縄県民が抗議し、基地を撤去することが決まりました。しかしそのあと、日米政府のあいだで「基地を別の場所に移転する」と話が変わり、その候補地として名護市辺野古沖合とされてしまいました。しかし辺野古に建設が予定されている基地の機能は、それまでの普天間基地よりもはるかに拡充されます。１８００メートルの滑走路を2本備え、岸壁には大型艦船が停泊できるようになります。ただ「移転するだけ」ではないのです。

実は辺野古への基地建設は50年も前のベトナム戦争の時から、米軍の出撃拠点として計画されていました。今回はその「本当の目的」のために「普天間基地撤去」を口実に使っただけなのです。

辺野古に新しい基地が完成すれば、西太平洋全域への

自動車道を高速走行可能な機動戦車も
島内配備予定（陸上自衛隊ウエブサイト）

宮古島などに配備予定の最新鋭の88式
地対艦ミサイル（陸上自衛隊ウエブサイト）

５０年前の辺野古基地建設計画を報道する東京新聞（２０１５年４月２６日）

東京新聞　2015年（平成27年）4月26日（日曜日）　©中日新聞東京本社2015　《日刊》

50年前 辺野古基地構想

米軍 長期固定化にらむ

反対運動恐れ 頓挫

本紙公文書入手

【ワシントン＝斉場保伸】本紙は、ベトナム戦争中の一九六六年、米軍が沖縄県名護市辺野古地区を含む大浦湾で大規模な新基地建設計画を進めていたことを示す公文書を米国立公文書館に資料請求して入手した。当時の琉球列島米国民政府（USCAR）渉外局が「極秘」指定していた文書によると、米当局者らは対ベトナム戦成功のため、辺野古地区での基地建設が「最適」と判断。用地買収など具体化への準備を進めたが、予想される反対運動にも強い警戒を招き、計画は結局実現しなかった。＝核心③、公文書の抜粋⑤面

ワシントンで二十八日、安倍晋三首相とオバマ大統領による日米首脳会談が行われ、米軍普天間飛行場（沖縄県宜野湾市）の辺野古への代替施設移設が最大の焦点の一つ。現在の米政府は「辺野古移設は日本政府が約束しており日本の内政問題」とする立場だが、米軍自身が強い関心を寄せていた辺野古での基地構想が約三十年後の九七年、形を変えて復活したともいえそうだ。

文書は、USCAR渉外局が新たな海兵隊航空基地建設や計画がもたらす影響についてまとめた六六年三月から九月までのメモや公電などで全部で約百㌻。

民家が密集する沖縄県中南部や地形が険しい北部など他の地域と比較し、辺野古地区を含む大浦湾一帯が最適地と判断した。大浦湾一帯に約三千百㌶（約十三平方㌔）の用地を確保。隣接して軍港も整備し、最終的には、米陸海空軍と海兵隊の四軍を統合した基地とする構想に発展。沖縄が懸念する基地使用の長期固定化につながりかねない内容となっていた。

建設費は一億一千百万㌦。（当時の相場で約三百九十九億六千万円）と試算し、新たに生み出される雇用は九百～千人分の需要を描いた。那覇軍港や那覇空軍基地など別々の軍施設を一つに統合することが建設の目的と指摘しているが、普天間飛行場については統合対象として言及されていない。三月十日付の会議メモによると、海軍は神奈川県の米軍横須賀基地の代替基地、あるいは並行して使用する意向も持っていた。

一方、基地建設がもたらす住民の反応についても分析。反対運動が巻き起こった場合、米軍の沖縄駐留にも悪影響が及ぶとの見方が示されている。

八月二十九日付文書では渉外局のモンジョー副局長代行が「（基地建設への）抗議運動が活発化すれば、米軍が沖縄にいることを容認する状況が逆転する可能性がある」と指摘。用地取得をめぐる九月十九日付文書でも「長期間にわたり沖縄を米軍の基地として使うことに対する日米・琉球関係へのリスクを検証しなければならない」としている。

米国立公文書館に所蔵されている琉球列島米国民政府の1966年当時の公文書＝斉場保伸撮影

97年再浮上　移設強行、米なお懸念

解説　米国が沖縄の民意の動向に神経をとがらせるのは、今も同じだ。地元の反対を押し切っての普天間飛行場の辺野古移設には、米国でも懸念が広がる。

対日専門家のジョージ・ワシントン大のマイク・モチヅキ教授は、昨年の沖縄県知事選と衆院選の四つある沖縄小選挙区で、いずれも反対派が勝ったことを重視。民意に逆らって移設を進めれば「沖縄県民の怒りが日米同盟を揺るがすことになる」と懸念する。

辺野古移設の強行を危惧する声は米政府内にもあるが、既得権益を守りたい軍の抵抗は根強い。「オバマ大統領が動かないと状況は変わらない」と別の対日専門家は指摘する。ただ、安倍政権と沖縄の対立は、あくまで「日本の国内問題」というのが米政府の立場。懸念こそすれ、日本政府が辺野古移設見直しを言い出さない限り、米側から動くことはなさそうだ。

（ワシントン・青木睦）

辺野古への新基地建設問題の経緯

1966年	米軍が辺野古地区に新基地計画（米公文書から）
95年	米兵による少女暴行事件が発生。米軍基地負担への反発強ま
96	日米が普天間飛行場の全面返還で合意
97	政府が辺野古沖に撤去可能な海上ヘリポート建設の概要を決
99	稲嶺恵一知事が15年使用期限などを条件に受け入れ表明
2006	日米の安全保障協議委員会（2プラス2）で辺野古沿岸部に決
10	日米両政府が辺野古移設を再度決定
13	仲井真弘多知事が辺野古への新基地建設を承認

東京新聞
中日新聞東京本社
〒100-8505

紙面について
電話 03-6910-2201（土日祝日除く 9:30～17:30）
FAX 03-3595-6935
東京新聞ホームページ
TOKYO Web
www.tokyo-np.co.jp
本紙記者がツイッターでつぶやいています
東京新聞政治部
東京新聞けいざいデスク
東京新聞写真部
東京新聞鉄道クラブ
東京新聞文化部
東京ちゅん太（生活部）
東京レター（外報部）
東京エンタメ（放送芸能部）
チョウカンヌ（次世代研究所）

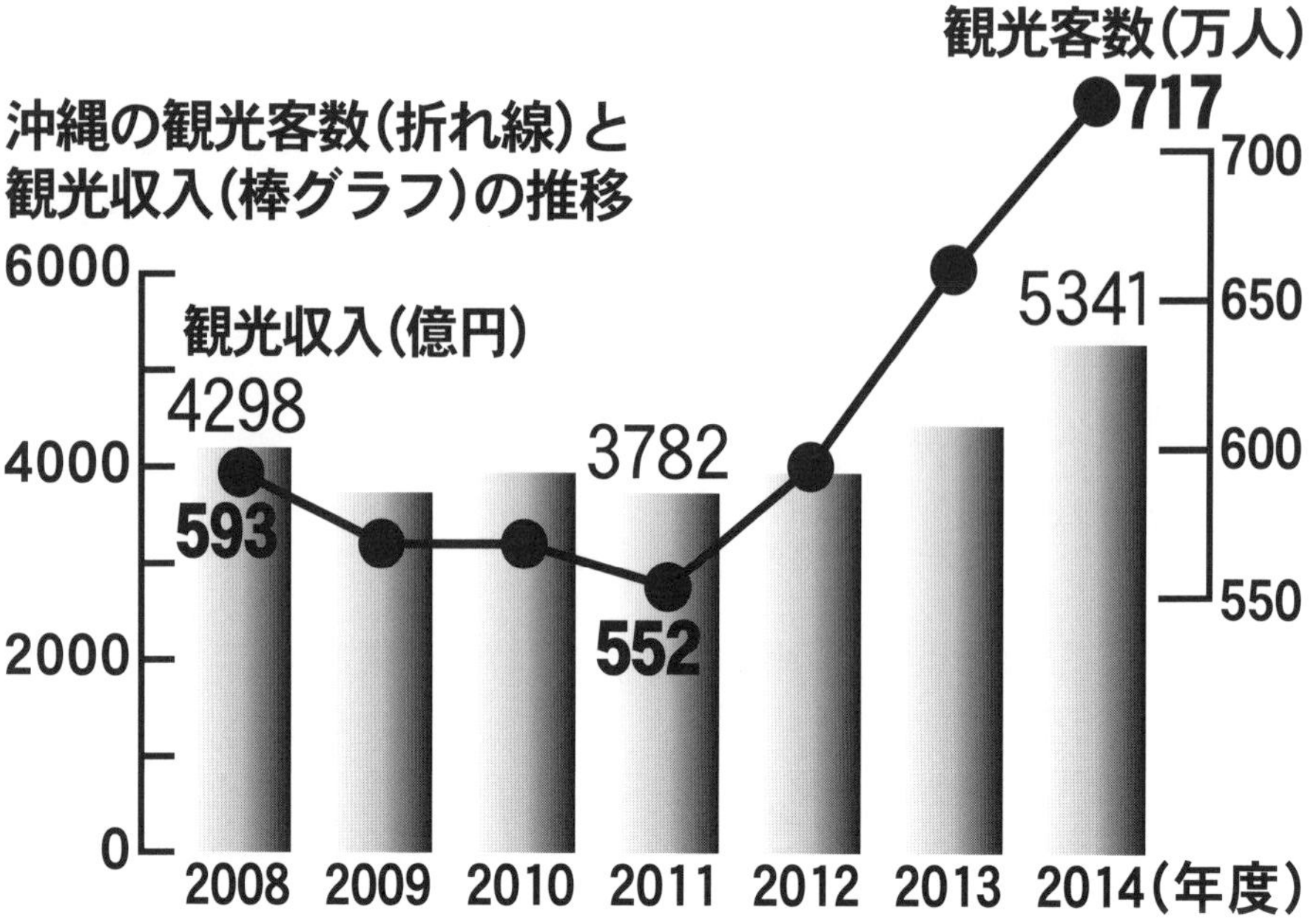

沖縄経済は基地収入が減り、観光収入が増大している

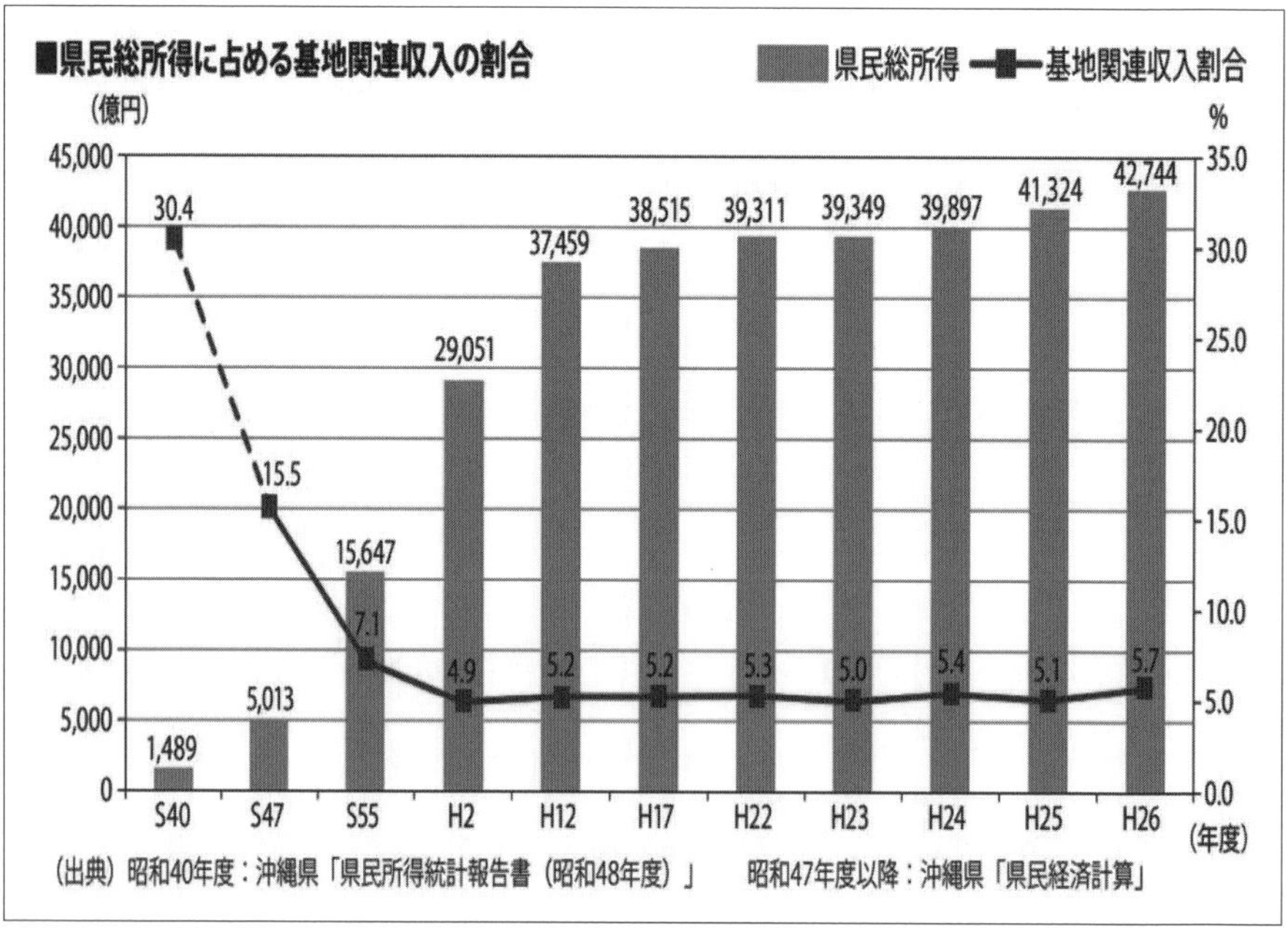

最前線基地となるでしょう。それは、もしも戦争や紛争が起きれば真っ先に攻撃される辺野古周辺一帯が一番危険なところになるということです。

日本は米軍のこの目論みにしたがって沖縄をいけにえに捧げようとしています。断じてそれを許してはなりません。

9 「アジアの風」が沖縄に吹いている

沖縄は本土よりも25年も長く米軍に占領支配されて戦後復興が遅れたため、今でも経済はよくありません。全国でも貧困率が最も高く平均所得も低い県です。しかし、その沖縄に今、「アジアの風」が吹き、多くの観光客が押し寄せています。

2014年には717万人もの観光客が沖縄を訪れました。ハワイの800万人を上回るのも遠いことではありません。

米軍基地からの収入は72年の返還前には沖縄経済全体の約15%でしたが、いまでは5%に過ぎません。ところが観光収入は沖縄経済の10%を占めています。翁長県知事は「米軍基地は沖縄経済発展の阻害要因」ときっぱりと述べ、県知事選挙に当選しました。翁長知事のあとを継いで、基地建設反対を公約に掲げた玉城デニーさんは40万票近くの高得票で知事に当選しました。もはや米軍基地は危険で迷惑であるだけでなく、沖縄経済の発展を邪魔している存在なのです。

そのため、今までは平和を求めて基地に反対する人々と経済的理由で基地にたよる人々とに分かれていた沖縄は、今では大部分の人々が基地に反対するようになりました。その沖縄の貴重な観光資源でもある美しい珊瑚の海を破壊するのは断じて許せません。

沖縄はアジアに最も近く、石垣島は台湾のすぐそばです。中国や大陸と近いということは、戦争になれば最も危険ですが、平和外交を求めれば、最も友好・親善の役割を発揮できる所にあります。沖縄はアジアを結ぶ平和のかけはしとして平和外交を進めることを望んでいます。戦争のない平和な日本を沖縄とともに築いてゆくことができます。

10 未来へ開かれた沖縄と日本の可能性

琉球王国時代、沖縄は日本や中国とも交易が盛んで、

私たちは
つくろう

日本に支配されるまでは独立国家としての独自のアジア外交を続けてきました。

また沖縄は１９世紀末ごろから、多くの国々へ移民してゆきました。ハワイ、ペルー、ブラジル、ボリビア、アルゼンチン、メキシコ、フィリピンなど。それは日本の支配下で貧困が広がったからでもありますが、移民先での苦労も量り知れないものがありました。その苦労もあって、今では世界中に多くの沖縄移民が根づき、１９９０年からはそれらの人々が沖縄に集まって5年ごとに「世界ウチナーンチュ大会」を開催するほどになっています。

２０１８年、大韓民国（韓国）と朝鮮民主主義人民共和国（朝鮮）が、その年の冬季オリンピックに合同チームを作って一緒に出場しました。応援団も南北合同の応援団が結成され、これまで敵対関係の続いてきた朝鮮半島に「南北統一」への希望が芽生えました。これは平和なアジアを建設するまたとないチャンスです。

この機運は、アメリカや中国にも大きな影響を及ぼし、永く断絶していた米朝会談や南北会談を成功させました。これまで敵対関係にあったアジアに平和の機運が訪れてきています。歴史上から言っても、地理的位置からも、沖縄県こそがこの平和の機運を高める可能性を持っています。

日本とアメリカは日米安保＝日米軍事同盟を通じて中国・朝鮮への敵対関係を続けてきました。それによって米軍基地が日本と沖縄に置かれてきました。

しかしアジアに平和が訪れれば、そのような軍事同盟は必要なくなり、米軍基地もいらなくなります。

南北統一への努力を通じ、アジアの平和を実現しましょう。日本と沖縄から全ての米軍基地を撤去し、平和な日本と沖縄を建設してゆきましょう。

沖縄・辺野古。エメラルドグリーンに映える海は水平線がまるく見える（撮影：高野幹英）

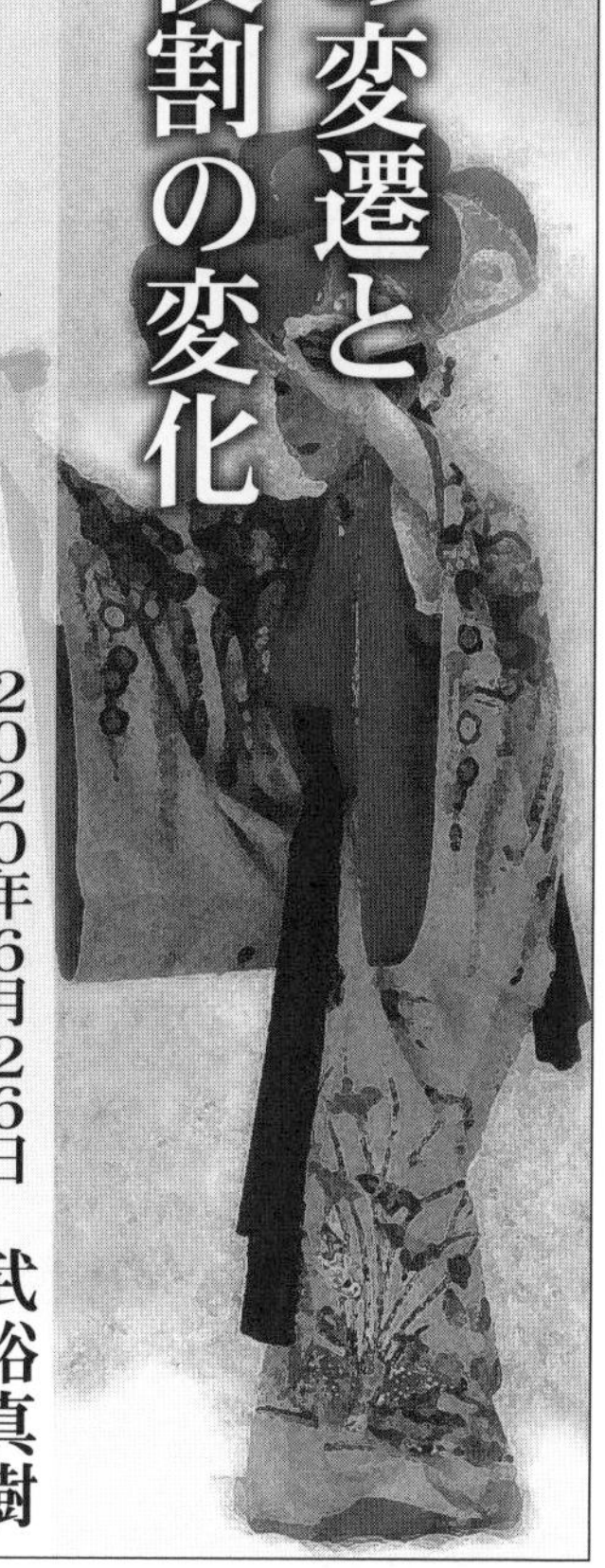

追記　米国の世界戦略の変遷と日米安保条約の役割の変化

2020年6月26日　武峪真樹

日米安保が担った役割＝対ソ防衛戦略

日米安保条約は一九五一年に結ばれてから、米軍の国際戦略の変遷に従ってその役割の変遷を遂げてきた。その変化の中で、現在の日米安保が担っている今日的役割について理解する必要がある。

戦後の冷戦構造、つまり、アメリカを盟主とする世界資本主義国家圏＝西側とソヴィエト連邦を盟主とする世界労働者国家圏＝東側との対立構造の中で、アメリカはまず、資本主義圏の各国と軍事同盟を結び、それに基づいて同盟各国に米軍の軍事基地を置き、国境地帯に沿った前方展開によって、ソ連・東側諸国を封じ込める、対共産圏包囲網を築いた。

この軍事包囲網は、ソ連と直接対峙する西ヨーロッパ正面では、各国がアメリカとＮＡＴＯ（北大西洋条約機構）を結び、米軍を中心とする緊密な軍事体制、いわばＮＡＴＯ軍を構築することができたが、その裏側に当たる西太平洋地域では、米軍は韓国、日本、台湾、フィリピンなど各国と個別に軍事同盟を結ぶことになった。

この時点での日本の最大の脅威はソ連であって、もしもソ連が日本を侵略するようなことがあれば、それは北海道からの侵入で始まるだろう、と想定し、北海道にミサイル基地を置き、陸・海・空自衛隊、とりわけ陸自の強力な戦車部隊を配置する体勢をとってきた。また軍事演習も、北海道に侵略したソ連軍を撃退するという想定のもとに行われてきた。

一方、中国に対しては、その時点では日本本土及び沖縄の軍事基地には「防衛」の意味はあまり無かったと言える。当時日本海・東シナ海を挟んで対峙する中国・朝鮮はそれほどの軍事的驚異とはみなされなかった。だから本土と沖縄の米軍基地の役割は、防衛のためではなく、攻撃の拠点としての役割の方が大きかった。

米海兵隊は全て沖縄の基地に所属している。海兵隊という軍種は、防衛とは無関係。攻撃専用の軍隊だ。「海兵」の名が示すように、海を越えて他国に侵入し攻撃するのが任務だ。そのための海兵隊基地が沖縄にある。

また本土と沖縄の基地からはベトナム戦争時にも、また中東戦争の時にも、多くの米軍兵たちが船や飛行機で派遣されていった。つまり沖縄の基地は遠い、日本とは関係の無い地域への「出撃基地」だったのであって「防衛拠点」の役割はほとんど無かった。

それが、ソ連崩壊から二〇年後、その具体的役割を変えていったのである。

ベトナムにも勝てない中国の軍事力

ソ連崩壊の頃までは、中国軍の軍事力がいかに脆弱なものであったかは、ベトナム戦争終結後に起こったベトナムカンボジア戦争の後、一九七八年に中国がベトナム北部国境地帯から侵入した、中越戦争（中国・ベトナム戦争）の中で見ることができる。

ベトナム国境地帯から侵入した中国人民解放軍は、ベトナム国境警備隊と比較すれば圧倒的に多数の兵力だった。ところが貧弱な兵器しか持たず、多くの兵士が銃も持たない丸腰状態のまま、この大量の兵力が津波のように押し寄せてきた。

一方、ベトナムの側は、近代的な装備で完全武装した国境警備隊と武装公安とが各方面に機関銃陣地を敷き、これを迎え撃った。この時の警備隊の報告が新聞などに掲載されており、それを読むと、ベトナム側が一方的に敵を機関銃で撃ち殺し、また手榴弾などを投げ込んでゆくという有り様で、「戦闘」というよりも、一方的な殺戮のようであったと報告している。

いくら殺しても殺しても、後から後からやってきてきりがないので、前進してくる兵士たちの後ろで赤旗を振って前方への行進を指令している指揮官を狙って撃つと、指揮官が倒れた途端に、前進していた兵士たちが壊乱状態となって逃げ戻っていったと報告されている。

ベトナム北部国境から首都ハノイまではわずか一五〇キロ程度。日本の地図に当てはめて言えば、中国軍が東京をめざして静岡あたりまで接近しているのと同じくらいの距離になる。ところが、ベトナム訪問団がホンハーさん（『ダラットへの道』に既出の元解放戦線兵士で日本語通訳のガイド）に、この中国軍の北からの侵入に脅威はないのかと尋ねたところ、ホンハーさんは中国軍の武装の貧弱さと、それに対するベトナム軍の近代的武装の差を挙げて次のように言った。

「我々は、これまでの戦闘で使ってきた多くの兵器とともに、米軍が逃げ出した時に置いて行った沢山の武器も持っている。米国製Ｍ１６ライフルや戦車もある。それどころかジェット戦闘機Ｆ４ファントムさえも持っている。中国軍には決して負けません」と自信を見せていた。

つまり、それほどに中国の当時の武装の質は低かったのだった。

日米安保の役割の変化＝対中戦争政策

ソ連・東欧が崩壊し冷戦構造が消滅した時、それは西側世界の圧倒的勝利であった。敵がいなくなった西側世界では、軍事的には中東などの小国や地域への軍事的介入が自由にできるようになったのと同時に、ソ連・東欧相手の軍事的対立に代わって、西側世界内部の経済的対立へと発展していった。利潤を求める経済競争によって、当時はまだ後進国であった中国への大規模な投資活動が世界中の資本家や機関投資家から行われた。中国も、ベトナムに負けて以来、近代化の必要を切実に感じていたこともあり、この投資を大規模に受け入れ、国内法も資本主義に適合させたことで、急速な資本主義的発展を遂げることになった。そして二〇一〇年には遂に、世界第二位の日本と並び、それを追い越してしまった。

これは、それまでの資本主義諸国同士の経済競争をやってる場合ではなくなってきたことを意味する。中国は経済発展のために資本主義市場経済を大幅に取り入れたが、しかし「社会主義」の旗を降したわけでは無い。没落消滅したソ連に代わる、新たな「資本主義圏への敵」の登

中国軍事パレードに登場したミサイル部隊。このほか多数の核弾頭も確認されている。
（中国CCTV2015年）

場である。アメリカは、今度は中国を仮想敵国とした新たな戦略の練り直しが迫られることになった。それが二〇一〇年五月に米国防総省が発表した「エアシーバトル構想」である。これは「エア・シー」つまり空と海からの中国本土への直接の攻撃のことであり、宇宙衛星ほかを使ったサイバー攻撃によって中国の通信、電子システムを破壊し、あらゆる軍事的手段を用いて都市や軍事拠点を攻撃し、中国の抵抗力を奪うものである。

エアシーバトル構想はもはや通用しない

ところが、中国の経済発展と、それに伴う軍事力強化は西側世界の予想を覆す速さで進行して行った。また中国は、冷戦時代のソ連の技術供与もあって、六〇年代にはすでに核実験と、弾道ミサイルの実験にも成功していたのだ。

西側からの資本投下による経済発展の中で、それらの軍事技術はさらに洗練され、中国からの弾道ミサイルによる米本土への直接攻撃さえも可能であると推定された。だから、「エアシーバトル」構想プランでは、米国本土が直接攻撃され、危なくなるのである。そのため米国防総省は、エアシーバトル構想を練り直す必要に迫られた。それが「オフショア・コントロール」戦略である。

こうして戦後アメリカの世界戦略を見てゆくと次のようになる。

●一九九一年まで

軍事基地配置の前方展開・エアランドバトル

NATO軍とワルシャワ条約機構軍との戦闘を想定

●二〇一〇年五月〜

対中国エアシーバトル構想

＝サイバー攻撃なども含む中国本土への直接攻撃

●二〇一四年三月〜

オフショア・コントロール戦略＝中国への直接攻撃を避け日本の領海・領土での対中戦争が行われる

米軍の対ソ戦略には「エアランドバトル」という構想があった。これは東側のワルシャワ条約機構軍が一斉に国境を越えて西ヨーロッパに殺到した場合の空と陸上からの戦闘計画だったが、ソ連・東欧圏の崩壊とともにその可能性は無くなった。そこでアメリカの「第一の仮想敵」はソ連から中国へと切り替わったと言える。

ソ連を敵としなくなったことで、欧州正面では対ソ軍事プレゼンスの比重が相対的に低下し、NATOの軍事的負担が大幅に減殺される事になったが、逆に、西太平洋方面での中国との対峙関係の比重が高まったことを意味する。それは日本にとっては「日米安保条約の役割」が変化したことを意味する。

日米安保の役割の変化とはどのようなものか。

●一九九一年まで

主要に北海道方面でのソ連軍の侵略に備えた

しかし、アメリカ軍に提供した沖縄米軍基地には防衛の意味はあまり無く、ベトナムや中東への出撃拠点として使われることに意味があった

●二〇一〇年五月〜

対中国エアシーバトル構想により、米中戦争では中国からの直接の攻撃対象となる危険性が拡大した

●二〇一四年三月〜

対中国オフショア・コントロール戦略は、日本を戦地として米中が戦争をする事になる

また自衛隊が米軍の下請けとなって戦う事になる

こうして日本は「安保条約があるから米軍の戦争に引きずり込まれる」という事になるのである。

I will play a short piece of the
Catalunyan folklore.
This piece is called
"The Song of the Birds"
The birds in the sky sing
"Peace! Peace! Peace!"

Pablo Casals

これから短いカタルーニャの民謡《鳥の歌》を弾きます。
私の故郷のカタルーニャでは、鳥たちは
平和（ピース）、平和（ピース）、平和（ピース）！と鳴きながら飛んでいるのです
パブロ・カザルス（国連平和コンサート）

Part Two

●「コモンズ」紙投稿

第二部

カタルーニャ人民に自由を！

我々の未来は我々が決める

2017年9〜10月　まっぺん

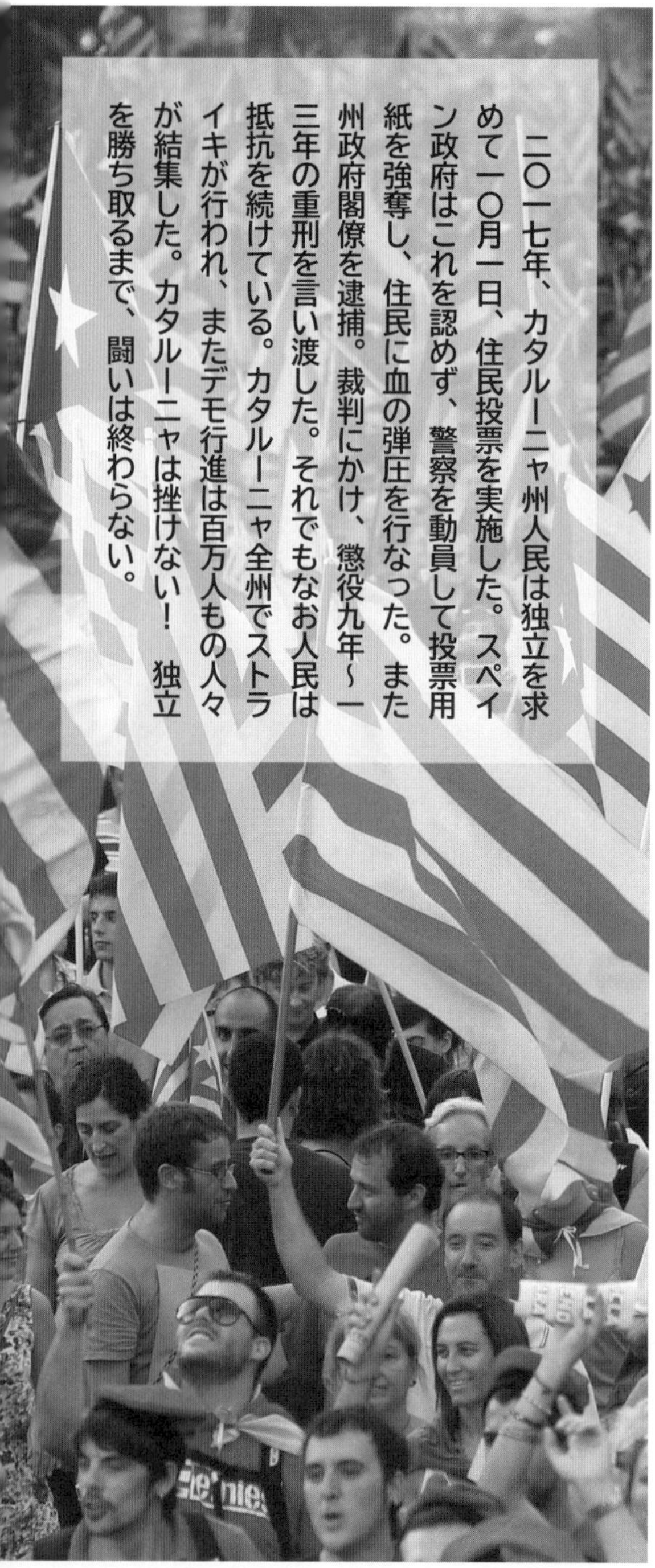

二〇一七年、カタルーニャ州人民は独立を求めて一〇月一日、住民投票を実施した。スペイン政府はこれを認めず、警察を動員して投票用紙を強奪し、住民に血の弾圧を行なった。また州政府閣僚を逮捕。裁判にかけ、懲役九年〜一三年の重刑を言い渡した。それでもなお人民は抵抗を続けている。カタルーニャ全州でストライキが行われ、またデモ行進は百万人もの人々が結集した。カタルーニャは挫けない！　独立を勝ち取るまで、闘いは終わらない。

スペイン・カタルーニャ州政府が独立を問う住民投票を実施
圧倒的多数が独立に賛成
（月刊「コモンズ」111号より）

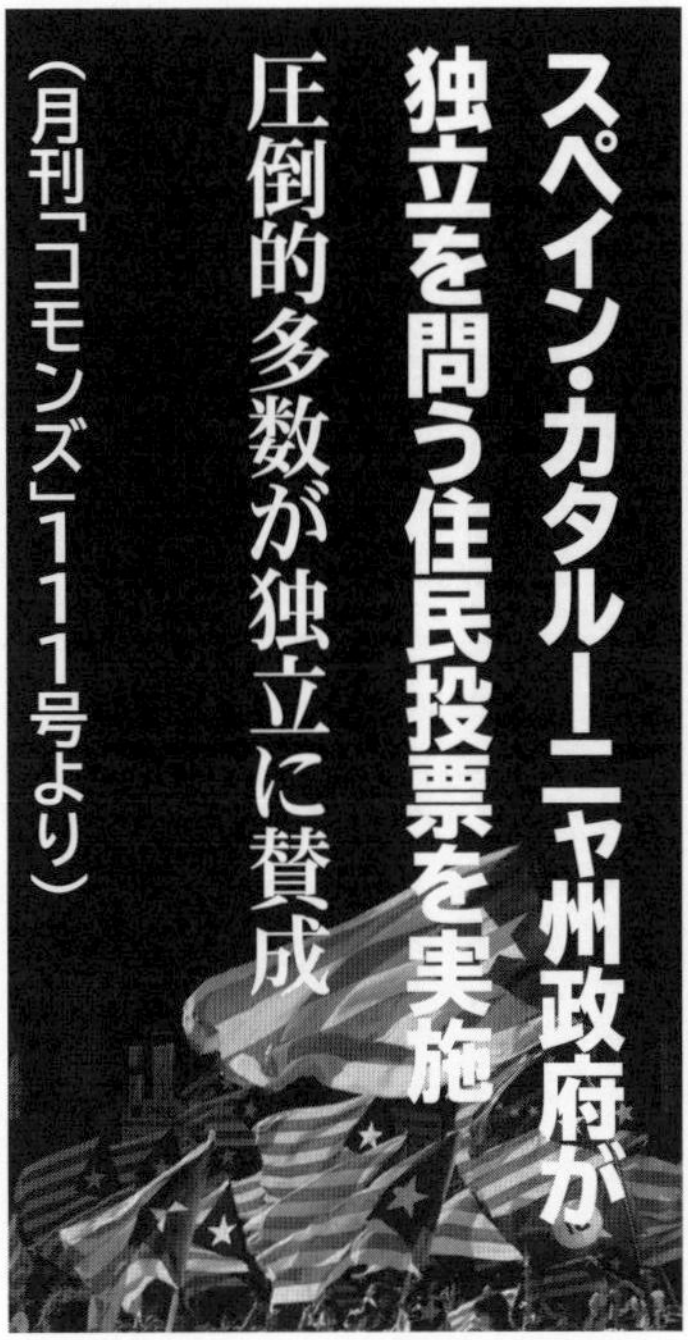

一〇月一日に実施されたスペイン東部カタルーニャ州の独立をめざす住民投票をめぐってカタルーニャ州とスペイン政府の対立が急激に進んでいる。

カタルーニャ「処分」の歴史

カタルーニャの歴史は古く、九八七年のカタルーニャ君主国にさかのぼる。これは一四七九年に建国されたスペイン王国より五〇〇年も古い。その後、フランス・スペイン戦争、スペイン継承戦争などを経てスペインの支配下となり、一七一六年には「新国家基本法」により自治権をはく奪され、カタルーニャ語が禁止されるに至った。二〇世紀に入るとスペイン内戦後のフランコ統治下ではカタルーニャ語はもちろん、カタルーニャ愛国主義と結びつくあらゆる思想や活動までが禁止されるに至った。

カタルーニャに自治が戻ってくるのはフランコ死後のことになる。一九七七年九月一一日には一〇〇万人のデモが行われ、七八年、カタルーニャ語はカスティーリャ語（スペイン語）とともにカタルーニャの公用語となった。七九年にはカタルーニャ自治憲章が制定され、自治州となった。

未来を決めるのは私たちだ

二〇〇六年、さらに自治権の拡大を求めて住民投票が行われ、七四％の圧倒的多数で新たなカタルーニャ自治憲章が制定された。その後も右派国民党などによる妨害工作に対抗して自治運動が拡大し、「未来を決

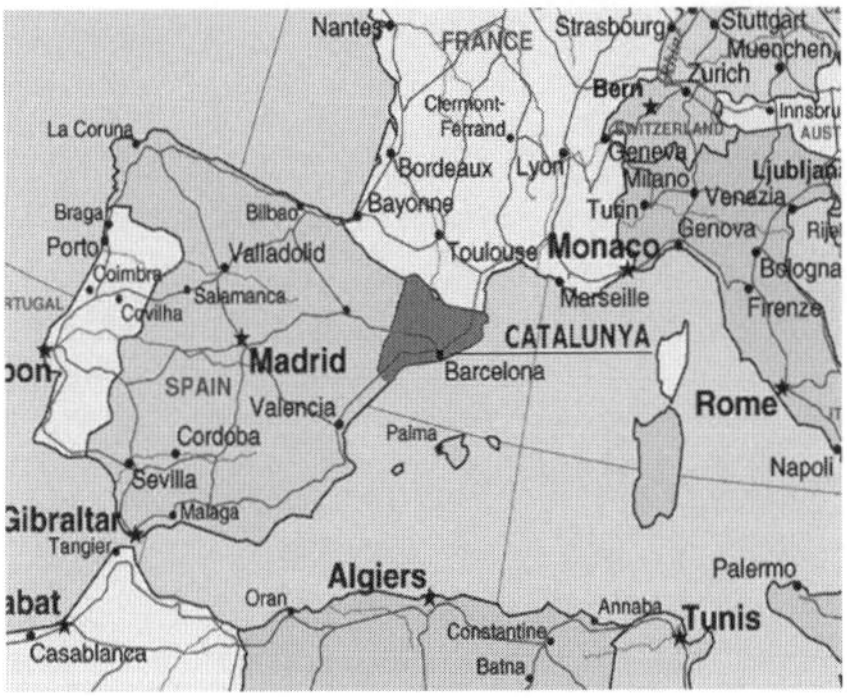

めるのは私たちだ」をスローガンとして大規模なデモが呼びかけられるようになった。

二〇一〇年には一一〇万人がデモに決起し、これが独立運動の出発点となった。二〇一二年には独立支持派が飛躍的に拡大し、九月一一日の「カタルーニャ国民の日」には一五〇万人のデモが行われた。この年、カタルーニャ州議会選挙では独立賛成派の三つの政党が八七議席（議席総数の三分の二）となり、この年のデモの参加者数は一六〇万人、一四年には一八〇万人となった。

一日に実施された投票の投票率は四二%あまりにとどまったが、これは警察が介入し、投票箱を持ち去るなどの妨害をしたからである。これに抗議するゼネストが労組や商店、学校、病院などにひろがった。また警察の妨害にもかかわらず、全州に設置された二三〇〇の投票箱の約七割は無事だった。開票結果は二〇〇万票対一八万票で、圧倒的な数の投票者が「独立賛成」に投票した。これを踏まえて、プチデモン州首相は九日に開催されるカタルーニャ州議会の承認を経て独立宣言を行なうと語ったが、スペイン憲法裁判所は五日、州議会本会議招集の差し止めを命令した。

スペイン政府はこの投票を「憲法違反」として独立を認めない構えだ。再びカタルーニャの自治権をはく奪しようとするスペイン政府に正義はない。

カタルーニャ人民の自決権を
踏みにじるスペイン政府！
我々の未来は我々が決める！
（前号よりの続報）
（月刊「コモンズ」112号より）

カタルーニャ自治政府、独立宣言を採択

スペイン政府はこの投票を「憲法違反」として独立を認めない構えだ。再びカタルーニャの自治権をはく奪しようとするスペイン政府に正義はない。

中央政府、カタルーニャの自治権をはく奪

独立宣言後、中央政府ラホイ政権は直ちにスペイン憲一五五条に基づいて州政府の自治権停止を可決し、プチデモン州首相や州政府閣僚を解任。一二月二一日に州議会選挙を強制的に実施すると発表した。一〇月三〇日にはカタルーニャ州政府庁舎に自動小銃で武装した警官隊を投入。プチデモン首相を「国家叛逆罪」（最高で禁固三〇年の重罪）容疑で逮捕に向かったが、首相はすでにベルギーへ脱出していた。一一月三日、スペイン司法当局はプチデモン首相を国際指名手配。首相は五日、他の幹部四人と共にベルギー警察へ出頭したが、ベルギー当局は首相らを保釈した。首相はベルギーのテレビ局のインタビューで一二月二一日の州議会選挙に出馬の意志を表明している。

自らの権利を実力で守るカタルーニャ民衆

カタルーニャ州では独立賛成派と反対派の数は拮抗しており、これまではわずかに反対派が上回っていた。世論は常に揺れており微妙な関係にある。しかし重要なのは「独立するかどうか」ではない。「独立するかどうかを自分たちで決める権利がある」ということだ。この点では独立賛成派も反対派も含めおよそ七五％の住民が「住民投票実施」

に賛成している。英国政府はこの権利を守ったからこそ、スコットランド住民は自らの意志で英国残留を決めたのだ。このような当然の権利をはく奪し、武装警官による「流血の弾圧」を行なったスペイン中央政府の今回のやり方は、三年前の住民投票では観られなかった異常なものだ。フランコ時代を想起させるこのような異様な弾圧体制は、スペイン民主主義の裏にファシズムがまだ生き残っている事実を突きつけている。

投票三日前の九月二九日夕刻から主要な投票所には防衛のためにそれぞれ数千人もの市民が駆けつけ占拠した。また、投票妨害や自治権はく奪に抗議する大規模なゼネストがわき起こっている。カタルーニャ民衆は自らの民主主義を自らの力で建設していこうとしている。彼らは中央政府・武装警官隊への警戒を解いていない。

カタルーニャ人民の闘いに続こう！

スペイン政府は不当な干渉をやめろ！

パブロ・カザルスの「鳥の歌」

（月刊「コモンズ」１１２号「編集室から」より）

カタルーニャの人々への支持を訴えるビデオメールが届

いた。ビデオの冒頭に伝説のチェリスト、パブロ・カザルスが映っていた。

彼はフランコ独裁に抗議し、隣のフランスに亡命。しかしスペイン国境のすぐそばに暮らしていた。彼はファシズムへの抗議の意志を表明し演奏活動をいっさいやめてしまった。しかしやがて一九六一年一一月一三日、彼はケネディ大統領に招かれ、ホワイトハウスで演奏を行なった。この時、彼はカタルーニャ民謡「鳥のうた」を演奏し人々に感銘を与えた。そして一〇年後の一九七一年、国連平和賞がカザルスに授与されることになり、彼は国連本部でも「鳥のうた」を演奏した。ビデオに映っているのはその時の映像だ。カザルスは言う。

「私の故郷のカタルーニャでは鳥はこう鳴きます。
ピース！　ピース！　ピース！」。

二年後の一九七三年一〇月二二日、彼は亡くなった。同じ年の四月にはピカソが亡命先のフランスで亡くなった。「スペインの偉大なふたりのパブロの死」は驚きと悲しみを持って伝えられ、世界中の人々がふたりのために祈りを捧げた。

フランコの独裁に苦しんできたスペイン国民はこのカザルスの演奏や、彼の平和への意志に共感してきたはずだ。それなのになぜ、自らがファシストから味わった弾圧の苦しみを、カタルーニャの人々に及ぼすのか。スペイン・ファシズムはいまだに生き残っているではないか。

「もうひとりのパブロ」であるパブロ・ピカソは生前、ナチスの爆撃の惨劇を描いた大作『ゲルニカ』について、スペインに自由が戻るまで返すな、と遺言したが、独裁者フランコの死後、一九八一年にスペインへ返還された。

「スペインの宝」と称されるこの作品を今のスペイン政府は果たして所有する資格があるのだろうか。

カタルーニャの抵抗はこれからも続く。カザルスのようにチェロを愛した宮澤賢治の言葉を記しておく。

「世界がぜんたい幸福にならないうちは個人の幸福はあり得ない」

（農民芸術概論綱要）（幹）

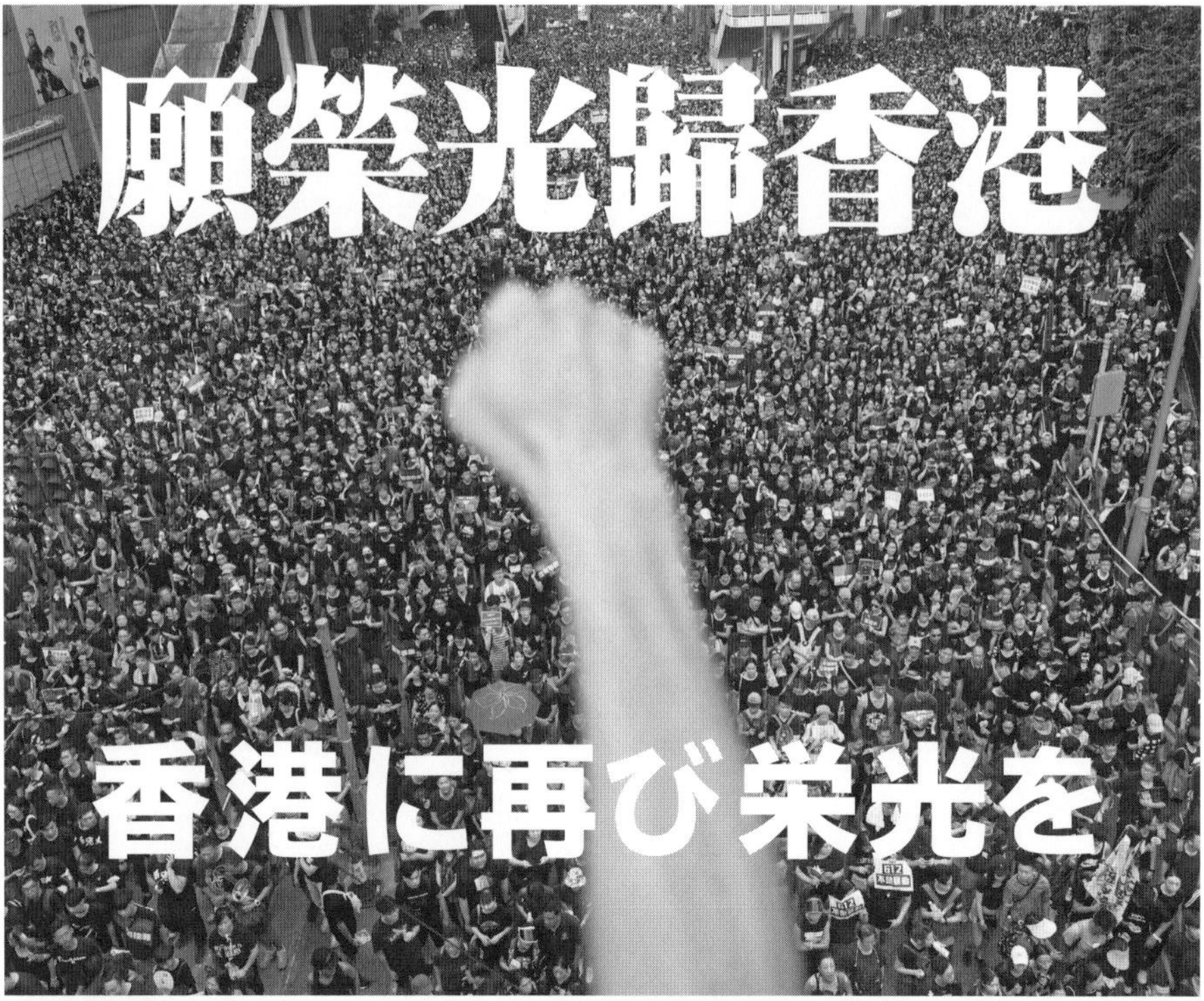
願榮光歸香港
香港に再び栄光を

九龍
旺角（モンコック）
中環（セントラル）
香港島
九龍
旺角（モンコック）
宿泊ホテル
理工大学
中環（セントラル）
香港島
LAI CHI KOK
PAK TIN
SHEK KIP MEI
SHAM SHUI PO
SAN PO KONG
KOWLOON CITY
KAI TAK
TO KWA WAN
KOWLOON BAY
YAU MA TEI
TSIM SHA TSUI
Jade Market, Jordan
Hung Hom Kwun Yam Temple
West Kowloon Cultural District
Avenue of stars
SAI WAN
SHEUNG WAN
CAUSEWAY BAY
Victoria Harbour
Central Plaza
CENTRAL
LUNG FU SHAN

香港にふたたび栄光あれ
中国「一国二政府制度」の破綻！
（月刊「コモンズ」134号より）

はじめに

香港情勢が激しく揺れ動いている。中国国内でほぼ唯一、言論や政治表現の自由が保障されてきた香港にも中国での言論弾圧を拡げようとする中央政府に市民が抵抗している。人々は催涙弾から身を守り、個人の特定を避けるためにヘルメットやマスクで顔を覆ってきたが、香港政庁はマスク着用を禁止する条例を施行した。とんでもない人権蹂躙である。また政府が議会も経ずに法令を制定するのはナチスの「全権委任法」にも等しい悪法である。一〇月一日に続いて四日にも少年が警官に銃で撃たれた。むき出しの警察暴力は、人権を踏みにじり民主主義を踏みにじってきた中国政府の「一国二政府」制度の破綻を示している。

五大要求は一つも欠けてはならない

抗議のデモは六月からすでに始まっていたが、その後も拡大を続け、遂には人口七〇〇万人の香港で二〇〇万人が決起する事態となった。

これに驚いた香港政庁はついにこの政治犯引き渡し条例改正案を撤回したが、事態はそれでは収まらない。香港警察の激しい暴力を伴う強権的弾圧によって千人もの市民が逮捕されており、市民たちはこの警察の暴力への抗議も含め「五大要求」を突きつけている。

中でも最も重要なのは「民主的選挙」の要求だ。香港人には自由な選挙権がない。投票権は民主社会における重要な権利だ。これを勝ち取るまで闘いは終わらない。

抗議の市民に実弾を発射する警官

一〇月一日は中国革命勝利・中華人民共和国建国を記念

する七〇回目の国慶節であり、国内でのデモや抗議行動は禁止されたが、香港市民はそれでも数万人規模で決起した。

　これに対し香港警察はかつてないほどの大弾圧を加えた。警官が拳銃で実弾を発射し、一八歳の高校生が重体となった。拡散されている動画を見れば、警官は青年の足を狙ったのではなく、至近距離から胸を狙って撃ったことが分かる。「殺意」は明らかである。断じて許すことはできない。

世界中から香港連帯を呼びかける声

　香港市民の抗議行動に対して世界中で連帯行動が起こされている。

　米ロサンゼルスでは六月九日に約二〇〇人が市庁舎前で抗議の声をあげた。この他シドニー、サンフランシスコでも抗議のデモが起こった。

　中国系移民の多いオーストラリアでもシドニー、メルボルンなどで抗議集会が行われた。ブリスベインのクイーンズランド大学構内でも抗議行動が行われ、香港派と中国派との間で険悪なにらみ合いが起こった。

　リトアニアの首都ビリニュスでは八月二三日、「人間の鎖」をつないで香港への連帯の意志を表明したが、これを

中国の外交官が妨害し、リトアニア政府が中国大使館に抗議するという事態となった。

そしてついに九月二九日、世界中の人々が呼応し「国際連帯行動」が行われた。アメリカ、イギリス、オーストラリア、カナダ、ドイツ、フランス、イタリア、ニュージーランド、オランダ、ノルウェー、韓国、台湾、マレーシアなど二四の国々の四〇以上の都市で連帯行動が起こされた。

台湾では五万人が香港連帯に決起

とりわけ台湾では大規模な連帯行動が起こった。これには理由がある。

実は、いま香港に適用されている「一国二政府」制度とは、もともと中国の鄧小平が台湾統一のために提案したのであり、今年一月にも習近平国家主席が平和的統一の条件として談話を発表しているのだ。

香港の問題は台湾にとっても他人事ではない。

もしも台湾に一国二政府制度を導入したら、中国政府は、いま香港に起こっているような圧政を敷く積もりなのかが問われている。

台湾では五年前の民主化要求「雨傘運動」の時から多くの青年たちが連帯を表明し、何度も連帯行動に起ち上がっているが、九月二九日には五万人の人々が集会に参加した。

東アジアの闘いのネットワークを

香港の闘いは日本ではとりわけ政府の弾圧に抵抗する沖縄の闘いと共通している。香港の問題は沖縄の問題である。

またそれを許している本土住民の我々の問題である。

さらにそれは韓国にも通ずる。韓国市民は述べ一千数百万人もの大規模なキャンドルデモによって朴槿恵（パックネ）政権を自らの力で打倒した。

市民が自分の問題を自らの力で決する、真実の「民主主義の時代」が東アジア地域で沸き起こっている。中国・香港ー朝鮮・韓国ー沖縄・日本を結ぶ闘いのネットワークを広げよう。

日本でも香港連帯行動

日本でも六月九日に続き、一三日には元山仁士郎さん等が呼びかけ、東京渋谷ハチ公前広場で抗議集会が開かれ、二〇〇〇人が集まった。参加者は手に手に「香港加油」（ホンコンガーイエ＝香港がんばれ）と書いたプラカードを持ち、香港連帯を訴えた。

九月二九日には国際連帯行動として、東京千鳥ヶ淵交差点公園には四〇〇人が集まった。そのほとんどは香港市民に連帯の意思を示す黒シャツ・黒マスクスタイルの在日香港人であった。参加者は今香港で歌われている抵抗の歌「香港に再び栄光あれ」を歌いながら香港経済代表部へ行進した。

翌々日一〇月一日にも新宿アルタ前で香港連帯集会が行われ、心ある日本人と香港人とが結集した。

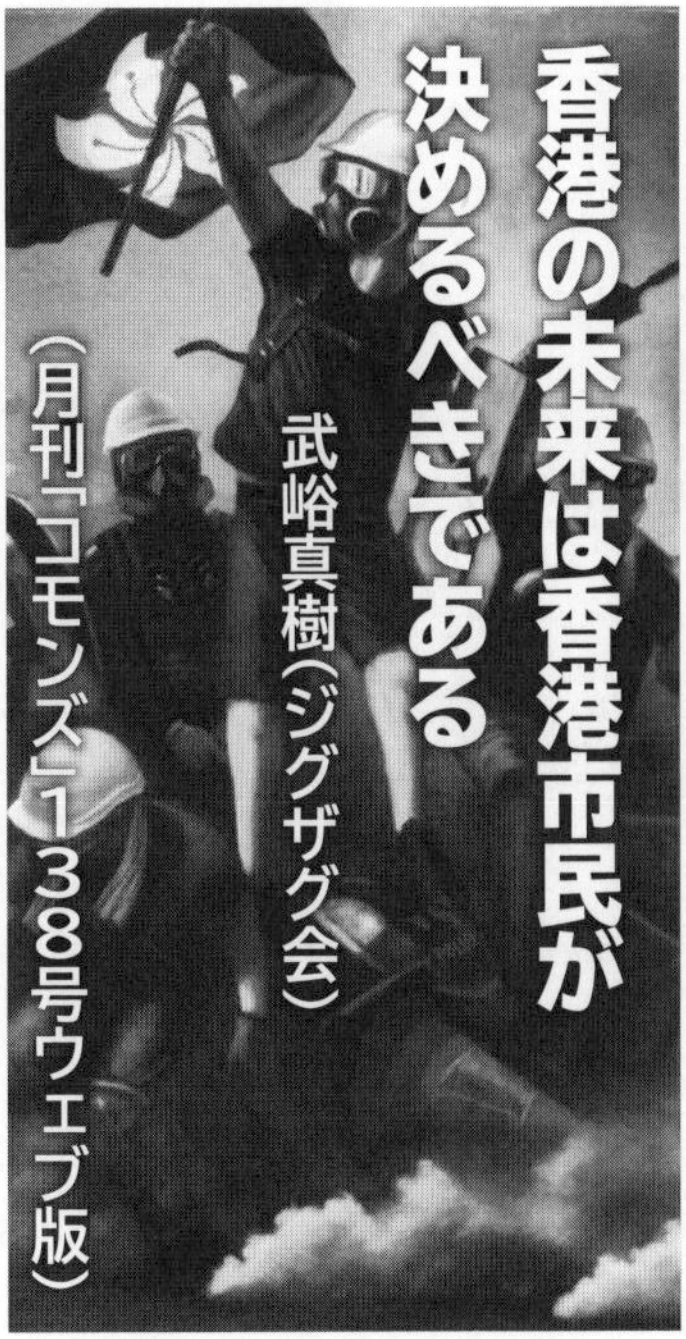

香港の未来は香港市民が決めるべきである

武峪真樹（ジグザグ会）

（月刊「コモンズ」138号ウェブ版）

中国社会主義革命が私たちにもたらした希望

関西で頑張っておられる古賀さんに敬意を評します。献身的な努力にはいつも頭が下がる思いがいたします。

香港の問題について、古賀さんのご意見を拝読いたしました。そのご意見に対する私なりの考えを述べさせてください。

一九世紀より西欧列強の侵略・支配に抗して何度も起ち上がった中国人民は、やがて辛亥革命により独立を宣言しましたが、それはまだ独立達成には至らず、その後も列強諸国、就中日本帝国主義からの一五年にもわたる侵略・支配と、それに対する抵抗闘争を経験しなければなりませんでした。そしてアジア侵略戦争終結後の一九四九年、社会主義革命によって中国人民は新しい方向へ向かう国家建設を始めることになりました。

これはロシア革命に続き、アジア解放の一環として、日本の私たちにも大きな希望をもたらすものでした。この歴史的事実についてはまず共有したいと思います。

その上でその後に変化してきた中国と香港の現実の問題について述べたいと思います。

「民族自決権」の歴史と国民国家成立の過程

「国民国家」は英語のネイションステート(NationState)の訳です。しかしこの言葉は「民族国家」とも翻訳されます。国民国家＝民族国家。実は英語ではこの区別がないのです。何故でしょうか。それは王家の私有物であった国家が一民族一国家を作ろうとする民族主義運動の中で再編され、「国民国家」＝民族国家 として再構築されてきたからです。それは「民族自決権」を体現するものでした。例えばハプスブ

ルグ家の私有物であったオーストリー・ハンガリー帝国から多くの民族国家が生まれました。

民族自決権を尊重する思想から民族国家が生まれました。しかし、中国は多民族国家です。広い領土に五六もの民族が共存し、それが省や特別市と共に、ある程度の自治権を持ったいくつかの自治区に別れています。香港は「特別行政区」です。それらの諸民族・諸地域の合意の上に中華人民共和国という、多民族統一国家が成立しています。諸民族・諸地域の意志が国家の意志と異なる場合には、「国家」と「民族・地域」がどう折り合いをつけるのかが問われることになるでしょう。

香港の未来は中国が決めるべきなのだろうか

「香港の未来は一四億中国人民が決めるものだ」という古賀さんの主張には二つの疑問があります。

第一に、香港の自治権と統一国家中国としての合意との間でどのように折り合いをつけるべきなのでしょうか？その点に全く言及することなく、一方的に「一四億中国人民の意志」を香港市民に押し付けるのは正しいことなのでしょうか？

それぞれの地域には自治権、自己決定権が認められるべきです。そうであるからこそスコットランドやカタルーニャの分離独立の主張には正当性があるのです。

もしも地域の自治権よりも「国家の意志」の方が正しいというなら、沖縄県民の民意を無視して辺野古新基地建設を強引に推し進める日本政府の態度は正しいのでしょうか？

相手が日本政府なら沖縄の自治権を正当と認め、中国政府なら国家の方が正しいという対応は、不公平ではないでしょうか。

中国政府の意志は一四億中国人民の意志か

第二に、中国政府の意志は本当に「一四億中国人民の意志」なのでしょうか？　それならなぜ三一年前の天安門事件は起こったのでしょうか？　なぜウイグル「人民」やチベット「人民」の抗議行動は起こったのでしょうか？　中国政府はなぜそれらを軍隊まで使って押し潰したのでしょうか？　それは中国政府が「一四億中国人民の意志」を体現していないからではないでしょうか？

一九九一年のソ連・東欧崩壊以来、世界的二重権力構造は消滅しました。その中で中国が占める国際的位置は、今も「帝国主義圏に立つ社会主義の孤塁」と言えるのでしょうか？　実情を考えればそうは言えないと思います。

中国は大幅に資本主義経済を受け入れ、世界中から資本を導入してきました。上海や香港に日本よりも大きな金融市場を建設し、経済規模は日本の三倍近くに達しています。巨額の資産を持つ中国人資本家が国内にたくさんいる一方、貧困問題も深刻です。中国はもはやどこから観ても「資本主義国」なのです。ところが、他の資本主義諸国と比較しても、政治的自由、報道や言論の自由が大きく制限されています。ウイグル人やチベット人、また天安門に集まった人々は、政治や言論の自由を求めただけなのです。香港市民を弾圧する中国政府の行動も、必ずしも「一四億中国人民の意志」とは言えないと私は思います。

香港市民は外国反動勢力に操られているのか

中国政府は英国旗や星条旗を掲げる人々の写真を「証拠」に、民主化運動を「帝国主義者の陰謀」と非難しています。古賀さんも活動家の中に英国系香港人がいると仰る。

長い英国支配が続いてきた香港では英国人は珍しくありません。それどころか、実はこの民主化デモの弾圧を命令してきた香港警察のトップ三人が英国人である事は、本紙一三七号記事の通りです。

香港市民は政治的自由、言論の自由を求めて起ち上がったのであり、それを応援するアメリカやイギリスに感謝して旗を掲げるのは何ら不思議ではありません。いや、むしろ香港市民が米英になびくような事があるとすれば、その責任は香港政庁による市民弾圧と、その背後から弾圧を指示してきた中国政府にこそあると言わねばなりません。

香港民衆を弾圧する香港警察トップの英国人

そもそも百万人もの市民の決起を「帝国主義者に操られている」などと決めつけるのは、右翼がロシア革命や中国革命を「共産主義者の陰謀」と非難するのと同じくらい根拠のないデマです。

この運動は「独立運動」でもありません。香港の活動家アウ・ロンユーさんは、「独立」を考える香港市民はわずかだと語っています（本紙一三七号）。

古賀さんはこのデモに関して「香港の資本家の陰謀」を疑っておられるようですが、むしろデモによる香港取引所の「経済的惨状」がロイターなどで報道されています。どうして香港経済界が自らの損害を引き起こすようなことをするでしょうか。またアウ・ロンユーさんの指摘のように、香港の運動は圧倒的多数の労働者階級の力によるものです（同一三七号・一三八号）。

人民の抵抗権を認めずして民主主義はない

香港民主化運動の発端は、香港政庁が「逃亡犯条例」改正を謀ったからです。これは中国政府に抵抗する政治犯が香港に逃げ込んでも、それを捕まえて中国本土へ引き渡せるようにするためです。政治犯は中国本土に引き渡されたら処刑されます。中国政府の目的は、中国全土で唯一、最後に残された「言論の聖域」を叩き潰し、中国本土と同じ弾圧下に置くことです。これが通ってしまったら香港市民は政府を自由に批判できなくなります。

民主主義の重要な権利として「政府に対する抵抗権」があります。人民には政府を批判し、あるいは監視し抵抗する権利がある。資本主義政府であろうと社会主義政府であろうと、どのような政府にあっても政府批判の権利は守られねばなりません。人民が政府への抵抗権を奪われることは「民主主義の死滅」を意味します。

言論や批判の自由には、もちろん「資本主義宣伝の自由」も含まれますが、だからと言って、言論を圧殺することは決して資本主義への反撃にはなりません。思想の自由も言論の自由も批判の自由も無いところに、いったいどんな社会主義を建設するつもりなのでしょうか？

香港の未来は中国が決めるのではない。香港市民自身が決めるべきであると私は思います。

カタルーニャはカタルーニャ人の手に！
沖縄は沖縄県民の手に！
香港は香港市民の手に！

2019参議院選挙に寄せて
低迷する選挙に風穴を開けたれいわ新選組

2019年10月　武峪真樹（ジグザグ会）

1　戦後民主主義の堕落と大衆運動の没落

■階級的対抗軸を消滅させた二〇世紀

二〇世紀最後の一〇年間に起こった日本の国政選挙における大きな事件は、労働者階級の代表的な政党である日本社会党が消滅したことだ。社会党は一九九三年の衆議院選で一三六議席から七〇議席へと半減、九五年の参議院選でも七一議席から三七議席へと同じく半減した。この流れは止まらず、社会民主党へ改組し臨んだ九六年衆院選では一五議席、九八年の参院選では一三議席へと転落した。

社会党の没落と消滅は資本を代表する政権党に対抗する労働者の「階級的対抗軸」を失ったことを意味する。現在の共産党と社民党を合計しても数百万票では投票総数の一〇分の一に過ぎず、「階級的対抗軸」にはなり得ない。

社会党がこうなってしまった客観的要因には九一年ソ連・東欧圏消滅という国際環境もあるが、それよりも直接的な要因は資本の側からの総評労働運動解体攻撃にある。

■日本社会党消滅に至る主体的要因

もしも議会外の大衆運動が十分に活動的であれば、この資本からの攻撃に対抗する手段もあり得ただろう。議会外の大衆運動とは、労働者のストライキや、街頭でのデモ行進や座り込みなどである。かつて国会前に結集した数十万の人々の力によって岸内閣が打倒されたのはその一つの例である。しかし七〇年代の左翼運動は内ゲバやセクト的引き回しによって大衆運動を混乱させ、それは総評解体への抵抗力を失わせる要因となった。これ以後、日本では大衆運動が政治を決することはなくなった。

一方、議会内ではとんでもない事が起きた。九四年、過半数割れとなった自民党からの、総理大臣の座まで用意しての連立の誘いに、社会党が乗ったのである。総理大臣となった村山富市はこの厚遇に応えて安保容認、自衛隊合憲、原発肯定、消費税五％への増税を発表。労働者の階級的立場さえかなぐり捨てて自民党に迎合したのだ。

翌九五年の参議院選の総投票率は憲政史上最低の四四・五％を記録した。政党政治に対する主権者の失望感がはっきりと見て取れる。

これ以後の日本の政党政治は「公約への支持を呼びかける」という政党理念を置き去りにした「数合わせの多数派工作」による利権政治へと展開してゆく。

■保守派野党の誕生と民主党への収斂

九〇年代以降の日本社会党の衰退の流れの中で、自民党に対する対抗軸は「階級的視点」を離れ、資本主義を前提とする「リベラル派の視点」から形成されてゆく。日本新党、

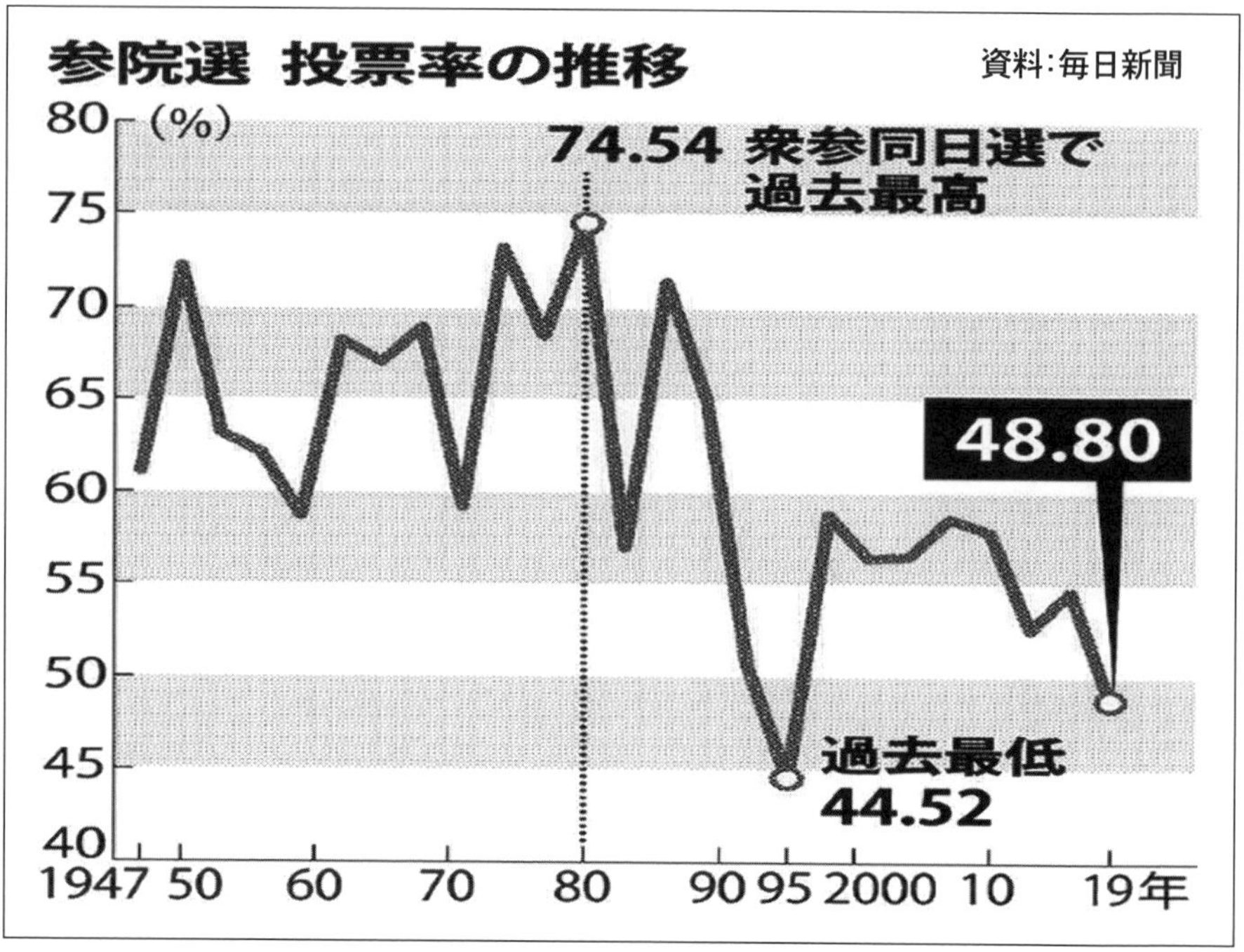

新生党、新進党などリベラル保守政党がかわるがわる現れるが、やがてそれは民主党へと収斂してゆく。

2　貧困化がもたらした政治への絶望

■「聖域なき構造改革」への民衆の期待

この頃の日本経済はバブル経済崩壊の後遺症から抜け出せないままでいたが、自民党は一方的な資本の救済に焦点を絞った新自由主義政策によって格差貧困を拡大し続けている。

新自由主義政策は大資本優遇による産業再編とともに、公営企業の民営化と、公共サービスの資本への売り渡しも伴う。電電公社、国際電電、専売公社、国鉄などの民営化に続き、二〇〇一年に登場した小泉内閣では「聖域なき構造改革」と称して郵政公社、高速道路公団、営団地下鉄、国際空港公団、電源開発など片端から民営化を推し進めて行った。

「小泉改革」は生活の困窮にあえいでいた民衆を「改革すれば、暮らしが良くなる」という願望へと誘導し、自民党を押し上げた。

二〇〇一年から二〇〇六年までの小泉政権時代、自民党はほぼ二千万票台を維持し、特に二〇〇五年の衆議院選では二五八八万票という大量得票を実現させた。

■民主党「国民の生活が第一」への期待

しかしやがて、「改革が民衆の生活を向上させる」という願望が虚構であったことを人々は実感してゆく。小泉改革は格差貧困をますます拡大させただけだったのだ。

その頃には民主党も二〇〇〇万票台の得票が続き、自民党最大のライバルへと成長していたが、小泉「改革」路線に欺かれていたことを思い知った人々は、小沢・鳩山民主党の「国民の生活が第一」路線に向かって一斉になだれ込んでゆく。

時あたかも二〇〇九年八月。第四五回衆議院議員選挙で劇的な転換が起こった。自民党が一八八一万票へ転落したのと対照的に、民主党が二九八四万票を獲得し政権の座に就いたのである。この時の自民党は二九六議席から一一九議席に激減。対する民主党は一一三議席から三〇八議席への大躍進であった。

民主党の大量得票は有権者の期待の大きさを表していた。発足時の鳩山政権への支持率も六割を超えていた。それはまた自民党「小泉改革」への失望でもある。

改革を止めるな。
郵政民営化に再挑戦!
郵政民営化は、あらゆる改革につながる本丸。
自民党

「あなたの暮らし、あなたの思い。
すべて、僕にぶつけてください」
国民の生活が第一。
民主党
www.dpj.or.jp

■階級的視点無き党は民衆の側に立てない

しかし民主党は、自民党「改革」に破壊された民衆の生活を回復させることはできなかった。わずか三年間に次々と交代したどの政権も、民営化で肥え太った資本に全く手出しできず、せいぜい行政の無駄を「仕分け」する程度。民衆はまたも裏切られた。

その裏切りは経済政策のみならず多方面にわたった。鳩山政権では「最低でも県外」とした普天間基地移転の公約を踏みにじり、次の菅政権では福島原発事故の責任追及も曖昧になった。野田政権に至っては消費税8%増税を可決成立させた。

民主党が民衆の味方になり得ないのは、資本のひも付きだからである。資本の御用組合である「連合」の意向に逆らえない。そんな党が金融・産業構造の改革などできるはずがない。階級的立脚点に立てないリベラル保守では自民党の対抗軸にはなり得ないのだ。

■民主党への絶望から「政治」への絶望へ

二〇一二年、民主党は三年で政権の座から転落し、自民党が再び政権を回復した。

民主党は二〇〇九年の二九八四万票から九二六万票へと三分の一以下に転落し、二千万票も票を減らした。しかし政権の座に返り咲いた自民党も実は前回よりも二一九万票も票を減らしている。つまり自民党への期待が戻ったわけではないのだ。それどころか共産党も七二万票、公明党も九四万票、社民党に至っては一五八万票も減らしている。

これら既成政党から去っていった合計約二六〇〇万票のうち一二二六万票は新しく登場した日本維新の会に流れた。またみんなの党が二一九万票増やした。一四〇〇万人あまりが新しい政党に期待したことになる。では、残りの一千万票あまりはどこに行ったのか。

実はこの年の投票率は二〇〇九年よりも一二%近くも下がったのだ。投票率五七・五%。一千万人の有権者が、もはや「政治そのもの」に絶望し、投票を諦めたのだ。

■階級協調路線が階級格差を拡げた

民主党の没落から七年、民衆の政治不信は続いている。投票率は上がらず、それは自民党に有利に作用した。安倍政権は利権政治をやりたい放題。数の力を頼みに、真面目な答弁もせず時間つぶしに終始する国会運営は民主主義形骸化の極みである。

また安倍政権は日本国憲法の三大原則である国民主権、基本的人権、平和主義の全てを破壊する改憲によって日本を再び戦前のような国家主義的強権国家へと改造しようとしている。

　このような議会政治の腐敗堕落が生み出されてきた原点は一九九四年の自民党と日本社会党との「理念なき野合」にある。

　自民党は社会党を階級協調へと引きずり込み、「貧富の差は階級格差ではない、働き方の違いである」と、個人の自己責任に転嫁した。社会党は自民党との結託によって、この階級協調に加担し、完全に資本のヘゲモニーに屈してしまった。こうして皮肉なことに、「階級協調」が階級格差を拡げる結果となったのだ。

　日本の政党政治は、七〇年代には議会外左翼の堕落が大衆運動への信頼を大幅に後退させ、次に九〇年代の自民党と社会党の理念なき野合が、下層大衆の議会政治への信頼を失わせたのだ。

　このようにして大衆運動と議会政治の両方から人々は失望し去って行った。

　その結果、八〇年代までは七〇％台にも達していた投票率が六〇％台を超えることがなくなり、二〇〇一年以後は、小泉改革の二〇〇五年と民主党政権の二〇〇九年を除けば五〇％台にまで下がって行くことになった

3　政治への希望と自信の回復に向けて

■「れいわ旋風」はなぜ吹いたか

　参議院議員の山本太郎がひとりで立ち上げた新党「れいわ新選組」が話題を呼んでいる。山本が所属していた自由党は国民民主党と合流したが、彼はそこには合流せず、自らの議員生命を賭して新党を立ち上げ、立候補者を公募した。そして大勢の応募者たちの中から、様々な社会的問題を抱える当該者たちを立てて選挙に臨んだ。

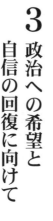

れいわ新選組はインターネットを通じて大きな注目を浴び、都内での街頭演説会ではどこでも二千、三千、四千と聴衆が集まる勢いとなった。この結果、マスコミの冷淡な対応にも関わらず得票数二二八万票を数え、国会に二人の議員を送り込む事に成功した。

山本太郎とれいわ新選組がここまで急速に支持者を増やした理由は、その明快な八つの公約にある。

(1) 消費税廃止
(2) 全国一律最低賃金一五〇〇円
(3) 奨学金徳政令
(4) 公務員増加
(5) 一次産業個別所得保障
(6) トンデモ法一括見直し
(7) 辺野古新基地建設中止
(8) 原発即時禁止

極めて明快な、自民党政権へのアンチテーゼである。しかも、それは言葉でこそ「労働者」「階級」といった左翼用語を一切使っていないが、事実上「階級的対抗軸」に立って資本への対案を突きつけているのである。

山本太郎の視線は貧困者や政府権力の弾圧に苦しむ人々

に注がれている。

■政治への希望を取り戻すチャンス！

「れいわ旋風」が吹いたのは、大衆運動に絶望し、また数合わせの政党政治にも絶望してきた人々が、それでも格差貧困拡大と生活崩壊の危機に直面した時に、同じ危機感を抱いて政治に切り込んできた山本太郎に共感した結果である。

それは山本が数合わせの取引き政治を拒否し、何よりも下層大衆の側に立つ姿勢を堅持し、事実上の「階級的対抗軸」を担って闘ったからである。

数合わせの政治取引を拒否し底辺の貧困者たちとともに歩む、正直な政治主張こそが政治への信頼を取り戻す唯一の道である。それには今ある政治地図であれこれ考えるのではなく、政治に絶望した四千万の有権者がもう一度奮い立つことが必要である。

道を切り拓くことができるのは、真実「底辺の貧困者、虐げられた人々」に眼差しを向けることのできる者だけである。社会党の消滅とともに消え去った「階級的対抗軸」をもう一度構築しよう。それこそが我々が進むべき道である。

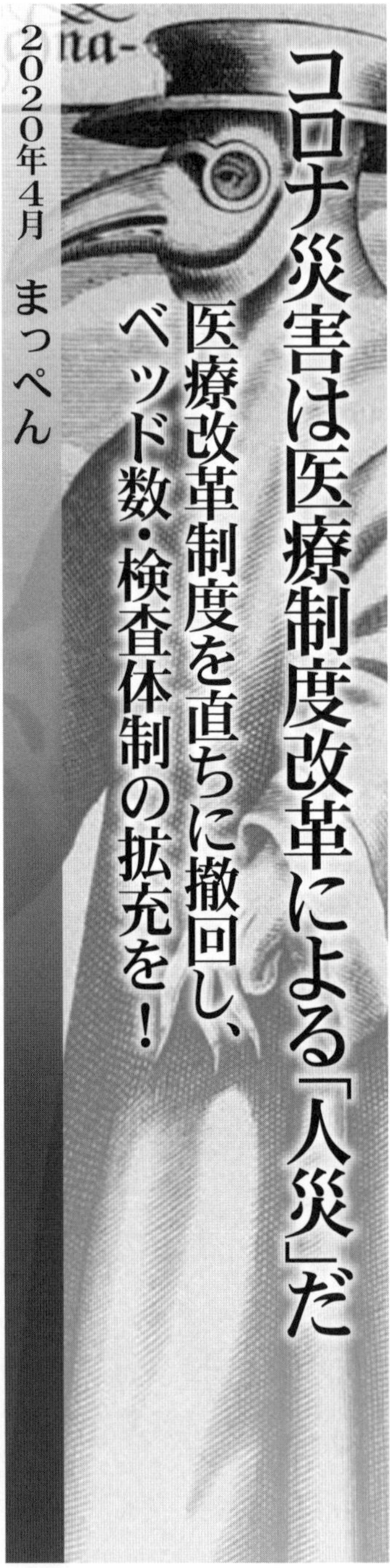

コロナ災害は医療制度改革による「人災」だ

医療改革制度を直ちに撤回し、ベッド数・検査体制の拡充を！

2020年4月　まっぺん

■民営化に並行し断行された医療制度改革

二〇〇三年、「聖域なき構造改革」を掲げて総選挙に圧勝した自民党小泉内閣は、それまでにも中曽根政権や橋本政権などによって進められてきた公共サービスの民営化をさらに一層推し進め、郵政、道路公団、各種の金融公庫などを次々に民営化していった。この構造改革の一環として、医療制度改革も並行して推し進めていった。

その具体的内容は、「給付と負担の公平化」「医療費適正化」などの美名の下に、入院の必要な患者に入院日数削減を強制し、在宅医療・介護へと切り替えさせるものであり、また点数制度による成果給を導入し医師の診療報酬を削減、病院勤務に対しても医療・看護従事者の負担を増加するものである。

またこれまでの保健医療を見直し、保険料を三割負担へと引き揚げることとなった。

■医療制度改革は高齢者切り捨て政策だ！

二〇〇六年九月、小泉政権を引き継いだ第一次安倍内閣は、この医療制度改革を推し進め、保険料の見直しを進めてきた。

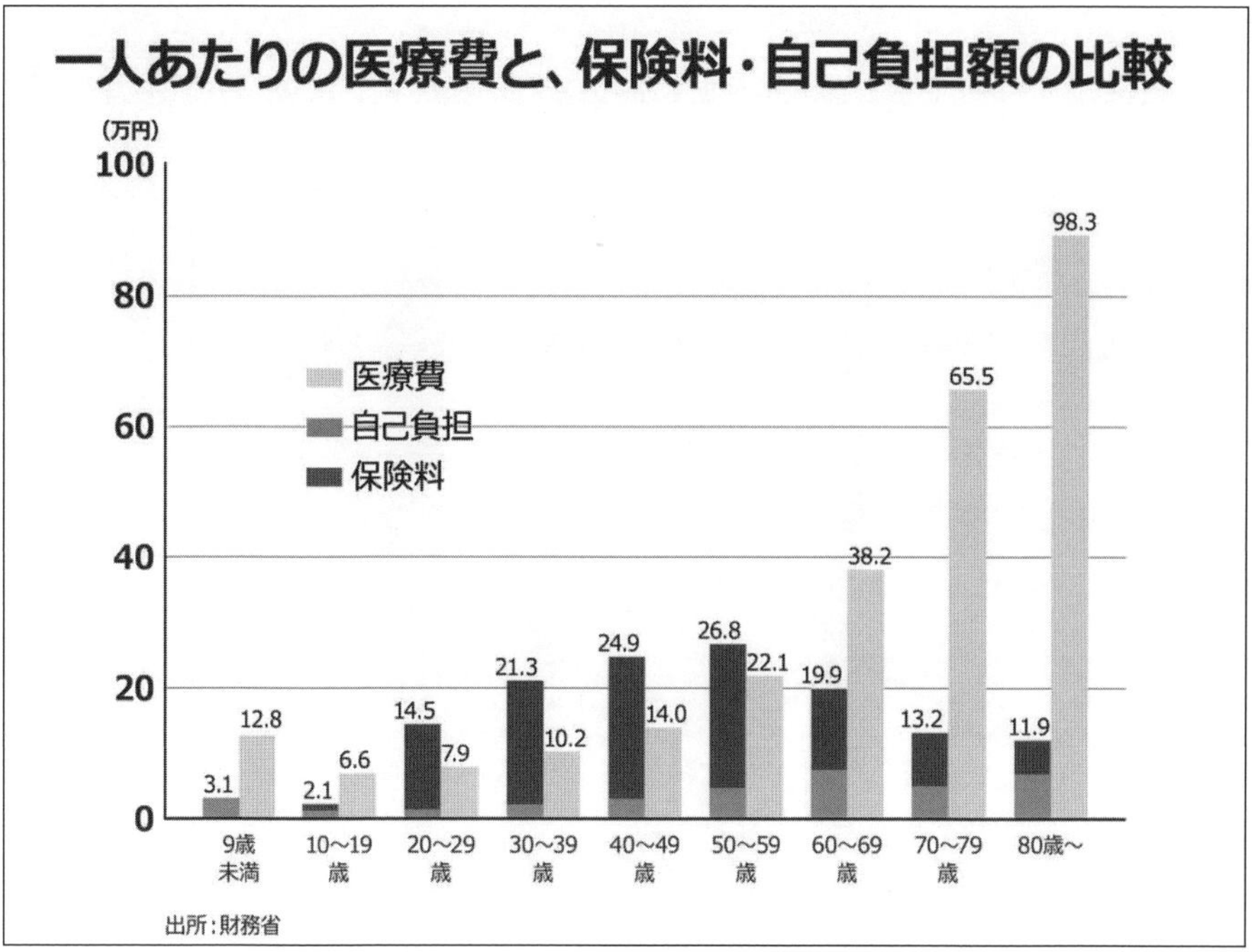

二〇〇六年と言えば、一九四七～九年に生まれた団塊の世代が六〇歳定年に近づき、年金給付と高齢者医療の増加が予測された。この時すでに医療費負担が増加の一途を辿っていた。

厚労省は前年の年金制度改革、介護制度改革に続いてこの年五月には医療制度改革についての「基本的考え方」を社保審医療保険部会に示していた。

それによれば「医療費適正化計画」に基づいて五カ年計画で医療費負担の大幅削減を目指している。中・長期の対策によって団塊世代が高齢化のピークを迎える二〇二五年時点で、総額一一％、医療給付費の六・五兆円削減、医療費ベースでは七・七兆円の削減が可能と推定されるとしている。

つまり厚労省は、老齢者が増え老人医療の充実化がますます必要となりつつある時に、それに逆行する「削減計画」をぶち上げたのだ！

さらに驚くべきことには、二〇〇八年から新しく「後期高齢者医療制度」が始まり、七五歳以上の高齢者は個人単位で保険料の支払いをしなければならなくなってしまった。また、健康保険料率も、介護保険料率も少しずつ引き上げられている。

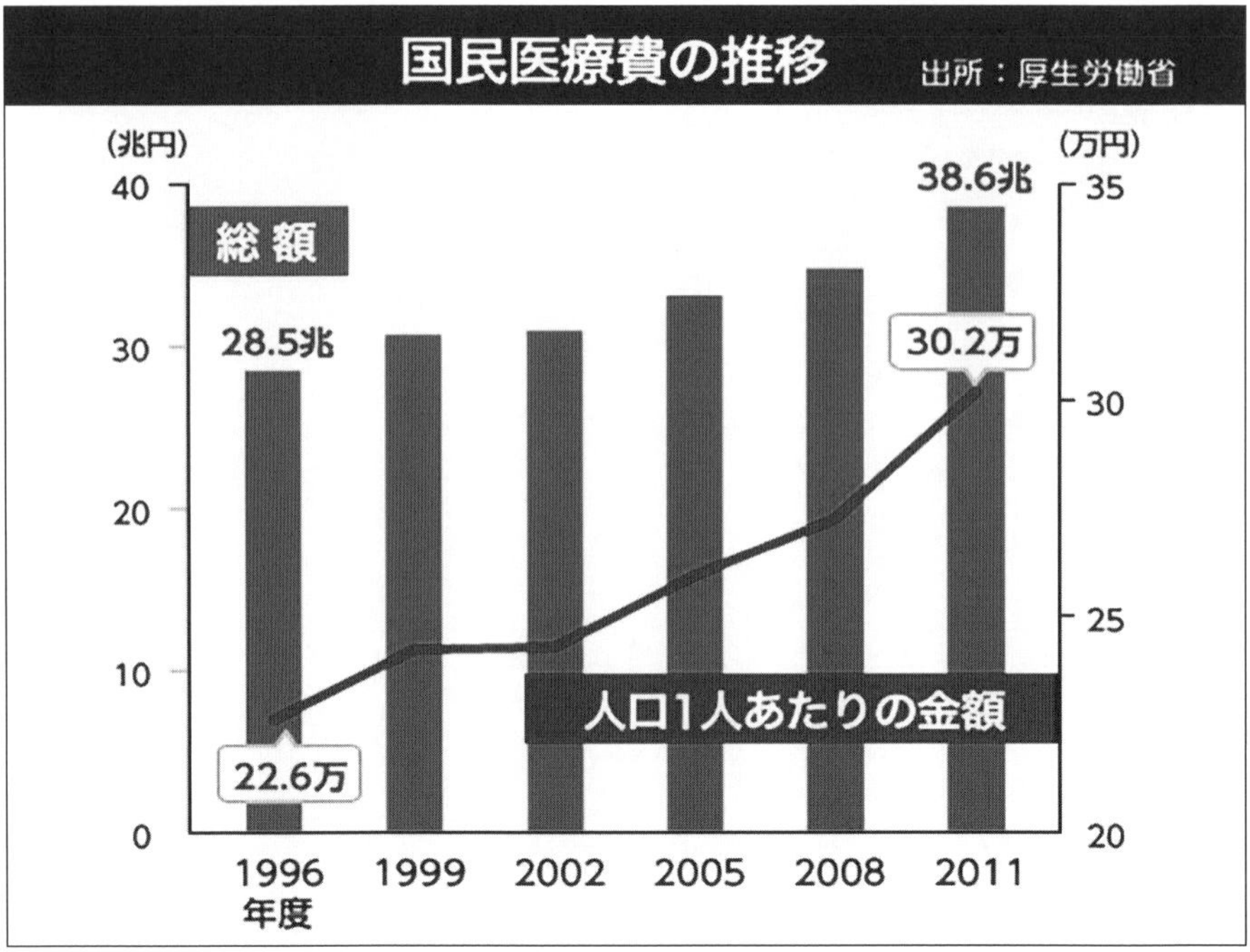

■ベッド数二〇万床削減を目指してきた政府

公営企業の民営化、年金制度改革、医療制度改革は一体のものである。「福祉目的」と称して消費税を引き上げながら、その増収で得た資金の年金・医療事業への投入を削り続け、個人・民間に負担を押し付けているのがこの一〇年以上にわたって続けられている自民党の政策である。その結果、市民の生活水準はますます切り詰められて行く。

医療においては、地域医療の縮小、病院経営の統廃合が全国的に進められている。二〇〇八年と二〇一八年とを比較すると、数の上ではベッド数二〇床以上が条件となる病院の数が減り、一九床以下しかない一般診療所が増えている。その結果、この一〇年間でベッド数は一七六万四八七一床から一六四万八六五七床へと一一万六二一四床も減っている（厚労省発表）。

まだ新型コロナウイルス感染が発生する前の昨年一〇月二八日、政府は経済財政諮問会議を開き、社会保障制度改革について議論した。その中では何と！　全国のベッド数を二〇二五年までに一三万床削減することが提言されている。それどころか五年前の二〇一五年には、二〇万床を削

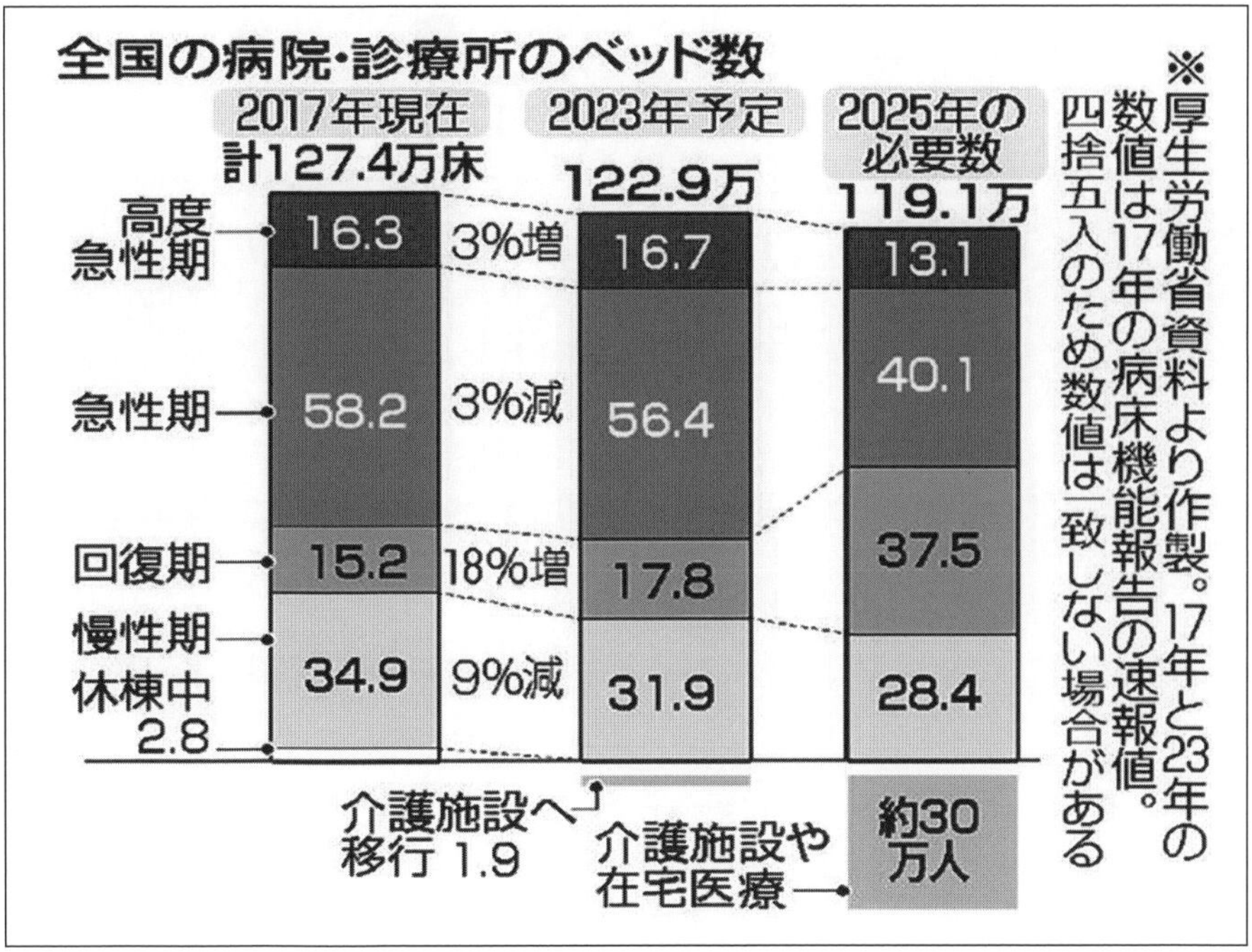

減し三〇〜三四万人を自宅や介護施設での治療に切り替えることが、目標とされていたのだ。

■すでに事実上の「医療崩壊」が始まっている

このような時に、新型コロナウイルス感染が始まったのだ。

大きな病院を削減し小さな診療所ばかりにしたために検査体制が整わなくなり、検査技師も検査施設も不足してしまった。そのために全国でどれだけ感染が広がっているのかを把握することができなくなる事態に陥った。また、病床数がギリギリの数に減らされてしまったために入院治療も制限せざるを得ず、それもあって検査数を制限しなければならなくなった。

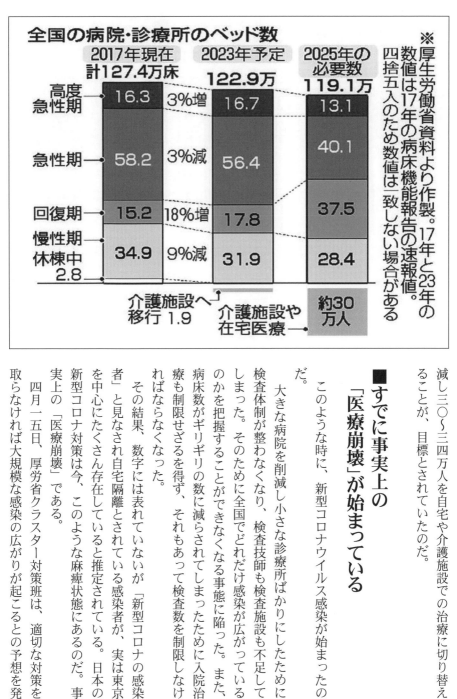

その結果、数字には表れていないが「新型コロナの感染者」と見なされ自宅隔離とされている感染者が、実は東京を中心にたくさん存在していると推定されている。日本の新型コロナ対策は今、このような麻痺状態にあるのだ。事実上の「医療崩壊」である。

四月一五日、厚労省クラスター対策班は、適切な対策を取らなければ大規模な感染の広がりが起こるとの予想を発表した。しかし政府は「検査数を増やせば医療崩壊に陥ってしまう」と悲鳴を上げている。

誰のせいでそうなったのか！

新型コロナ感染に対応できない今の日本の医療体制は、小泉改革以来連綿と続けられてきた医療体制の削減に原因がある。これは「人災」である。

■市民生活安定と医療体制の回復が必要だ！

安倍政権はこの緊急時に「法制」としての緊急事態宣言を発令するだけで、市民生活に対してはほとんど何の効果的方策も実行していない。緊急事態へ向けて外出を制止すれば市民生活が行き詰まるのは当然である。また検査・治療の体制も全く実情に追いついていない。

今やらなければならないのは、何よりも大型予算の投入で市民の生活の安定に向けて速やかな経済的対処をすると共に、検査・治療体制を拡充することである。医療制度改革を直ちに撤回せよ！　削減されてきた十数万の医療ベッド数を大至急回復させ、検査・入院・治療体制を再建せよ！（四月一五日）

（「コモンズ」139号より）

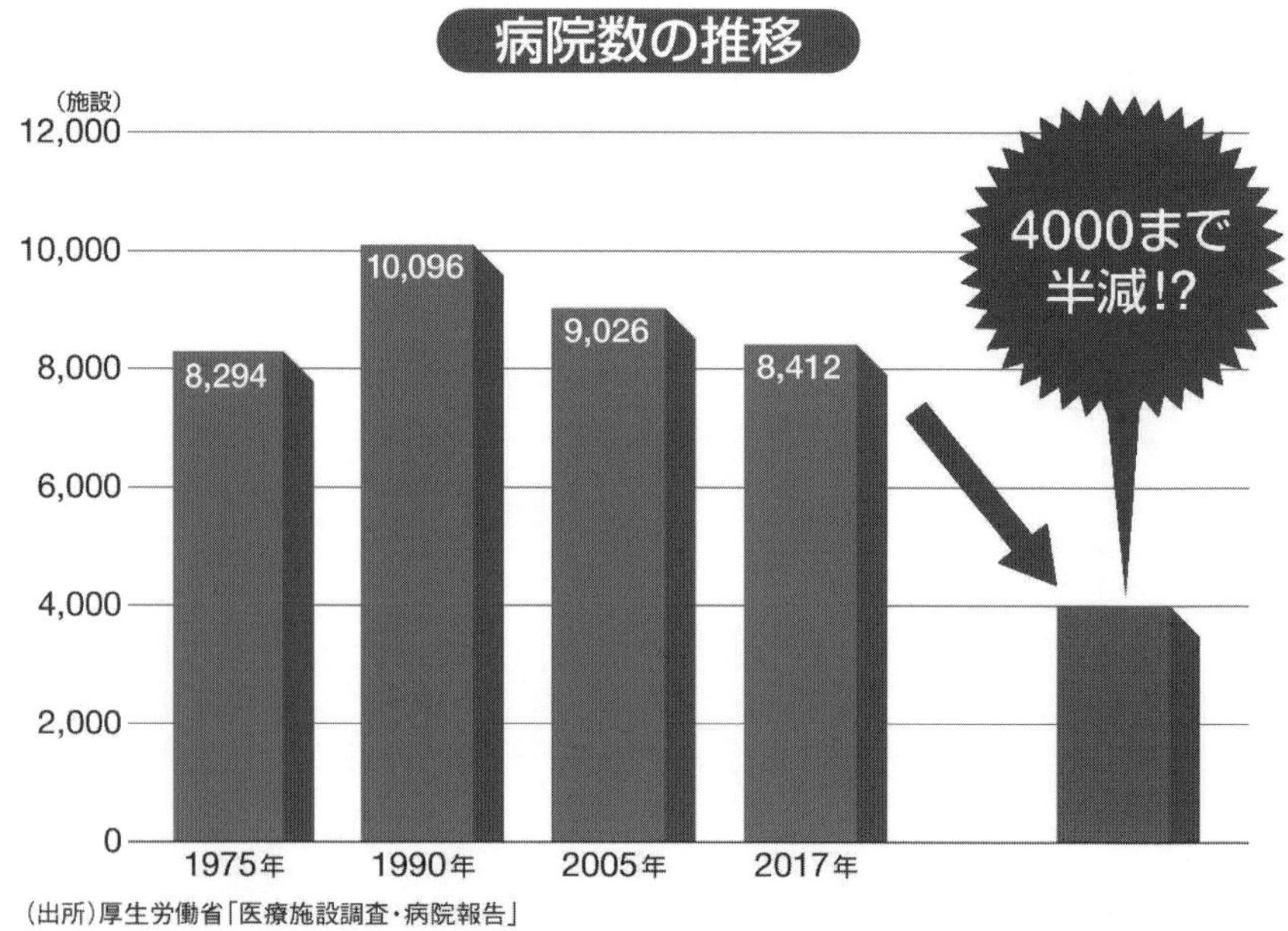

（出所）厚生労働省「医療施設調査・病院報告」

医療費の自己負担　原則無料の国々

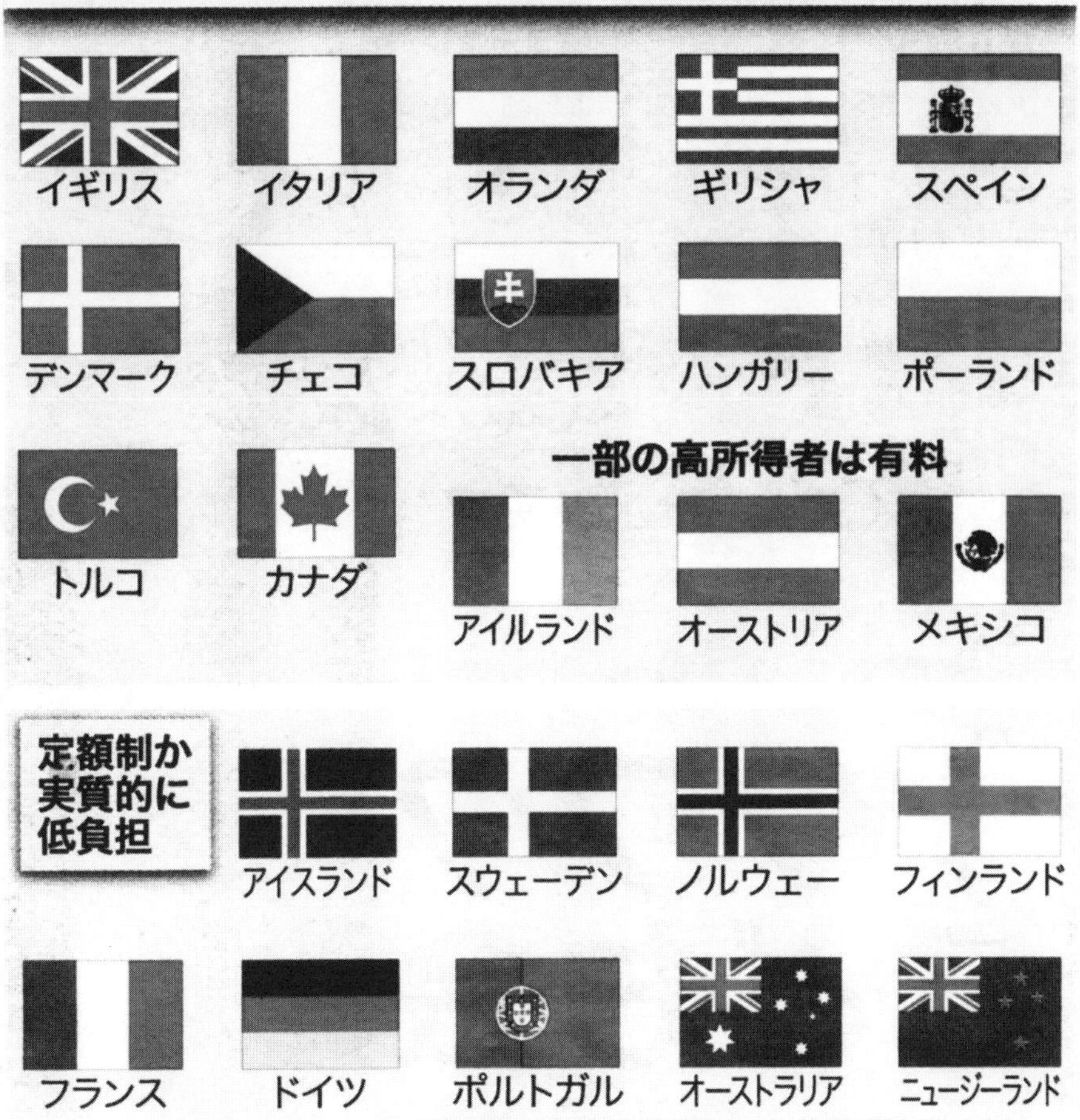

定率負担　(　)内は外来、入院の順

スイス	(10%、定額)
ベルギー	(10–25%、定額)
ルクセンブルク	(5%、定額)
韓国	(30%、20%)
日本	**(外来、入院とも30%〈現役世代〉)**

注)米国は国民全体を対象とする公的医療保険制度がない

OECD編著『世界の医療制度改革』から

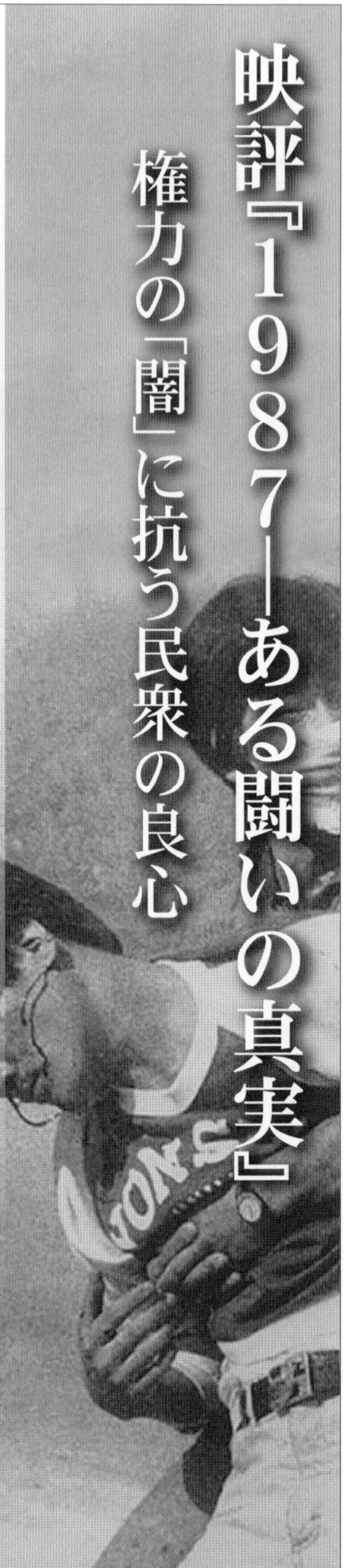

映評『1987―ある闘いの真実』
権力の「闇」に抗う民衆の良心

2018年12月9日　まっぺん

いま韓国映画が熱い！　この紙面でも一九八〇年の光州蜂起を民衆の眼を通して見た作品『タクシー運転手―約束は海を越えて』が紹介されたが、今また注目すべき作品が日本で上映され、ヒットを続けている。同じく民主化闘争を扱った『1987―ある闘いの真実』がそれである。

■まるでその場に居合わせたかのような臨場感

映画『1987』は昨年一二月に韓国で公開されるや、なんと、わずか一カ月で七〇〇万人もの観客動員数を記録した。『タクシー運転手』には娯楽的要素あったが、この『1987』ははるかにシリアスで、当時の実際の事件、実在の人物、建築物に至るまで忠実に再現しており、まるで当時その場所に居合わせたかのような臨場感に引き込まれてゆく。登場人物も迫真の演技だ。

とりわけ悪役のパク所長（キム・ヨンソク）には凄味があって圧倒される。パク所長とチェ検事（ハ・ジョンウ）、二人の対決もすさまじい緊張感を放つ。

■ひとりひとりの良心がつながって道を切り拓く

物語はひとりの青年の死から始まる。一九八七年一月一四日、ソウル大学生朴鍾哲（パク・ジョンチョル）が南

営洞警察の取り調べ中に死亡した。自白を引き出すための拷問によるものだ。報せを聞いたパク所長はこれを闇に葬るため直ちに火葬の申請をした。

しかしソウル地検公安部長のチェ検事はそこに疑惑を感じ、パク所長の脅しにも屈せず遺体解剖を命令する。果たして解剖の結果、拷問の痕跡が明らかとなった。所長は次に解剖の医師を脅迫するが、やがて東亜日報のユン記者が拷問死の事実をかぎつけ、これを記事にする。

一連の事態の進展の中に、検事、解剖医師、新聞記者、

The Dong-A Ilbo　【1920年4月1日創刊】　1987年1月19日　月曜日　⑨　〔日刊〕

東亞日報

물拷問도중 질식死

治安本部 서울大 朴鍾哲군 死亡사건발표

두警官구속·對共

머리를 욕조물속에 집어

욕조턱에 목부위눌려 숨

손부위등 傷處는 連

朴君 조사 現場

평생건강보험

刑務所看守、民主運動活動家、神父、学生活動家などが次々と関わってゆく。やがてひとりひとりの「良心」がつながって、ひとつの真っ直ぐな道を切り拓いてゆく。

そしてその道が行き着く先・・・。最後のシーンはとりわけ感動的だ。

■自らの力で民主主義を闘いとってきた韓国民衆

朝鮮半島は解放後まもなく南北に引き裂かれ、戦乱の中に投げ込まれた。韓国は李承晩（イ・スンマン）、朴正煕（パク・チョンヒ）、全斗煥（チョン・ドゥファン）と独裁政権下の苦しみが続いた。

しかし民衆は黙ってそれに従ったわけではなかった。

一九六〇年には四月革命によって李承晩政権を倒し、八〇年には光州蜂起そして八七年には民主化闘争で全斗煥独裁政権を打倒したのだ。

この映画を観て気付いた。

あの光州武装蜂起の真実は、実は様々な人々の手を伝って戒厳令をかいくぐり、秘かに全国に拡がっていったのだと。

そして八七年、まるでその光州蜂起が全国へ飛び火したかのように、全国四千万民衆が起ち上がった！　それからキャンドルデモに至るまで、我々はまさに韓国の「民衆革命の歴史」に立ち会っているのだ。

（『コモンズ』2018年124号に掲載）

Part Three

●夢のきずな

第三部

「赤い疾風」ＤＴ２５０ モーターサイクリストの手記

高野幹英

●あられちゃんバイク

ヤマハＤＴ２５０は、最初に開発されたＤＴ１のあとを継いで登場した。サスペンションが一本の、モノクロスサスペンション構造。これは世界初の画期的な構造だったが、あとからホンダが、ヤマハの特許に抵触しない形の一本サスを開発し、そちらの方が有名になった。しかし「サスペンション一本」という発想はヤマハのアイデアだ。

真赤な車体に二サイクル単気筒のエンジン。「バイクの原型」とも言えるシンプルな構造だ。中古車だったため、スピードはフルスロットルでも一〇五キロしか出なかったが、トルクが強烈で、スタートの瞬間はナナハン（七五〇ＣＣ）バイクよりも速かった。オフロード走行では強みを発揮し、階段でも山道でも乗り越えることができた。タイヤはゴツゴツしたオフロード専用で、フロントフェンダー（泥除け）は、まるでワニが大きく口を開けているみたいで戦闘的。そこに新時代社からもらった「インテルナシオナーレ」（南米の革命組織）のステッカーを貼った。

キックでスタートする荒々しさも好きだ。しかし時々「ケッチン」が来て、向うずねをしたたか打たれる。靴もズボンも破れるほどの破壊力だ。

二五〇ＣＣなのに大型で、四〇〇ＣＣにも負けない迫力があった。エンジン音と排気音も、野生馬の嘶（いななき）のように荒々しく、それこそ「アイアンホース」に相応わしい。これでウイリー走行をやる時の気分は黒いチューリップか、ローン・レンジャーか。

休日に全部解体して整備し、また全部組み立てたことが何度かある。燃料タンクは八リットルしか入らず、しかも燃費が悪い。スペックではリッター四〇キロとあるが、実際はその半分ほどしか出ない。ちょっと遠出するとすぐにタンクが空になるので、一六リットルのタンクに付け替えた。DT250独特のスタイルが損なわれるが、ちょっぴり、パリダカールラリーの気分にも浸れる。タンクにベタベタ貼ってあるのは、ドクタースランプあられちゃんシール。漫画雑誌から切り抜いて、防水加工をしてタンクに貼る。みっともなくて素敵でしょう？　これで北海道まで行った。

この「あられちゃんシール」で、誤解されたことがあった。銀座の伊東屋で若い男の子が、緊張した顔つきで近づいて来た。勇気を奮い起こした様子で、私に聞いた。「あの。鳥山あきら先生ですか?」タンクのシールを見て作者と勘違いしたらしい。残念！　人違い。ごめんね。

●パリッシュブルー

マックスフィールド・パリッシュという画家がいる。ノー

マン・ロックウェル等と共に「アメリカン・ノスタルジー」を代表する写実派の画家で、イラストレーター。その作品は古典的でエレガント。最も好きな画家のひとりだ。私もこういう、格調の高い絵を描きたいと思う。ちなみに日本人の画家で最も好きなのは小磯良平。絵の全体から醸し出される空気感が素晴らしい。こんな絵が描けたら…

パリッシュの絵は美しく、いつまで見ていても飽きないが、その最大の特徴の一つが、空の色だ。彼の描く空の青は目の醒めるほど美しい。それを「パリッシュブルー」と呼ぶ。朝も昼も美しいが、とりわけそれは早朝と夕刻に見上げた夜空の美しさに最もよく表現されている。

早朝であれば太陽が昇る前、夕刻であれば陽が沈んだ直後から刻々と変わってゆく空の色だ。その時のほんの短い時間、空は薄いスミレ色と濃紺との中間のような色を見せる。夕刻であれば、一番星が輝き、それからだんだんと空の色が濃くなってゆく。夜の空なのに不思議に明るい、そんな色だ。それをパリッシュは見事に描き出している。

夜と昼の中間の時間を、古典的な言い方では、朝ならば「彼は誰時(かわたれどき)」、夕刻ならば「黄昏時」＝誰そ彼時(たそがれどき)と言い、「逢魔時(おうまがとき)」とも言った。悪魔と出会う時という事だろうか。しかし、パリッシュブルーはそれよりは夜に近い。夜の美しい色が空に拡がる。そんな時間にエンジンをかけ、遠乗りに出かける。

バイクは車と違い、身体を外気にさらして走る。雨も風も全て全身に引き受けて走らなければならない。それは苦痛であると同時に快感でもある。人車一体となって自然の中に溶け込む快感は、バイク好きでなければわからない。風の匂いを嗅ぎながら、花吹雪も、落葉も受けて走る。

中央アルプス山麓へ車との並走で旅行に行った時には、土砂降りでずぶ濡れになった。雨合羽もほとんど役立たず、全身ぐっしょり、ブーツの中も水浸しだ。震えながら、思わず笑いが込み上げる。「生きる喜び」を噛みしめる。

いつもは遅寝遅起きで、典型的な「夜型人間」なのに、バイクで遠出すると決めた日の朝だけは早起きする。早朝の、まだ星が消え残るパリッシュブルーの空の向こうへ。赤ヘルメットと赤ジャケットに身を包み、「赤い疾風」となって公道を突っ走る。冷たい空気を切り裂いて走る快感。

●運転免許試験場で

大抵のバイク好きは一六歳になるとすぐに免許を取りに

ゆく。だから朝の免許試験場入り口に並んでいるのは、ほとんどが高校生くらいの若者たちだった。私はその中では、バイク免許取得者としては「高齢者」の部類に属した。

すぐ後ろの生意気そうなニイちゃん。

一八〜一九歳くらいか。タメ口で声をかけてきた。

「お前、何年生だ?」

どうやら私を高校生と思ったらしい。当時の私は年齢よりもかなり若く見られた。

「二六歳です。」「え? 嘘でしょう?」

口のきき方がタメ口から丁寧口調に変わった。


少数だが女子もいた。そのうちのひとりは中型試験に合格したら、すぐに大型免許もとりに行くという。そして白バイ警官になるのが夢だと、嬉しそうに語る。白バイは大型免許が無ければ乗れない。先日、交通安全キャンペーンの会場で跨がせてもらった白バイは一三〇〇CCだった。

バイクの免許試験は結構難しい。四〇〇CCの車体を軽々と操って一本橋を渡り、スラローム走行をする。まるで曲芸だ。大型免許ではさらに、倒れているナナハンバイクを起こしてスタンドを立てなければならない。

白バイか! カッコイイな。白ヘルメットに青いジャケット。大きなグローブとブーツでキメたスタイルに憧れる気持ちはわかる。

モーターライダーのことを「バイク野郎」などと呼ぶこともあるが、バイクはもう男だけのロマンではない。「必殺・猫走り」でファンを魅了する女性ライダーも話題になっている。

北海道でも颯爽と走る女性ライダーに出会った。こちらが景色を堪能しながらトロトロ走っていると、黒のつなぎを着込み、ヘルメットの後ろから長い髪をなびかせたライダーが、後ろから近寄り、追い越しざまにピースサインを送りながら去って行った。その姿に、なんとも言えない美しさがあった。

●ふたのない用水路

バイクで通勤していた時のこと。朝霞のアパートから出て池袋へ向かう。国道（川越街道）はまっすぐで、五つくらい先まで信号を見通せる。それが一斉に青になる。そこでスピードを上げて五つぜんぶを一気に通り抜ける。なかなかスリルのある走りだ。

それができるのは時速七〇キロを超えた時だけ。それ以下では途中で赤信号に引っかかる。途中で何かあったらブレーキが間に合うかどうか、ギリギリのスピードだ。もちろん完全に速度制限オーバー。

バイクで死にそうな目に遭った体験は何度かある。土手の急坂をバイクで駆け登り、転倒して右脚にひびが入り、しばらくギプスをしていたこともある。肋骨にヒビが入ったこともあった。

岡山の危険な用水路が問題になっているが、そんな用水路は全国にある。ある道路の左側が幅の広い用水路になっていて、たたみ一畳ほどの大きさのコンクリートのふたが並べてかぶせてあった。左側から大型トラックを追い越す時に、その用水路のふたの上を走った。トラックもスピードが出ていたので、それを追い越すためにこちらもスピードを上げた。ところが！

前方の用水路、ふたは途中までで、あとは用水路がむき出しになっていた！「このままでは用水路に落っこちる！」そこでさらにスピードを上げ、風圧を感じながら、トラックの大きな前輪に顔がこすれそうな程の距離ですり抜け、トラックの前面に出た！

危機一髪！　危ないところだった。あと〇コンマ何秒か遅れていたら、用水路に突っ込み、死んでいたかな？

通勤の途中で砂利道に突っ込んだことがあった。バイクが右に転倒し、ザザーっと横滑りしたが、バイクはなんともなかった。さすが、頑丈なバイクだ。すぐに起こして職場へ向かった。

職場に着くと、みんなが目を丸くして私を見る。

「大丈夫?」「どうしたの?」と心配そうな顔付きで。

なんで転んだのが判ったんだろう?

「おい、肩!」と言われて初めて気付いた。ジャケットの右肩が引き裂かれ、開いた穴の周りが血で真っ赤になっていた。擦り傷なので傷はそれほど深くはなかったが出血は多かった。気付いてから急に痛いことに気付いた。

●大晦日の一七号線

毎年のお盆と年末には、たいてい実家へ帰省していた。東京から新潟まで、新幹線も使うが、普通列車を乗り継いで帰ってみたり、長期離バスでも帰った。学生時代には、ヒッチハイクで帰ったこともある。豪雪の年に普通列車に乗ったら、越後湯沢で動かなくなり、そこから臨時のＪＲバスに乗り換えたこともあった。

自動二輪の免許をとってからはバイクでもよく帰ったが、年末のバイク帰省は耐え難いほどの苦行で、一度で懲りた。その時の話。

まだ関越自動車道は開通していなかった。早朝の東京を

YAMAHA-DT250。この頃のDTがいちばんいい。250ccとは思えない大型で、個性溢れる独特のフォルム。これ以前ではタンクが楕円形で古めかしいし、これ以後だともっと戦闘的で、四角くて大きなヘッドライトと太いアルミダイキャストのスイングアームになって「カッコイイ」けど、個性がなくてツマラないし、コンパクトにまとまって迫力もない。

出発したが、高崎を過ぎる頃には薄暗くなってきた。

国道一七号線は、三国峠を越えて長岡まで続く。標高一千メートルもある三国峠では雨からみぞれに代わり、それが正面から吹き付けてくる。ジェットヘルとゴーグルでは頬から口、あごにかけて無防備となるため、そこにみぞれがまるで砂つぶのように激しくぶつかってくる。氷の礫(つぶて)の攻撃に、最初は痛くて冷たいが、やがて顔の感覚が麻痺し、何も感じなくなる。口がうまく動かず、しゃべることもできなくなる。身体中が凍えてゆく。

真っ暗な国道を走る対向車のライトに目が眩む。全て車だけ。バイクは、ただの一台も走っていなかった。やはりこの時節のバイクツーリングは無謀だったか?

積雪はないが、道路は凍っている。四輪車でもいつスリップするかわからない。ましてやバイクで転倒したらどこまで滑ってゆくかわからない。対向車の車輪の下に滑りこんだりしたら、轢き潰されて終わりだ。

国境の長いトンネルは、わずかに下り坂になっている。長い長い下り坂を、転ばぬように神経を尖らせてそろそろと走る。やがてトンネルを出ると、道は大きく左へカーブしている。しかも右側は崖だ。左へ曲がれずスリップ転倒すれば、車線を越えてそのまま崖下へ落ちる危険もある。

なんとか峠を無事に越えると、次の試練が待っていた。小千谷を過ぎたあたりで、突然、後輪のブレーキが効かなくなった。ブレーキを引っ張るワイヤが切れたのだった。そこからは片ブレーキで、低速で実家までたどり着いた。

もしもブレーキワイヤが、あの三国峠のトンネルを出たところで切れていたら…想像すると今でもゾッとする。

●ブロッケンの妖怪

夏の北海道はモーターサイクリストたちのメッカだ。大勢のバイク乗りが北海道へ向かう。ライダーたちには連帯感が芽生え、すれ違う時にはピースサインを交わす。

北海道へはバイクでも手軽に行けるようになった。夜の東京湾からフェリーで苫小牧まで行くコースがあり、それを利用した。船底にバイクを縛りつけてデッキへ上がる。

朝、太平洋岸沿いを北へ向かう船上は濃霧で、ほとんど海面が見えなかった。ところが！　そこに「ブロッケンの妖怪」が現れた。これはなかなかお目にかかれないが、見たら忘れられない、素敵な体験ですよ。

背後から朝日を受けて、前方の霧の中に自分の影が映る。その自分の影の周りを丸く虹が囲むのだ。美しい。昔、信仰深い人はそれを自分の影だと思わず、魔物か、あるいは神が現れたと信じた。ドイツのブロッケン山でよく見られたのでこの名がついた。日本の山でも見る事ができ、「ご来迎」などとも呼ばれる。

●熊の出没に注意!

苫小牧からは森の中を札幌へ向かう。民家も何も無い。一本道をひたすら走る。途中「クマ出没注意」の看板があり、獰猛な熊の絵が描かれている。どうやらヒグマの生息域らしい。こんなところで、バイクが故障したらどうしよう。そういえば八二年の夏、アフリカを旅行した時、同じヤマハのDT125で旅行していた人に会ったが、まさかサバンナの中をあれでは行かないだろう。ライオンやサイが追いかけて来たらコワい事になる。

札幌で一泊し、西海岸を北へ。美しい原生花園の向こう、水平線の彼方にコニーデ型の美しい利尻富士を見ながら稚内へ。お土産店で「日本最北端の地到達証明書」を入手してから礼文島、利尻島へ。(以下省略)

こうして十一日間のバイクツーリングは終わった。

その後も赤いDTは、私をいろいろな所へ連れて行ってくれた。磐梯吾妻スカイライン、新潟から長野へ向かう街道、蓼科高原・車山高原・霧島高原・美ヶ原を走り抜けるビーナスライン、富士五胡から芦ノ湖・箱根を抜け一五号線を通っての日帰りコース、日光街道。

いや、連れて行ってくれたのは、当時の職場けやき印刷の同僚、立山君だ。彼にはいろいろ乗り方も教えてもらった。石原君も、ありがとねー。渥美君も一緒に行ったなあ。

たくさんの思い出を残して、やがて私の「あられちゃんバイク」は動かなくなった。

次に購入したのも同じヤマハDT250。今度は銀色だったが、これも解体整備し、スプレーで真っ白に塗って乗り回した。再び芦ノ湖へ、日光へ、房総へ…。

遠乗りしたのは北海道から大阪までだが、関東近辺なら、ずいぶんいろいろと走り回った。

他にも素敵なバイクはいろいろある。ドゥカッティ、トライアンフ、ベンベ。いずれも魅力的で、それらに興味がないわけでもないが、これからも乗るならやっぱり、DT250が断然いい。

あの激しい振動。けたたましいエグゾーストノート。荒々しくたくましい鉄の馬の乗り心地。しかし排ガス規制のため、2サイクルバイクが発売されることはもう、ない。

君たちのおじいちゃんのこと

琿春二四七連隊乗馬小隊　戦争秘話

2014年8月15日　高野幹英

はじめに

子どもたちへ
おじいちゃんが亡くなってからもう二二年が経つ。この文書は、そのおじいちゃんの思い出のために書いたものだ。
でもそれだけではない。おじいちゃんが遺していった、とても大切なものが消えてしまわないように書き残しておく意味もある。
おじちゃんより

おじいちゃんは今から六九年前、日本が中国やアメリカなど世界中の国々と戦争をしていた時に、学徒出陣で満州へ派遣されていき、そこで戦争体験をした。またそのあとソ連軍の捕虜となってつらい体験をした。

しかし、おじいちゃんはその本当の体験談を誰にも話そうとしなかった。戦争時代のことは何か楽しい冒険談のように話すばかりだった。

おじいちゃんはお話じょうずだった。夜、まだ幼かった君たちのおかあさんやおじさんの傍らで、荒唐無稽なお話をきかせてくれた。

それは例えば、桃太郎が鬼退治に成功して、たくさんの宝物を持って帰ってくるおはなし。桃太郎はおばあさんには電気洗濯機を、そしておじいさんには忍術の巻物を、お土産に持って来たのだった。あるいは宇宙旅行の話、「千里の馬と百里の馬」など、不思議な楽しいお話を、おじいちゃんは次々と話してくれた。

しかし、やがて年をとり六〇歳を越えると、戦争のつらい体験を語りのこしておかなければならない、と思ったのだろう。それまでは一度も語ったことのなかった戦争の本当の話を語り始めた。それはつらく悲しい物語だった。

これは、そのままではやがて消えてしまう。おじいちゃんばかりでなく、当時の一億の日本人が体験した、戦争体験の貴重な証言だ。

だから、おじいちゃんからきいた話を、おじいちゃんの「大切な遺産」として、おじさんはここに書き残して置かなければならないと思う。

あわせて、高野家の歴史を、おじさんが知っている限りで加えておく。

これを読めば君たちは、君たちのからだを流れる血の半分である高野の家系が、どんなものだったのかを知ることができるだろう。

（1）高野の系譜

■柴田収蔵のこと

柴田収蔵は、日本で初めて卵形の地図を作った人だ。司馬遼太郎『胡蝶の夢』冒頭に詳細が書かれている。

弘化四（一八四七）年、家を弟に譲って江戸に行き、五年後「新訂坤輿略全図」という卵形世界地図を江戸春草堂から出版。安政三（一八五六）年、勝海舟の推薦で蕃所調書絵図調出役（幕府の地図製作役人）として活躍し、安政六（一八五九）年に四〇歳で没した。

収蔵が書いた卵形世界地図は、新潟県指定文化財となっている。

ひいおばあちゃんは収蔵のひ孫にあたる。だから収蔵の血の三二分の一が君たちのお母さんやおじさんに、六四分の一が君たちに流れている。

■高野幾蔵のこと

おじいちゃんのおじいちゃんは高野幾蔵といった。希代の相場師として明治の日本を駆け抜け、莫大な財を築いたという。幾蔵は北海道でも大きな事業を行なった。しかしやがて米相場に失敗して財産を三分の一に減らし、相場から手を引いた。しかしその三分の一でも途方もなく莫大な財産であったため、嫡男ではなかった息子の幾太郎（おじいちゃんのお父さん）にも山を三つも残した。

■高野幾太郎のこと（別掲）

■本間雅晴中将のこと（別掲）

（2）青年時代

■おじいちゃんの少年時代

おじいちゃん、高野幹二は一九二二年（大正一一年）八月一七日、幾太郎の次男として十日町で生まれた。小さいころからたいへんなきかん坊で、ケンカが強かった。兄の俊（さとし）とケンカしても決してまけなかった。

兄は「長男のおっとり型」というように、気立てがやさしく、そのためケンカに負けるが、それがくやしくてならない。そこで二人がやがて剣道を始めた時、兄は人一倍稽古にはげみ、剣道では弟には絶対に負けなかった。弟は剣道二段、兄は四段の腕前だった。

ふたりの性格を示すエピソードがある。幹二のお通夜の

幹二の育った巻町（現 新潟市西蒲区）角田山頂上から蒲原平野の眺望

席で俊おじさん本人から直接聞いた話である。

二人がケンカをしていた時、父がそれを見て激しく怒った。父幾太郎は怒るとたいそうこわい人だった。「ふたりとも朝まで玄関の前に立ってろ！」そういうと玄関の戸をぴしゃっと閉めてしまった。

寒い夜だった。当時の高野の家は玄関の右横が当時では珍しい洋間になっていて、大きなシャレた模様の入ったすりガラスの窓があった。そして部屋の中にはベッドがあり、ベッドにはゴブラン織りのカバーが掛けられていた。

弟の幹二はたいへん要領のよい子どもで、父がいなくなると、この洋間の窓をそっと開けて、ベッドにもぐりこみ、朝まで寝ていた。

しかし真面目な兄の俊はそんな事はできず、朝まで立ち尽くしていた。そうして明け方になると幹二は起きてベッドから這い出し、素知らぬ顔で玄関前に兄と共にたっていたのである。

■親友・入村正一

やがて幹二は旧制巻中学に入学した。巻中は今の県立巻高等学校だ。そこで幹二は親友を得た。名を入村正一（いりむらしょういち）と言った。

二人は気があった。二人は様々なことを語り合った。人生のこと、世界の事。また、二人とも音楽をこよなく愛した。最初はハーモニカに親しんでいたが、やがてヴァイオリンを購入し、それに夢中になった。

入村は小児麻痺で足が悪かった。しかしやがて、金島秀一（ひでいち）の書生となった。秀一は将来性のありそうな青年を書生として家に置き、学資を出してやったりしていたが、正一も勉学がよくでき、才能を見込まれて金島の家から学資をもらい、医科大学に進んだ。

金島秀一には敏子という娘があった。正一はやがて金島の養子となり金島正一と名を変え、後に幹二の妻となる娘、敏子の兄となる。

■おじいちゃんのヴァイオリン

幹二が購入したヴァイオリンは、なかなかいい音色がするもので「名器かも知れない」と思われた。そこで鑑定に出してみたことがある。ヴァイオリンはイタリアのクレモナが有名で、そこから数々の名器が誕生している。中でもグァルネリやストラデバリなどは現在でも一丁が数億円という途方もない値段がつくものもある。

幹二のヴァイオリンの内側にはラベルがあり、「ストラデアリウス」と書いてあった。ヴァイオリンには作者の名

ヨーゼフ・ハイドンと「ひばり」の楽譜

前をラテン語で書くのが普通である。これは明らかにストラデヴァリ（ラテン名ストラディヴァリウス）の偽物だ。しかし作りはなかなかよく、音色もよかった。ただし一度壊れたために修理したものだと判った。その時に使ったニカワがあまり良いものではなかったと、ヴァイオリンの鑑定士は残念がっていた。

二人は一度だけ、クワルテット（弦楽四重奏）を演奏した事がある。クワルテットをやるには、ヴァイオリンが二丁と、ビオラ、チェロが必要だ。幹二と入村正一の二人がヴァイオリンを弾き、ビオラとチェロの演奏者を探してきて、何度かの練習の後、ハイドンの第六七番「ひばり」を演奏した。いつ、どこでやったのかは判らない。しかし、それぞれの楽器が互いに演奏を競ったり調和したりする軽妙なやりとりを、幹二は楽しそうに息子に語って聞かせた。

戦前の、まだクラシック音楽も普及していない頃の新潟の田舎町では、恐らく初めての快挙だっただろう。

あるとき、幹二が家でヴァイオリンを練習していると、父が「おい、ちょっとそれを貸してみろ」と言った。父がヴァイオリンをさわったこともみたこともない幹二は驚いたが、渡してみると、まず父は調律を始めた。それも「美しき天然」の曲を引きながらの調律である。「ラ〜ラ　シラシ　ミ〜ファミ〜」という、あれである。

調律が終わると「美しき天然」ほか、いくつかの曲を巧みに弾きこなした。その姿は明治の辻音楽師のようであった。農事一筋の役人であった幾太郎がいったい、いつ、こんな芸を身につけたのか。それは今となっては知ることができない謎である。

■兄の早大入学と弟の腹痛

父幾太郎は、長男も次男も農業の専門家に育てようとしていた。しかし二人ともあまりその気はなかったようだ。

まず長男の俊は、東京に行き、父には内緒で早稲田大学を受け、合格してしまった。そして受けてもいないのに「農業専門学校は落ちました」と嘘をついた。しかしやがて早稲田合格がばれてしまい、叱られた。しかし合格したからには学費を出さねばならない。父はしかたなく入学を許し、こうして兄は早稲田大学に入学した。

父は次男には騙されないぞ、とばかり監視し、おかげで幹二は農業専門学校しか受けさせてもらえなかった。

しかし困ったことが起こった。東京で宿を決め、試験に臨む前に腹痛に襲われた。元来我慢強い幹二は「なに、我慢していればなおるさ」と思ってそのまま構わないでおいたが、いっこうに腹痛が収まらない。それどころか痛みはますますひどくなる。のたうちまわっているところを見つけた宿の主人があわてて実家に通報した。

入院してからが大変だった。盲腸炎（虫垂炎）だと診断された。それがこじれ、腹膜炎を起こしていた。開腹手術をした時、中のウミが吹き出し、天井にまで届いたという。そして半年間療養することになってしまった。早期に治療していたら1週間ですんだものを。しかも父からは治療費と入院費を合わせると「六〇〇円もかかったぞ」と、こっぴどく叱られた。当時、六〇〇円あれば家が一軒買えた。

こうして幹二は一年浪人してから入学することになる。

手術したあとの傷跡が下腹部に大きな丸い凹みとなって残ってしまった。後に息子の幹英が一緒にお風呂に入った時に聞いたことがある。

「この傷はなあに？」

「これはね、戦争に行った時、大砲の弾があたったところだよ」と幹二は答えた。

■中国の友人を得る

幹二は昭和一七年に三重高等農林、今の三重大学農学部に入学した。

三重高等農林は大正一四年開校、当時は農学科、農業土木科、林学科、別科に別れ、それぞれに学部の歌があった。幹二は農学科に入った。

入学に際して、新入生たちが一同に会し、そこで互いに自己紹介をすることになった。「それぞれの出身地の言葉とともに自己紹介しよう」と幹二が提案した。幹二は「だんだんはや」ということばを紹介した。これは「いつもいつもありがとう」という意味の古い巻のことばである。

四四名の新入生の中には三人の中国人がいた。王徳新、張欣、李玉詳。三人のなかで最初に王徳新（わんとくしん）が自己紹介をすると、日本の新入生の中に「中国人は子どもを殺して食べるそうだ」などと誹謗中傷するものがいた。

幹二はその時激怒し、大声で怒鳴った。「今言ったのは誰だ！　遠い中国からはるばる日本に勉学に来た客人に対して無礼だろう！　謝れ！」

王徳新はまだ日本語が理解できなかった。友人が自分の自己紹介を日本語に通訳してくれていたのだが、突然の怒鳴り声に何事かと驚き、友人にわけをきいた。そして事情を知った王徳新は幹二に大いに感謝し、以後、死ぬまで二人は深い信頼と友情のきずなで結ばれることになった。

王徳新は戦後、小倉に移住し九州大学の教授となった。

■馬術部への入部

幹二はヴァイオリンをこよなく愛し、練習を続けていたが、三重高等農林で新しい趣味に目覚めた。馬術である。時々はヴァイオリンを弾きながら、馬術部で乗馬を学んだ。

農業専門学校では必要なのは農耕馬だが、ここには乗馬用のアラブ馬も飼われていた。

馬は毛並みによってそれぞれ呼び名がある。普通の茶色を「鹿毛」（かげ）、それより黒いものを「黒鹿毛」（くろかげ）、白くて黒い斑のあるものを「芦毛」（あしげ）と呼ぶ。部員たちはそれぞれ交代で馬の世話をし、また乗馬技術を磨いていった。並足、早足、駆け足・・・やがて幹二は自由に馬を操れるようになっていった。

■新入生歓迎会と部落差別

馬術部に入部すると、毎年恒例の新入生歓迎会をやることになった。先輩が「おい、鍋をやるからこれで肉を買ってこい。なるべくたくさん買ってくるんだぞ」といって、幹二にお金を渡した。

「こんな少ない金額じゃいくらも買えないな。」そう思った幹二は同僚とともに市内の主要な肉屋をあたり、値引き交渉を行なった。一生懸命に値引きをお願いする幹二に対して、肉屋は「学生さん、それならとびきり安く肉を売っているところを教えるよ」と言った。教えられた通りに行くと、そこは街はずれの寂しいところだった。そこの肉屋とおぼしい小屋に行って声をかけた。

中から出てきた男は疑り深い目つきで「あんたら、どっからきた？」と聞いた。自分たちは大学の新入生で、ここへ来れば肉を安く売ってくれると聞いたと言うと、おどろくほどの安い値段で大量の肉を売ってくれた。

そして言った。

「学生さん。もうここへは二度と来ないほうがいいよ。」

大量の肉を抱えて意気揚々と帰ってきた幹二たちに先輩は驚いてたずねた。「こんなにたくさんどうしたんだ？」幹二が説明すると先輩は真っ青になって「二度とそこへは行くな」と、肉屋と同じことを言った。

「被差別部落」というものがある。これは農村の普通の部落のことではなく、古くから日本に続いてきた特殊な差別構造の事であり、それが明治以降は形を変えて新しい形態として続いてきたものである。新潟県にはほとんどそのような部落はなかったので、幹二は部落のことも、その人たちが周囲から差別されていることも知らなかった。部落差別というものの初めての体験だった。

しかしその後も、幹二は時々肉を買いに行った。

■反骨の学生生活

幹二が入学したのは昭和一七年（一九四二年）だった。対米英戦争が始まって五カ月、国内では戦争を煽りたてるポスターがあふれ、欧米文化への傾倒や英語を話すことも禁じられた。

だから、幹二がヴァイオリンを弾く事に対しても批判するものが現れた。しかし幹二は反骨精神が旺盛であった。権力によって屈服させようとする事に対しては反抗した。

「おい！　敵国の音楽を演奏するとは何事だ！」

「バカ言え！　これはドイツの音楽だぞ！　それを演奏して何が悪い！　我が友邦ドイツを愚弄するのか！」

そういって、幹二は演奏を続けた。しかし演奏していたのは、ガブリエル・マリーの「金婚式」などフランスやイギリス、イタリアなどの曲であった。当時の日本では一般にはまだクラシック音楽は普及しておらず、ほとんどの日本人には判らないだろうと、幹二は知っていた。

幹二は当時の日本人には珍しくクラシック音楽に通じていた。バロック音楽から古典派、ロマン派、フランス近代に至る作曲家や音楽作品を誰よりもよく知っていたが、やがてソ連の捕虜になった時、この知識が役に立つことになる。

もうひとつ、幹二の反骨精神を示すエピソードがあった。

当時、日本陸軍に石原莞爾（いしはらかんじ）という男がいた。彼は中国の関東軍に参謀として派遣された時に満州事変を起こしたことで有名だ。その事変では一個師団で、張作霖の息子の張学良率いる中国東北軍二〇個師団を打ち破ったことで、英雄のように思われていた。また石原は、戦略思想をもたない日本軍の中では珍しく、独特の戦争史観を持ち、「最終戦争論」を説く特異な存在であったが、それだけに、彼は密かに「危険思想」を疑われていた。

幹二は父の影響からかは不明だが、この石原の「最終戦争論」を知り、仲間と勉強会を開いていたのである。それは警察に知られ、一時、特高警察から監視されていた。

（3）苛烈な戦争体験

■幹部候補生に志願

日本軍は最初、中国を相手にしているうちは連戦連勝だった。装備が貧弱な中国軍と比較すれば日本軍の方が装備が優れているうえ、「必勝精神」と鉄拳制裁で鍛えられた日本軍に対して、中国軍は不利な局面ではすぐに退却していったからである。しかし、それは中国側のゲリラ戦を拡大することになり、「戦闘に勝っても戦争に勝てない」状況がつづいたあげく、英米諸国までを敵にまわしてしまった。この不利な戦争の中で日本軍の戦力の消耗が激しくなったため、補充の必要が生じた。

補充はふたつの分野でおこなわれた。兵と現場指揮官である。一般の兵士は赤紙を発行すれば、いくらでも調達することができた。問題は現場指揮官だった。軍の中で高級将校たちは、戦闘地域から離れた安全な場所にいて、作戦などを指令していればいい。しかしそれよりも下の軍曹、曹長、少尉、中尉などが、戦場で兵士たちとともに死に、その補充が必要となった。そこで、その現場指揮官の候補として、大学生を使うことが決まったのだ。

文化系大学生たちは、それまでの「兵役免除」措置が廃止され、大学の在学期間も四年から二年半へ短縮された。その上で「幹部候補生」として募集がおこなわれ、多くの大学生がこれに応募した。高野幾太郎のふたりの息子、俊も幹二も、この「特別枠」に応募した。

■海軍航空隊への志願

兄の俊は海軍航空隊に応募した。航空隊の方にも深刻な事情があった。米軍との戦いは真珠湾攻撃の勝利で始まったが、それ以後は相次ぐ敗北によって、日本海軍は優秀なパイロットを数多く失っていった。しかし、飛行機の操縦技術は、そう簡単に会得できるものではない。失ってしまった大量のパイロットを取り戻すことは、もうできないのだ。

その代わりに海軍の上層部は、恐ろしいことを考えた。飛行機に爆弾を積んで体当たりする「特攻作戦」である。学生ならば普通の人よりは頭脳の優秀な分、操縦技術を早く覚えることができるだろうと考えた軍の上層部は、学生たちに対して優先的に「特攻隊」志願を奨励したのだった。

飛行機の操縦訓練は、零戦にフロートを付けた（「ゲタ履き」と呼ばれた）二式水上戦闘機で行われた。兄は一度操縦に失敗し、海中に突っ込んだこともあったが、ともかくも飛行訓練を終え、いよいよあと少しで、特攻出撃という時に終戦となった。

■習志野騎兵学校

弟の幹二は陸軍に応募した。兵科は選ぶことができる。

学徒出陣へ、日の丸をたすきにかけている長男俊と次男幹二

「どの兵科に応募するか」

陸軍には歩兵、砲兵、工兵など、様々な分野があった。

「騎兵を志願します」と幹二は答えた。騎兵は、すでにこの頃の戦争スタイルとしては古い兵科となっていて、ほとんどの国では廃止されていた。一九世紀のナポレオン戦争頃からしばらくの間は、まず砲兵が敵に砲撃を浴びせ、次に歩兵が敵と激突し、最後に騎兵が敵を追撃する、という三兵科が戦闘の主流だったが、やがて戦車が登場し、また機関銃が、それまでの歩兵同士の激突戦や、騎兵の追撃戦を不能にしてしまった。だから当時の日本軍では騎兵は、敵陣に潜入して偵察する斥候として使われていた。

「なぜ騎兵になりたいのか?」

「大学で馬術部に所属していました。」

これで幹二の所属は決まった。

二年半の学生生活を終え、昭和一九年(一九四四年)九月、繰り上げ卒業した幹二は、習志野騎兵学校に入った。そして、ここで半年間の訓練に耐え、騎兵学校卒業日を迎えた。

騎兵学校の校長は、明治の騎兵の伝統をまだ持っている人だった。騎兵が明治の日本軍に導入されたころは、まだ騎兵は、ヨーロッパでは貴族が所属するという伝統を持っていた。つまり騎兵は貴族、歩兵は平民がなるものだった。

だから「騎兵の伝統」とは「貴族の伝統」と重なるものがあり、校長はその伝統を受け継いでいたのである。

校長は卒業式のあと、講堂の椅子を片付けさせ、「本来は男女一組になるのだが」と言って、生徒たちをそれぞれ二人ずつペアにし、社交ダンスを教えたのである。おそらく幹二を含めて生徒たち全員にとって、これは初めての経験だっただろう。昭和二〇年の時点でなお、日本軍の中に一〇〇年も前の伝統が生き残っていた事に驚かされる。

昭和二〇年（一九四五年）三月、騎兵学校を卒業した幹二は、満州国境の第一一二師団琿春（こんしゅん）二四七連隊本部附属の乗馬小隊へ配属され、ソ連の侵攻に備えて、国境地帯を偵察する任務につくことになり、見習い士官の待遇で満州へ向かった。

習志野騎兵学校は、現在では陸上自衛隊習志野空挺師団の駐屯地となっており、かつての厩舎の施設がそのまま、パラシュート降下訓練設備として利用されている。また、中庭には「騎兵の碑」が建てられている。

■日本刀の悲しい運命

幹二は出征するにあたって、必要なものを要求する手紙を、父に書き送っている。様々な装備品に混じって注目されるのは、関（せき）の日本刀を要求していることである。「なまくらの昭和刀ではだめです」と書いている。関は昔から名刀の産地として知られている。

日本陸軍の武器といえば、兵隊と下士官は基本的に、三八式歩兵銃である。騎兵は四四式騎兵銃だ。見習い士官や将校は、日本刀と拳銃を持つ。拳銃は自動拳銃という、引き金を引くだけで空薬莢が飛び出して、次の弾丸が装填される優れたもので、「一四年式銃」といった。この銃は、ドイツで開発された「ルガー〇八」によく似た銃だった。

銃は軍から支給されるが、日本刀は自前で調達しなければならない。昭和刀とは、刀工が打って鍛える本物の日本刀ではなく、陸軍工廠が開発した、プレス加工で作る量産品である。そのため、すぐに折れたり曲がったりした。

なぜ軍はこのような刀を開発したのか。それは戦争が長引くにつれて、将校たちが大量に大陸に派遣され、その時大量の日本刀も一緒に、大陸に持ち込まれていったからである。そのため、日本刀が足りなくなり、このようなまがい物の日本刀が量産されていった。多くの名刀が大陸に持ち込まれ、錆びたり壊れたりして失われていった。

■ソ連の参戦と戦闘開始

アメリカは戦争を一刻も早く終わらせたいと考え、ソ連に目をつけた。当時ソ連は日本と中立条約を結んでいたが、アメリカはこのソ連と密約を結び、ソ連が対日戦争に参加することを条件に、大量の戦闘車両をソ連に提供することを約束した。原爆開発に成功する前の事である。

昭和二〇年（一九四五年）春以来、国境のむこうのシベリア鉄道が、大量の戦車や戦闘車両を運び込んでいるのを、関東軍は確認し、ほぼ正確な数もつかんでいた。その結果から「ソ連の参戦は近い」と日本軍の参謀本部も思っていた。

そして日ソ中立条約を破棄したソ連が、対日宣戦布告とともに八月九日、ついに国境線を破って一斉に満州国へなだれ込んできた。

琿春の司令部は、ソ連軍の大規模な攻勢にパニックになりながらも、必死に抗戦した。しかし数千両の戦車に対しては多勢に無勢。味方はバラバラになってしまった。

幹二の率いる乗馬小隊は、戦車に対して果敢に地雷で対抗した。しかし、戦車のスピードが早く、穴を掘って地雷を埋めている時間がない。そこで地雷を地面においてて、上からむしろをかけて逃げたが、戦車はみんなそのむしろを避けて通ってしまった。

次にバリケードを築いて戦車を迎え撃った。

一〇〇〜三〇〇メートル先から発射される戦車の砲撃がどのようなものなのかは、体験者でなければわからない恐ろしさがある。

まず戦車の砲口からパッと白煙があがるのが見える。そこから音速を超える速度で砲弾がこちらへ飛んでくる。

空気を切り裂く音が、すぐ近くで「パシッ！」と聞こえる。そしてその砲弾は自分のすぐ後ろで炸裂する。「ダン！」そのあとで初めて、前方から戦車からの発射音が「ドーン！」と聞こえてくる。つまり後ろの炸裂音のあとで前からの砲撃音が聞こえるのだ。

「パシッ！　ダン！　ドーン」。

これがわずか〇コンマ何秒かのあいだに起こる。それはすさまじく恐ろしいものだった。

味方が次々と死んだ。自分のすぐ横に同じ新潟出身の戦友がいた。出征する時に、一緒に記念写真をとった仲だった。その彼がやられた。即死だった。戦場では誰が死んでも不思議ではない。敵の狙いがほんの数十センチずれてい

たら、死んだのは自分の方だった。

終戦後、新潟に帰り、彼の実家に戦死の報告に行ったときのことだ。年老いた母親が家族と共に出てきて、幹二の報告を聞くと、おいおいと泣いた。そして「どうしてうちの息子が死んだのだ。おめさんが死んで、うちの子が生きて帰ってくれれば良かったのに」と母親は言って、また激しく泣いた。家族は幹二にあやまったが、なんとも切ない母の思いに、幹二は返す言葉がみつからず、ただ頭を下げて立ち尽くすばかりだった。

■敵との接近戦

高野小隊はおよそ一〇名ほどの最小の戦闘単位で、高野隊長の命令で行動した。混乱する戦線で、高野小隊はソ連軍の小部隊と遭遇。銃撃戦となった。高野小隊にはベテランの古参兵も新兵もいた。

新兵は敵に向けて夢中で発砲するが、ちっともあたらない。騎兵銃はボルトアクション式で、一発打つごとにボルトを起こして引くと空薬莢が飛び出る。そして再びボルトを戻した時に、次の弾丸が装填される仕組みになっている。一発撃つごとにいちいちボルトを操作しなくてはならない面倒な銃だが、軽くて使いやすい。

「そんな撃ち方じゃだめだ。貸してみろ！」

幹二は新兵から銃を取り上げ、敵兵に向けて狙いを定め、ゆっくりと引き金を引いた。敵兵が倒れるのが見えた。

「引き金は無理に引こうと思うな。ゆっくりと引いてゆくうちに、自然にストンとおちる。わかったか」と言って新兵に銃を渡した。

後年、カメラのシャッターを押す時に、幹二は同じことを言った。コツは同じだ。そしてまたある時、「あの時に俺が倒したソ連兵は死んだんだろうか。怪我だけで済んでいればいいが」と、息子にぽつんと言ったことがあった。

■原隊への帰還をめざして

ソ連軍の圧倒的な攻勢の前に、日本軍の防衛ラインはずたずたになり、混乱を極めた。高野小隊は敵の支配領域の中に奥深く取り残され、孤立してしまった。そこでとにかく原隊に復帰することを目標に、味方がいると思われる方向へもどることにした。どこに敵がいるかわからない。森がある時には森の中を進み、なるべく夕方に移動した。

ある日、森の中を進んでいくと、やがて森が切れて草原に出た。一〇〇メートルほど先にまた森がある。しかし、起伏がある草原の右方向、やや低くなっている部分に一〇数名の敵の小隊がくつろいでいた。

こちらの数は数名ほどに減っていた。戦ってはとても勝ち目がない。そこで幹二は腹を決めた。

「いいか。一〇〇メートル先に森がある。あそこへ一直線に逃げ込む。一騎が到達したら次が走る。大丈夫だ。弾はあたらない。まず俺が手本を見せる。見てろ。」

そう言うと幹二は馬の腹を蹴り、向こうの森に向かって一直線に駆け抜けた。

まるで縁日の射的の的になった気分だ。ソ連兵はあわてて銃を撃ってきたが、全く当たらなかった。次々と駆けてくる部下たちは、全員が無事にこちら側の森に到達した。

一発だけ、弾が馬ののど付近を貫通していた。しかし、弾の入口と出口に絆創膏を貼っただけで済んだ。

■小隊長は臆病者か？

数名の部下たちとともに、幹二はなおも原隊へ向けて歩を進めていた。するとまた敵の小隊に遭遇した。もはや逃げることのできない状況の中で幹二は命令した。

「突撃！」

そして壮烈な肉弾戦となった。

幹二は敵兵を拳銃で倒した。敵は全員倒したが部下にも死傷者が出た。

「隊長、刀でやれば良かったのに」

古参の部下が言った。

これは幹二の自尊心を大きく傷つけた。

幹二は見習い士官だったので歩兵銃や騎兵銃はもたず、日本刀と拳銃を持っていた。三十代、四十代の古参兵は、何度も死地をかいくぐってきて肝が座っている。だから、自分より上の階級にいるが実戦経験のない、学生あがりの二十代の若造が、隊長としてどの程度のうつわなのかを品定めする。その古参兵が、幹二が刀ではなく拳銃で敵を倒したことを批判したのである。

刀は、敵に接近して自分も危険にさらす覚悟がなければ使えない。一方、拳銃は離れた安全なところから敵を倒せる。古参兵は拳銃を使った高野隊長を「臆病者」と見たのだった。

それに気づいた幹二は「部下に舐められてたまるか！」と思った。そして瀕死の重傷を負っている部下を抱えると、

「原隊はもう近い。お前たちは先に原隊に戻れ。俺はこいつを連れてあとからもどる」

と言って部下たちと別れた。つまり、敵地にひとり残る決意を見せて、古参の部下たちを納得させたのだった。

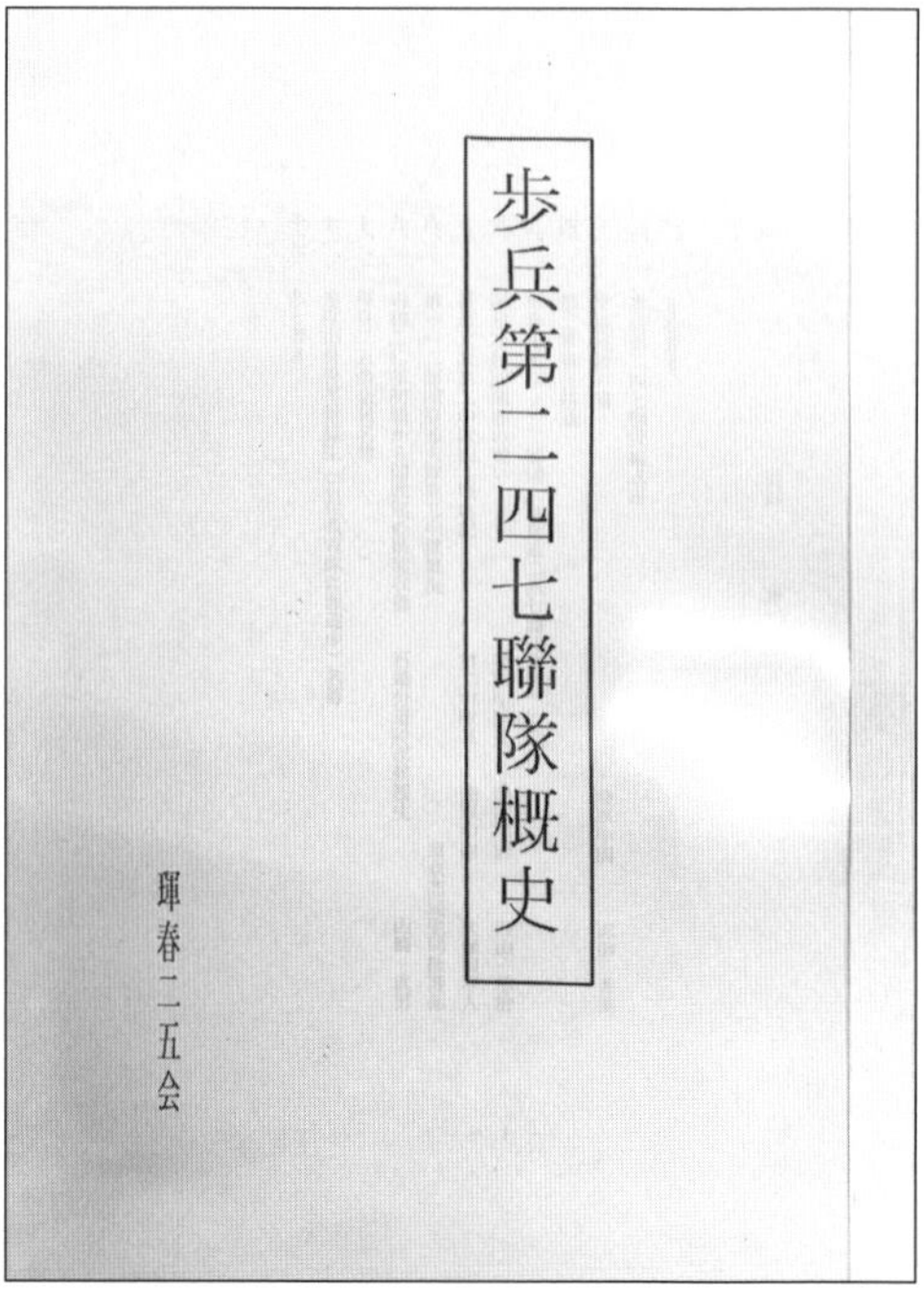

■幾日も続く白樺の森

抱え上げた部下はまもなく息を引き取った。幹二は遺体を隠し、原隊へ向けて単独で移動を開始した。しかし日中は敵がそこらじゅうにいて、いつまた遭遇するか判らない。そこで木陰などに隠れて休み、夕方に行動した。

ある時、夕暮れの平原に敵の大部隊を発見した。しかし逆に、この部隊についていけば琿春の本部へ着けるだろうと考えて、ついていくことにした。夕暮れの中では、シルエットが見えるだけで、敵も味方もわからない。幹二はソ連軍の最後尾を、味方のふりをして馬でついていった。途中、何かロシア語で呼びかけられたが無視した。

そしてやがて琿春の街にたどり着いた。

そこには日本人や中国人の民間人が多数生活していた。幹二は民間人たちには親切で、決して居丈高な態度をしなかったので、概して民間人には信頼されていた。

町外れで、知り合いの民間人が言った。

「戦争はもう終わりましたよ。」

幹二はおどろいた。自分は終戦の事実を知らずに、なおも戦争を続けていたのだ。

彼は「ソ連兵がまだうようよしています。わたしの家に来なさい。かくまってあげる」と言った。幹二はその言葉に甘えて、しばらく厄介になることにした。

しかし何日もしないうちにソ連兵が来た。「マンドリン」と呼ばれる機関銃を持ち、街の広場のようなところに立って、大声でなにか怒鳴っている。

「日本兵がいるなら投降しろ」と言っているに違いない。幹二は出て行くことにした。家主は止めたが、かくまい続けていれば、この人たちにも迷惑がかかる。

幹二は「撃ち殺されるかもしれない」と覚悟した。

しかし幹二が玄関に出ると、ソ連兵は、顔を横に回しながら「ぴゅぃーっ」と、まるで羊飼いが犬に命令するようなあざやかな口笛で（あっちの方へ行け）と命令した。

やがて列車に乗せられた。幾日も幾日も白樺の森が続くシベリアの風景。広大な大陸を横断する長距離鉄道……

（4）ソ連捕虜収容所にて

■ラーダからエラブカへ

日本軍は大陸に、最大一五〇万の兵力を展開していた。終戦の時、満州地域に展開していた日本軍のうちおよそ六〇万人がソ連軍の捕虜となり、ソ連全土に二〇〇か所ある捕虜収容所に収容された。そして主に、シベリア鉄道開発の労働力として動員されたのである。

捕虜を労働力として使役するのは国際法にも違反する行為である。日本軍もこういう虐待をたくさんやったが、スターリンもこのような虐待を大規模に行なったのだ。そしてそのため、六〇万人のうち一割の約六万人が疲労や病気、栄養失調などで死んでいった。

幹二は最初に、ラーダ収容所に送られた。八月二〇日には見習士官から少尉に昇進していたが、一年後、エラブカ収容所に移動となった。そこには連隊長西崎逸雄大佐以下、琿春の連隊本部の捕虜たちが収容されていた。

幹二は、ついに原隊にもどれないまま、ひとりで捕虜として捕らえられてしまっていた。だから本部では幹二の消息を知る者は誰もいなかった。重傷を負った部下を担いだ幹二の首筋に、部下の血がべっとりついていたのを見た部下たちは思い違いをし、帰隊した時に「小隊長はひん死の重傷を負いながら、なおも部下をいたわり、戦場に留まりました」と報告したため、連隊長以下みんな、「高野は戦死した」と思い込んでいた。

ところがそれから一年後、ラーダから送られてきた捕虜たちの中に、なんと！　高野がいるではないか！

驚いた連隊長は幹二と再会すると両肩をつかみ、

「高野！　おまえという奴は！　おまえという奴は！」……

そう言ってうつむいた。

あとはもう、ことばにならなかった。

■極限状態で生まれた友情

ラーダよりはエラブカの方が待遇はよかったようだが、

食事事情はどこでもひどいものだった。一日に与えられる食事は水と薄いスープ、そして雑穀を固めて焼いた酸っぱくて硬くてまずい黒パンが半斤ほどという有様で、捕虜たちは誰もがガリガリに痩せていた。

ラーダでの労働は、森に入って木を切り倒していくことだった。森林は深く、大木がたくさん生えている。鉄道敷設のためにそれらの一本一本を切っていくのだ。切り倒した材木はさらに小さく切って薪にする。

木の切り方はコツがある。まず二人挽きののこぎりで輪切りにした数十センチから1メートルほどの長さの丸太をたてて、真ん中に斧を振り下ろす。そして木にささった斧の背をカケヤ（大きな木のハンマー）で叩くのである。重労働であるため、支給される黒パンではとても足りない。

収容所の中で親しくなった戦友がいた。時々交代で非番になる日があった。幹二は自分が非番の時、その戦友に黒パンを投げ渡した。

「おい、俺はなんだか今日は腹が痛い。俺のも食え」。

もちろん嘘だ。空腹で死にそうなのだ。それなのに、これから重労働におもむく戦友に、パンをくれてやるのだ。

「本当にいいのか？　ありがとう！」

そして次に彼の非番の時にお返しがくる。

「おい、高野、おれは腹が痛いから俺のも食え」。

こうして幹二は、極限状態の中で「互いの腹のそこを見せあった仲」という、絶対に信頼できる親友を得たのだった。

■エラブカ・ホスピタル会

私の手元にエラブカ・ホスピタル会一九八三年八月発行の「担架―エラブカ想い出集―」という冊子がある。ここに二六人の文書が掲載されている。エラブカ・ホスピタル会は、エラブカ捕虜収容所に収容された人達の親睦団体で、これを読むと、当時の辛かった想い出や、その合間にわずかながらあった楽しみなどがうかがい知れる。

エラブカ収容所は病院施設があったが、一時はチフスがかなり流行し、多くの死者が出た事が書いてある。ここに幹二も一文を載せている。

幹二はホスピタル内での待遇改善を期待して、ロシア語を勉強した。辞書を入手し、労働の合間に勉強するのである。夜はトイレに入って、暗いはだか電球のもとで必死に単語を覚えた。そしてそのかいがあって、病院入口の受付係を仰せつかった。以下は幹二が「担架」に寄せた文の一部である。

「パダジェーチェ　セストラ」（お待ちください看護婦さん）。

「シトー」（何ですか）。

「イスリ　ブイ　プリショール　フ　トウキョウ　ムノーゴーチョロペイク　プーシェット　スマトール」(もしも貴女が東京へきたら、多くの人が多分振り向くでしょう)。

「オー　プムチー」(おや何故ですか)。

「パタムシト、ヴィ　オーチンクラシーボ」(何故ならば貴女があまりにも美人だからだ)。

洋の東西を問わず、古来女性はおせじに弱い。

「オー・スパシーボ　ヴィ　オーチンハラショ　ラボーター」(有難う　君はすばらしい労働者だ)。

そこで最後にこうなる。

「パジャルスター　マホルカ」

煙草を一つせしめてしまった。

(段落などは変更しました—引用者)

■食料泥棒の顛末

幹二は食料の「我慢比べ」で無二の親友を見つけることができたが、収容所の食料事情の悪さから、他人の食料を盗む者も現れた。

夜、食料当番は、炊事場からスープのたっぷり入った大きな寸胴鍋に棒を渡して捕虜たちのところへふたりで運んでゆく。その道のりは長く、しかも夜道は真っ暗だ。鍋はずっしりと重い。

運んでいる途中、横の茂みの中から男が飛び出してきて、鍋のふたを開け、スープを飯盒にすくい取って逃げてゆく。

重い鍋を持っている二人には追いかけることもできず、鍋を下ろした時にはもう泥棒の姿が見えない。そんなことが時々あった。

また、配給されたパンが無くなることもあった。

「誰だ！　俺のパンを盗んだのは！」

盗られた被害者は目を見開き、血眼になって犯人探しをする。そして戦友たちにくってかかる。

「おまえか？　おまえか？」

ひとりひとりを問い詰めてゆく。やがて、被害者の視線に耐え兼ねて、ふっと視線をそらす者がいた。

「おまえだな！」

こうして犯人が割れた。犯人は将校であった。

収容所はある程度の自治がゆるされていた。収容所内には規律があり、また宿舎の二階に懲罰房、あるいは反省房がわりに使う部屋があった。何か犯罪的行為を行なったものはそこに閉じ込められるか、あるいは自主的に閉じこもる。食料泥棒の将校は、周囲の非難と軽蔑の眼差しを受けながら、自分からすすんでその部屋に閉じこもった。

その部屋の窓には金網が張ってあった。しかし、やがて翌朝、彼がその金網を破ってまどから後ろ向きに逆さまに飛び降り、下のコンクリートに頭を打ち付けて死んでいるのが見つかった。頭が割れていた。覚悟の自殺だった。

彼は、収容所内に埋葬された。

もう誰もかれを悪くいう者はいなかった。この飢餓状態が悪いのだ。このような理不尽な戦争が悪いのだ。餓死寸前の状態の中で、弱い者から脱落してゆく。一歩間違えたら誰でもそうなっていただろう。

故国を離れた遠い地で、なぜこのような不名誉な死を受け入れねばならないのか。硬い土を掘りながら、戦友たちは彼の死をあわれみ、また振り返って自らの境遇を悲しんだ。そしてみんなで約束をした。かれの死の真相は絶対に秘密にしよう。そして「病死」として届けよう。

その「彼」の名を、幹二は遂に死ぬまで明かさなかった。

■ついに来たダモイ

捕虜たちは、どんなにロシア語を知らない者も「ダモイ」の語だけは覚えた。ダモイとは「帰還」のことだからだ。故郷（くに）に帰れるということだ。

二年の捕虜生活の後、幹二はシベリア鉄道を通って一一月二二日、ナホトカを出帆。同二五日、舞鶴へ上陸。故国の土を踏んだ。そして北陸線で新潟・巻方面に向かった。

末っ子の秀三郎はそのころ舞鶴港へ兄を迎えにいったが、遂に会えず、仕方なく汽車に乗って巻にもどる途中だった。すると隣の車両から来た男が秀三郎を見ると驚いた様子で奇妙なことを言った。

「あんたとそっくりな男が、向こうの車両にいるよ」。

秀三郎は幹二とよく似ていた。息子が間違えるほどに顔が似ていた。「これは兄貴のことに違いない」と思った秀三郎は、いくつかの車両を越え、そこに兄のすがたを見つけたのだった。（秀三郎おじさんからの話）

おわりに

こうして、おじいちゃんは戦争から生きて帰ってきた。戻ってきたおじいちゃんを親友の金島正一（旧姓入村正一）が出迎えた。

「高野、待っていたよ。妹をもらってくれないか」と言った。それが金島敏子との出会いと結婚のきっかけとなった。

やがて県庁に務め、そのあと巻町助役に抜擢され、町長選挙に出て当選、巻原発問題など、様々なことがあった。その中でおじいちゃんは波乱万丈の人生を送った。

でも、おじいちゃんはあるとき息子にぽつんと言った。

「俺の人生はあの戦争までで終わった。たまたま生き残ることができたあとは、おまけの人生だ」。

また、アルバムを開いて騎兵学校第一一期卒業生の集合写真を見ながら
「こいつも死んだ。こいつも、こいつも」

とつぶやいていたこともあった。写真に写っている何十名かのほとんどが戦死していった。おじいちゃんは悲しい目で、その写真を見ていた。


戦争の最前線にいた人でも、また国内の空襲に逃げ惑った人でも、辛い戦争を体験した人々に共通する気持ちがある。それは「自分だけが生き残ってしまった」という気持ちだ。罪悪感のようなものも帯びながら、多くの人々がその時代の辛さを背負って生きてきた。

おじいちゃんもそのひとりだった。

戦争がどんなにむごい被害をもたらすのか。生き残った人々のこころにどんなに深い傷跡を残すのか。だからおじいちゃんはあまりにも辛くて、戦争の真実の物語を誰にも話せなかったのだ。

でも、ひいおじいちゃんの亡くなった年齢（六七歳）になった頃から、その辛い体験を少しずつ息子に話し始めるようになっていった。

それは「子供や孫たちの世代には、そんな体験は二度とさせてはならない」と考えたからだ。そのためには自分の辛く恐ろしい体験を、自分が生きているうちに語り残しておかねばならないと決心したからなのだった。

おじいちゃんのこの決心を忘れないでね。

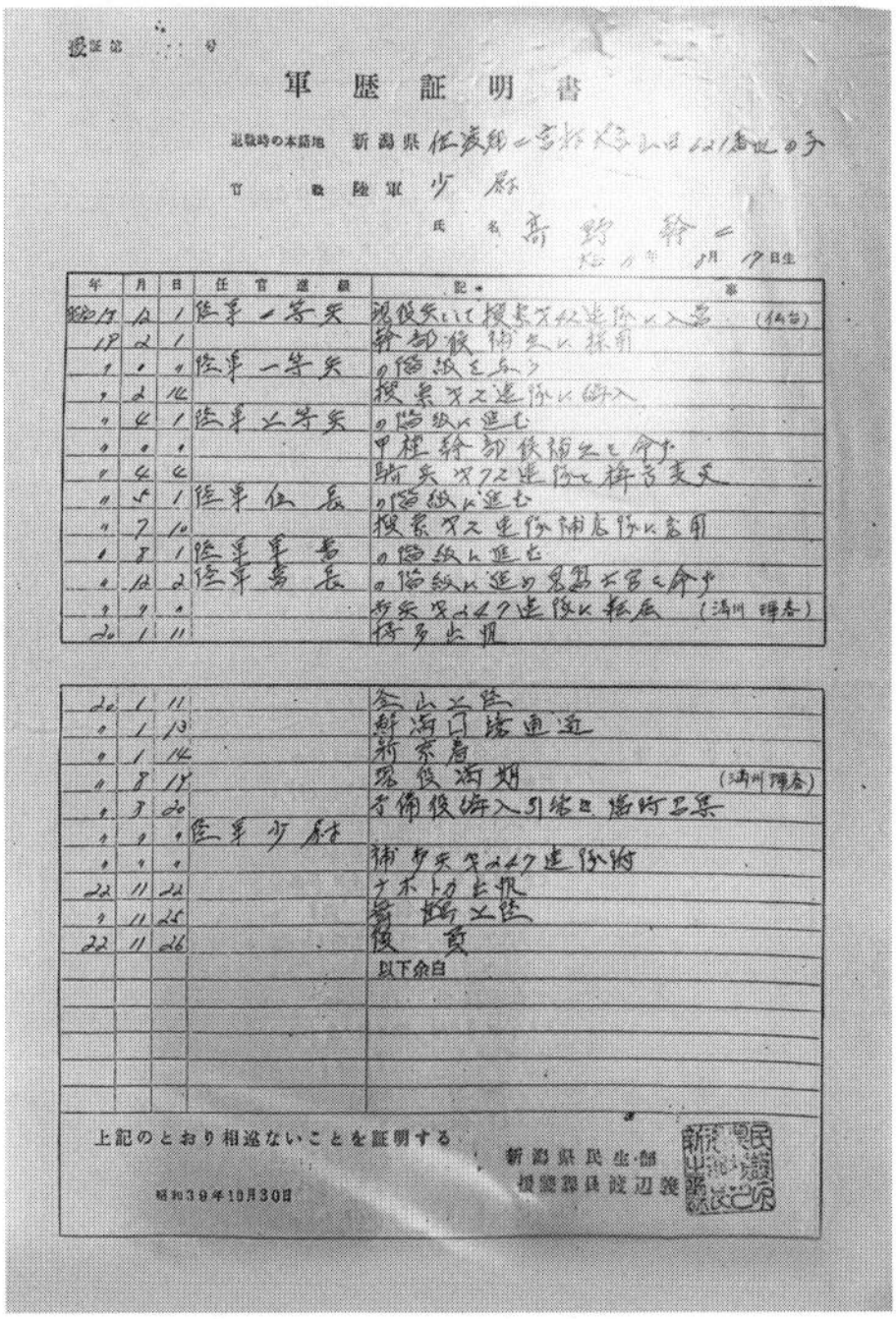
軍歴証明書
官　職　陸軍少尉
氏　名　高野幹一
以下余白
上記のとおり相違ないことを証明する
昭和39年10月30日
新潟県民生部

父と子の対話

2020年6月　高野幹英

酒豪の父と下戸の息子

父は酒豪で、お酒が好きだった。その父がふと、私に漏らしたことがある。

「お前が生まれた時、俺はいつかお前と酒を酌み交わしたいと楽しみにしていた。ところが何だ！　ちっとも飲めないんじゃないか。がっかりした。」

父が失望した通り、私は父ほどには飲めない。二〇代の頃までは、ビールはコップ一杯が限度だった。それ以上飲むと顔が熱って、そのうち眠くなる。

「それじゃ、幸子さん、一緒に飲もう！」と父。しかし、幸子さんもまた、ほとんど飲めないのだ。悪かったね。お父さん。

しかし考えてみると私は、他にもいろいろなことで父を失望させたように思う。

「もしお前が親の恩を感じるなら、それは俺にではなく自分の子に返せ」と、ある時父は言った。まさしく親孝行とはそういうものだ。しかし私は子を作れなかった。

何という親不孝者か、と思う。

息子にとって父は、最も頼れる存在であると同時に最大のライバルだ。父と息子の関係は、男同士だからなのか、単に「保護者」としてではなく、むしろ対立する対戦相手としての関係を切り結ぶことがある。

　父に対してその力を認め、父を尊敬し、自分もその後を追うという道が一方である。他方、その父から離れ、全く別の道を進むという道がある。世の息子たちの進むべき道は二つに大きく分かれている。

　例えばレストランのオーナーの息子が父を越えようとイタリアに修行に行き、帰ってきてから二代目を継ぐとか、医師の息子が医大に入り、優れた医師となるとか。

　あ！　そう言えば父と一緒にヴァイオリンをやっていた金島の正一おじさんと、その息子（つまりいとこ）の秀ちゃんの両方ともが医者だったっけ。

巻町原発反対住民投票勝利の記念碑

　父が子に対して抱く愛情は、母親の場合よりも奥ゆかしい。その本心をなかなか見せようとしないのだ。

　ある日、私が読んでいた朝日新聞日曜版の隅っこに偶然「金島秀人」の名前を見つけた。短い記事だったが、名古屋大学でガンの研究用マウスに関する画期的な開発を行なったというのである。私はすぐに、当時、村上市に住んでいた正一おじさんの家に電話をかけた。

「おじさん、大変だよ。秀ちゃんが新聞に載ってるよ！」

　記事のことを知らなかったおじさんが跳び上がって喜ぶかと思いきや、「いやいや。秀人なんて大したことないよ。僕はねえ、我が息子ながら大して評価してないんだよ。」

　なんで？　何を言ってるの？　自分の息子が大きな業績をあげているのに、なぜ素直に喜ばないのかなあ。私は少しばかり不満を持ちながらも、一度、電話を切った。

　そのあとで、別用を思い出して、再度電話をかけた。すると今度は、おばさんが出た。

「幹ちゃん、大変よ！　うちの秀人がねえ、大変な業績をあげて新聞に載ってるんだって！」・・・（いや、だから、それはたった今、僕がおじさんに伝えたんだってば。）

「うん。それで、おじさんに代わって欲しいんだけど。」

「おじさんはねえ、朝日新聞を買いに町へ行ったの。」

ああ、これがおじさんの本心だ。なるほど。これが父親の愛情というものなんだ。思わず笑いがこみ上げてきた。

私は結局、父とは別の道を選んだ。それは職業のことばかりではない。生き方として、あるいは思想の上で別コースを歩んだと言える。

だから巻町原発問題が沸騰している最中での町長選挙では、私は父を応援するわけにはいかなかった。

お父さん、申し訳ない。しかしこればっかりは譲るわけにはいかない。その代わり、反原発派の応援もしなかった。

年齢の変化か、時代の変化か

私がこうなったのは、たまたま、私の青年時代、社会がベトナム反戦運動に揺れ、その影響を受けたからなのだろうか？　いや、そんなことがなくても、遅かれ早かれそうなっただろうと思う。

父の場合はベトナム戦争どころではない。国境の最前線へ送られ、あれほど戦争に翻弄され、生死の境すれすれを生きてきたのに、政治的には私と全く対立した。

「日本が侵略者だというなら、欧米諸国はどうだ。インドを支配した英国、ベトナムを支配したフランス、みんな植民地で潤ってきたではないか。それなのに日本だけなぜ叩かれなければならない？」と、父は言う。典型的な保守派の立場だ。

そしてひとしきり政治論議をした後で、父はこう言う。

「お前も俺の歳になれば分かる」

「いいや、お父さん。昔とは時代が違うんだよ」

と息子は答える。

つまり父は、ものの見方の変化は「見る者自身の年齢的変化」であり、ひとりの人間の中に、その変化があるのだと主張する。それに対して息子は、時代の変化の中に人間の、ものの見方の変化があるのだと主張する。父と息子の対立は「年齢の変化による違い」なのか「時代の変化による違い」なのか。そこの違いは、しかし決定的だ。

父のその視点を支えてきたのは、日本の高度経済成長があったからだ。地獄のような戦争体験があっても、日本は戦後、急成長を遂げた。暮らしが豊かになった。それは父にとって自分が歩んできた道への絶対的自信を育んだ。息子がベトナム反戦闘争を闘っている間も、日本経済は成長し続けた。だから言えた。どんな理論も「現実」にはかなわない、と。

「お前たちがどんなに革命を叫んでも、それに同調する者なんか少ないぞ」

確かにそうだ。一億総中流時代となり、仕事はいくらでもあり、働けばそこそこ生活できることができる時代、国家を転覆する積極的理由は見つからない。ごく一部に貧困や差別に苦しむものがいても、人間は元来、保守的なもの。自分に被害が及ばない限りなかなか動こうとしないものだ。

しかし、今ならどうだろう？

九二年に父が死んだあと、世界経済は急速に悪化していった。父の晩年には日本経済のバブル崩壊が始まっていたが、その後、世界的規模での経済変動が起こった。

九七年には金融経済が破綻し、アジア経済を破滅の淵に突き落とした。二〇〇八年にはリーマンショックが金融恐慌を引き起こし、世界経済を追い詰めた。日本はいまだにその後遺症から抜け出ていないばかりか、ますます悪化の一途を辿っている。

もはや、貧困問題は他人事（ひとごと）ではなくなってきた。この社会をなんとかしなければ自分が破滅する時代がやってきた。これこそ資本主義社会の本来の姿なのだ。

父は今なら、きっと考えを変えたのではないだろうか。お父さん、死ぬのが二十年早すぎたよ。二十年後のお父さんの意見を聞いてみたかった。

水野英二先生と吹奏楽の殿堂
三条一中ブラスバンドの思い出

2020年6月30日　高野幹英

私には、絵と音楽の才能はそこそこある。その「そこそこ」がどの程度の「そこそこ」なのかは、結局この歳まで判らないままだ。合唱は結構一生懸命やって、高校時代には部長として、それから大学時代には少しだけ指揮棒を振っていた。子どもの頃から、ほとんどどんな曲でも聴いた瞬間に階名を言えた。頭に楽譜が思い浮かんだ。絶対音感は無いので、相対音感（つまり移動ド）ではあるが。

小学校の音楽の時間に初めてリコーダーを渡された時、誰も何も吹けない中、即興でまともな曲を吹けたのは私だけだった。それ以来、リコーダーに興味が沸き、その後もバッハ、ヘンデル、テレマン、ヴィヴァルディ、ジャン・バティスト・ルイエ・ド・ガンほか、バロック音楽の楽譜を買い漁って色々吹きまくった。バッハのＥｓ—Ｄｕｒ（変ホ長調）ＢＷＶ一〇三一のフルートソナタは大好きで、ピアノ伴奏付きでアルトリコーダーで吹いたことがある。と言っても合唱団の打ち上げの余興としてだが。

その後、リコーダーの腕がにぶり、Ｅｓ—Ｄｕｒのままで吹くのが難しくなったので、今はＦ—Ｄｕｒ（ヘ長調）に移調した楽譜を買ってきてこちらを吹いている。

早朝のバロック音楽はよく聴いていた。皆川達夫の解説で、フランス・ブリュッヘンやデイヴィッド・マンロウなど、バロックからそれ以前の音楽に親しんだ。

新潟県三条市立第一中学校の校歌を作ったのは堀口大学

だった。「変な名前〜！」と思っていたが、やがて図書館で堀口大学訳のフランス詩集を見つけて以来、それに夢中になった。堀口はフランス近代の詩を多数訳していた。

ポール・ヴェルレーヌ、ステファーヌ・マラルメなどは、堀口より半世紀前に生きたフランスの詩人だ。彼らの詩はまた同時代の作曲家によって歌や曲となっている。

ドビュッシーはヴェルレーヌの「月の光」を二曲作っている。またフォーレも同じ詩から歌曲を作っている。マラルメの有名な詩は、詩集では「半獣人の午後」と訳されるが、音楽の世界では、それは「牧神の午後」と訳され、ドビュッシーによって前奏曲が作られている。なぜか前奏曲は作られているのに、それに続く曲がない。

中学の音楽の先生は水野英二先生と言った。背は高からず、しかし眼光鋭い、ベートーヴェンのような迫力が、小さな体から溢れている。

音楽の時間、先生が生徒たちに課題を出した。

「今まで習った曲のうち何でもいいから全部階名で歌って下さい」、そして「先生がまず見本を見せる」と言って、いきなり「ミミラシドシラファファファミレミミミラシドシラファレミミラ…」と、「荒城の月」を猛烈な速さで口ずさみ、「君たちにはこんなに早く歌うのは無理だが」といった。

むむっ！　私はそのことばに俄然、燃えた。

「先生！」と手を挙げ、

「ローレライを歌います。ソドーレミレドシドレミファミレドレ…」先生に負けないくらいに早く歌ってやった。

勝った！

中学では水野先生の指導の元で三年間、吹奏楽に打ち込んだ。受け持ったのはクラリネット。ある時、先生が一年上の村上先輩を連れて東京へレッスンに行くという。教えてくれるのは当時ＮＨＫ交響楽団の首席クラリネット奏者だった大橋幸夫という人だ。一度だけ、私もお願いして付いて行った。それ以来、ますますクラリネットが好きになり、将来はクラリネット奏者を夢見た。三流でもいいから音楽学校に入り、水野先生のように音楽の教師でもやりながら、ブラスバンドを指導する。いいなあ。そうありたいものだ、と思った。しかし、父からは猛烈に反対された。

村上先輩はその後、どうしてるだろう？

プロになったのかな？

三条高校吹奏楽部設立運動

三条高校にはブラスバンドが無かったので、代わりに合唱団に入部した。「音楽部」と言った。最近になって知ったことだが、水野先生も実は三条高校音楽部に所属し、マリンバの名手だった。私はその後も、音楽学校への夢は捨てきれず、大学に入ってからも未練は残った。ピアノを練習し続けていたのはそのためだ。

三条高校には吹奏楽部は無かったが、近隣の中学校から入学してきた連中の中には吹奏楽経験者が多数いた。私は一中でスーザフォンを吹いていた坂井了君の発案で、一緒に「吹奏楽部設立嘆願署名」を集めようとしたが、先生方から止められた。そこで次には、体育祭の時に有志を募って吹奏楽団を結成し、演奏をやるという計画を立てた。これには先生方からも後押しがあり、近隣中学から楽器を借り出すことができた。「士官候補生」「旧友」「鉄腕アトム」「大脱走マーチ」などの行進曲を演奏し、賞状授与の時にはヘンデル「マカベアのユダ」も演奏。校歌は坂井君が、「鉄腕アトム」は私がスコア化した。短い時間でよくできたものだ。これを高校三年間続けた。

現在では三高には立派な吹奏楽部がある。それは我々の卒業から数年のうちに創設されたが、その原動力となったのはきっと、我々のあの「即成吹奏楽団」が学校関係者にインパクトを与えたからだ、と私は確信している。

現三高吹奏楽部の後輩諸君。つまり、我々は、君たちの「初代」よりも前、「第ゼロ代」の先輩なのだ。

ブラスの殿堂・普門館

しかし人間、何が幸運になるかわからない。私は結局プロの音楽家にはなり損ねたが、アマチュア音楽の世界では随分と素晴らしい経験をすることができた。大学の合唱団では、まだ東京音大講師の頃の小林研一郎＝コバケンと出会い、合唱を教えていただいただけでなく、指揮法まで学ぶことができた。

その後、社会人となってからも、合唱と吹奏楽への興味は尽きず、合唱団で歌いながら、吹奏楽の演奏会、中でも吹奏楽コンクールはよく聴きに行った。

吹奏楽コンクールといえば、「ブラスの殿堂」普門館である。立正佼成会には佼成ウインドアンサンブルという素晴らしい楽団があり、フレデリック・フェネルの指揮のもとに活躍していた。また東京方南町の一角に「普門館」という五千人収容の巨大な演奏会場を持ち、そこが毎年、吹奏楽コンクールの東京大会の会場となっていた。そこは関東甲信越大会にも、全国大会にもよく使われていた。

ある年の「高校の部」を聴きに行ったら、なんと！ 昔三条一中の吹奏楽部で一緒にクラリネットをやった松崎仁君が、母校の三条商業高校吹奏楽部を引き連れて参加しているではないか！ 演奏が始まってからそれをプログラムで発見し、興奮した。そして演奏のあと、松崎君の楽屋に

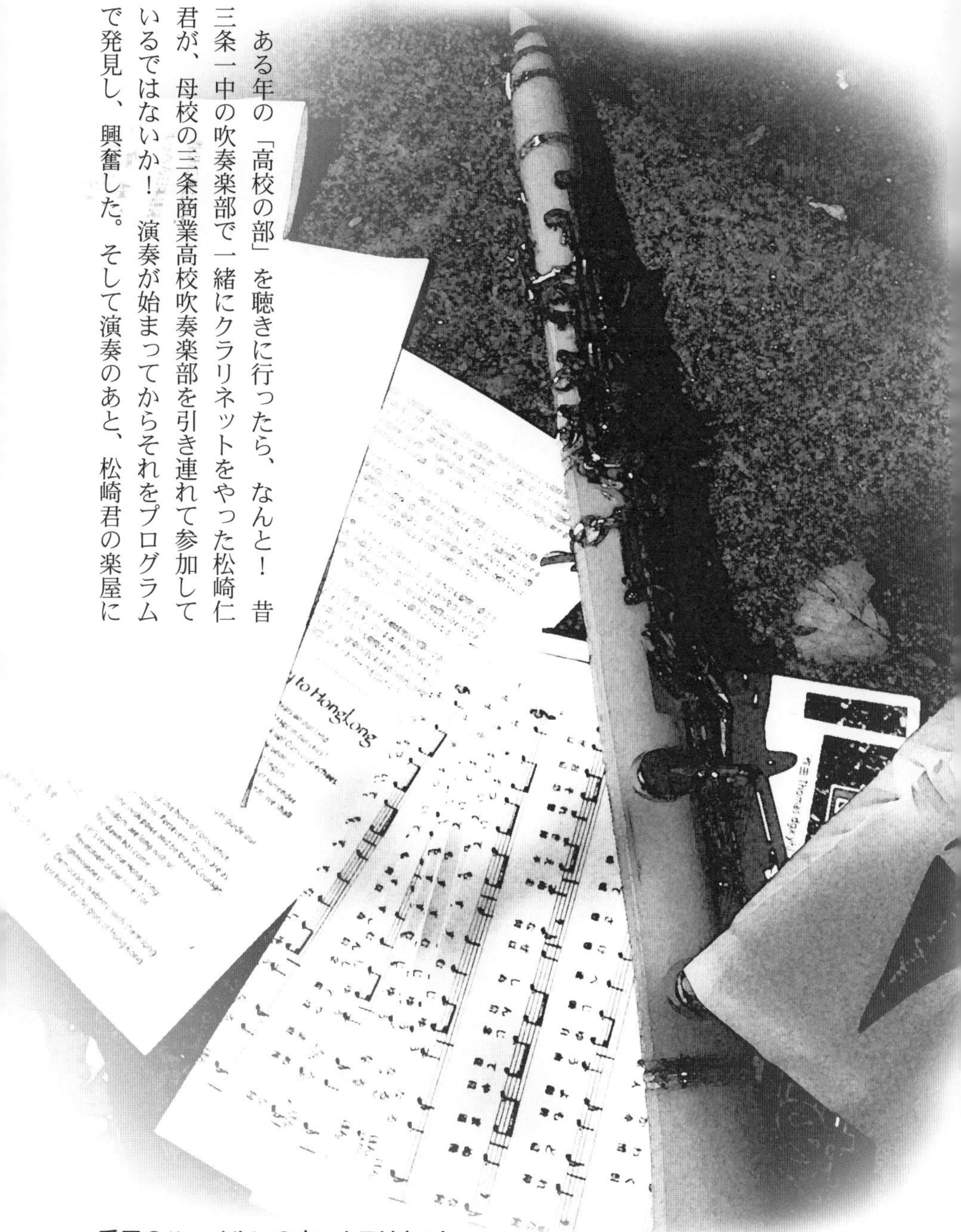

愛用のハーメルンの赤いクラリネット。
ポンコツの安物で音もひどいがオキニ

すっ飛んで行った。十何年かぶりの再会だった。三条商業はこの時、金賞を受賞した。

するとき松崎君、「昨日は水野先生も来てたよ」と言った。驚いてプログラムの昨日のページを開いて見ると、確かに来ていた。吉田中を指揮し、銀賞だったという。

その晩、私は本成寺の水野先生のご自宅に電話をかけた。先生は私のことを覚えていてくれた。

私は愚痴をこぼした。「先生！俺たちもコンクールに行きたかったよ。連れて行って欲しかったなあ。」

「それは無理。一中はあんなガラクタ楽器ばかりで、出られるはずがない。」

確かにそうだ。低音部は不揃いのスーザフォンが二台。チューバもバストロもファゴットもバリサクもバスクラも無し。中音部は小バスとバリトン、メロフォン、テナートロンボーンが各一～三本。ユーフォニウムもフレンチホルンも一本もない。高音部は数本のエボナイト製の日管クラリネット、フルート二、ピッコロ一のみ。オーボエも無し。他にはアルトサックスとテナーサックスが各一本ずつ。それに大太鼓・小太鼓。ティンパニーもない。なぜか、コルネットは一本もないのにトランペットばかりが四本もある。それらのどの楽器もボロボロでサビだらけだった。確かにこんな状態では出られるわけがない。これは人材以前の問題だった。吉田中が羨ましかった。

その普門館も一昨年、ついに取り壊しとなった。

三条に大水が出た。先生は仙台に行ったことがわかってホッとしたのも束の間、次は東北大震災だ。この時にも随分とインターネットで探し回った。消息がわからないので、とりあえず仙台のご自宅にお米を送ってみたら、先生は入院しておられてあの水害からは無事だったと判った。

今ごろになって、水野先生が亡くなられていたのを知った。残念です。先生。最後にひと目お会いしたかった。

馬とヴァイオリン

以下は、本題から少し離れた雑談である。

自分にそこそこある才能は、やはり父と母から受け継いだものなのだろう。特に父とは音楽に共通するものがある。

戦前の、まだ西洋音楽が一般に普及していない頃、父はヴァイオリンを練習し、母はピアノのレッスンを受けていた。父はあの時代の人にしてはクラシックをよく知っていた。しかし現代音楽までは知らなかったようだ。ソ連で抑留されていた時、音楽の好きなソ連兵に「チャイコフスキー」を知っていると言ったが通じなかった。相手はしばらく考えた後で「あ！　チャイコーフスキのことだな？」

どうやら発音が問題だったらしい。「それならショスタコーヴィチは？　ハチャトゥーリアンを知ってるか？」当時のソ連では英雄的音楽家だったが、父は知らなかった。

その後も、父は、わが家のピアノで、モーツァルトのトルコ行進曲やショパンの別れの曲などを時々弾いていた。

●父の若い頃の趣味は乗馬とヴァイオリン。
●息子は鉄馬（オートバイ）とクラリネット。

……ほら！　やはり趣味が似ている。

絵画にかける夢

絵の才能は誰に似たのだろう？　絵もまだ自分を試しきっていない。自分はどの程度のものが描けるのだろう？

小学生の頃にはよく級友たちの似顔絵を描いていた。中学から高校の時には授業の時間割を全部、先生の似顔絵で埋め、自分の机に貼っておいた。

ある朝、その時間割が無くなっていた。誰かに盗られたか？　困っているところに先生が教室に入ってきた。

その時に気づいた！　正面の黒板の横に、似顔絵時間割が貼ってあるじゃないか！　まずい！

先生がそれを見つけて怒鳴った。

「誰だ、こんなものを描いたのは！　高野、お前だな？」すぐバレた。後から教員室に呼ばれ、こっぴどく叱られた。しかし似顔絵を描いてなにが悪い！　黒板に貼ったのが悪いのだ。それは自分じゃない。「誰だ！こんなところに貼ったのは！」と言って欲しかったな。

これまでチラシのデザイン、本の装丁、集会の看板などかなりつくった。毎年のアジア青年集会の大看板、トロツキーシンポジウムの看板、沖縄意見広告第一〇期まで全ての看板、変革のアソシエ総会看板、七八年三・二六三里塚開港阻止決戦のステッカー、反資本主義シンポジウム、宮澤賢治シンポジウムのポスター…　ずいぶん制作した。しかし、そうではなく、絵を描きたい。ポスターやデザインではなく、油彩画、水彩画を描くことに飢えている。

これから絵を描いてゆこう。ゴッホのように最後の一〇年間に油絵八六〇枚くらい描きたいものだ。私の好みはやはり、抽象画よりは断然、具象画だ。写実画の方が好きだ。まあ、崩すとしても、カシニョールか、ベルナール・ビュフェーか、石阪春生くらいにしておきたい。

一七世紀スペインにヴェラスケスという宮廷画家がい

た。有名な「王女マルガリータ」など、王族の肖像画を描いた作品が多数残されている。あれは一見、丹念に描いた写実画のようでありながら、実は細部をかなり省略し、大雑把な筆さばきで描いている。ところが不思議なことに、遠くから見ると実に写実的なのだ。

この描き方によく似た筆致の画家が二〇〇年後、フランスに現れる。エドゥアール・マネだ。「笛を吹く少年」は彼の代表作として有名だが、よく見るとかなり大雑把に描いている。ところが離れて見ると、とてもリアルに見える。

実は日本にも技法の良く似た画家がいる。小磯良平である。彼の絵はどれを見ても素晴らしい。絵の持つ味わいに格調の高さがうかがえる。自分でもよく油絵を書いていた有坂のおじさんも、小磯良平には注目していたが、自分も生きているうちにあのような絵を描きたいものだと思う。ピカソでもゴッホでもユトリロでも佐伯でもなく、小磯良平が自分の絵画の最終目標だ。

友人の渥美明くん（水彩）

油彩五〇号。東京都勤労者美術展奨励賞受賞。三十万円の値がついたが売らず、本人にモデル料の代わりに進呈。

祖父 高野幾太郎と石原莞爾
最終戦争に向けた東亜連盟と戦後の影響

2017年9月25日　たかのみきひで

本間雅晴中将のこと

対米英戦争は一九四一年（昭和一六年）、最初にマレー沖の英国艦隊への攻撃とハワイの真珠湾攻撃で始まったが、続いてすぐフィリピンへも軍隊が派遣されていった。

直前まで台湾軍にいた本間雅晴中将は、第一四軍総司令官としてフィリピンに上陸し攻撃を進めていった。当時そこを守っていた米軍司令官ダグラス・マッカーサーは、形勢が不利と判断し、飛行機で脱出した。

日本軍は勝ったが、そのあとが大変だった。日本軍は三万人ほどだったが、米軍とフィリピン市民は八万人。日本軍より多い捕虜たちをどうするか、ということになったが、水も食料も不足しており、そのままにしておくことはできず、移動させることになった。本間が人道主義者であった事は広く知られていたが、フィリピン島をマリベレスからサンフェルナンドまで六〇キロあまりの行軍の途中に捕虜が多数殺害されるという事件が起こった。いわゆる「バターン死の行軍」と言われる事件である。

実は東京の参謀本部から、辻政信中佐が派遣されていた。この男は極めて冷酷で、戦争指導も専横的で強引であった。辻は本間には知らせず、偽命令によって捕虜の殺害を命じたため、それが実行された部隊が多くあった。また辻は行軍に際しての虐待などにも関与していた。しかしこれらすべてが本間の責任とされたため、本間は大将には昇進でき

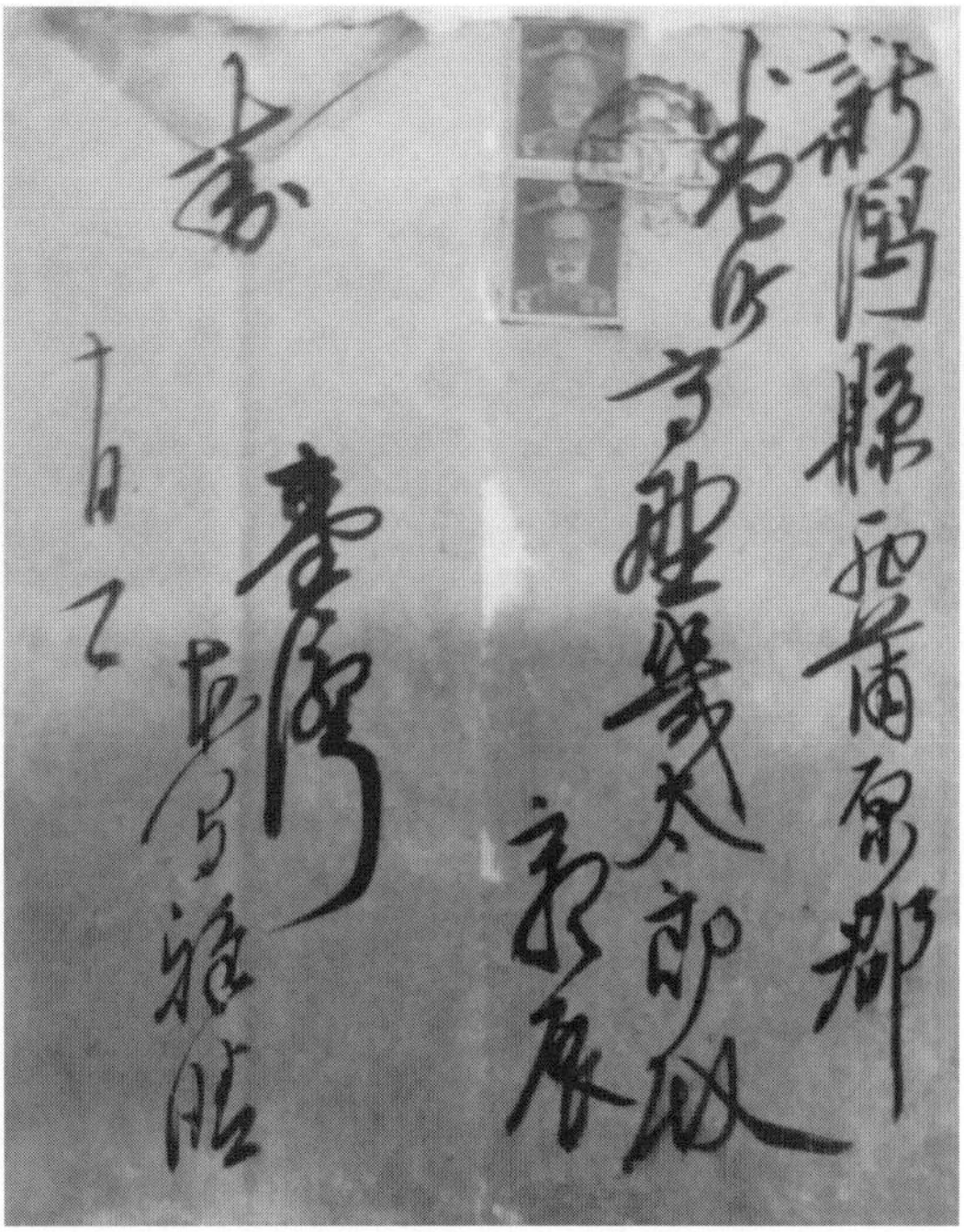

おもて

新潟縣西蒲原郡
巻町　高野幾太郎 殿
親展

うら

臺湾（台湾）
本間雅晴
十月一日

「巻町 高野幾太郎殿」だけで届いた
次ページが手紙の内容

ず、中将のままに止まった。

フィリピンで敗れたマッカーサーは本間を許さず、戦後の東京裁判では、「バターン死の行軍」の責任者として、彼を処刑した。ただし、彼に対しては他の将校のように囚人服のままではなく軍服を着用させ、絞首刑ではなく銃殺刑という、軍人としての名誉を重んじた処刑が執行された。

本間の妻富士子は法廷で、「わたしは本間の妻たることを誇りにしています。娘も本間のような男に嫁がせたいと思っています。息子には、お父さんのような人になれと教えます。」と陳述。そのことばに本人だけでなく、裁判官や検事も感動の涙を流したと伝えられる。

本間雅晴は、高野幾太郎と同じ佐渡島出身の知り合いだった。どのような少年時代だったのかは不明。因みに「本間」と「高野」は佐渡で最も多い苗字である。

対米英戦争開始直前の昭和一六年（一九四一年）一〇月一日の消印で台湾の本間中将から送られた、高野幾太郎宛の書状が残っている。それは、幾太郎への礼状だった。

当時食糧が不足していた東京の本間の自宅へ、幾太郎が野菜などを送ったことへの感謝の言葉が述べられている。後に息子の幹二がこれを軸装して保管している。

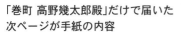

新進農堂と「農本主義」

高野幾太郎は、一九三〇年に開所した県の高等農事講習所を一九三七年改組、私財を投じ「新進農堂」を創設した。やがてこれは一九四六年、新制県立巻農業高校となった。新進農堂は、農業青年育成をめざして創設されたもので、政府も注目し、当時文部大臣だった荒木貞夫陸軍大将が当校を視察した。荒木大将自筆の書が高野家に残されている。

新進農堂設立の根底には「農本主義」の思想があった。農本主義とは、資本主義の発展によって没落する小作農家と、破壊されてゆく村落共同体の危機を救うことをめざす運動であり、そのような運動は加藤完治が茨城県友部町に創立した「日本国民高等学校」や日本農民連盟の野口伝兵衛が創設した「木崎無産農民学校」など、全国的にも様々な形でひろく観られた。農本主義は人によって様々なとらえ方がある。概して「反資本主義」的傾向が強く、橘孝三郎のようにアナキズムやキリスト教に影響を受けながらファシズムに傾倒してゆく人々もあったが、一方、宮澤賢治のように「農民芸術運動」を興してゆくユートピア主義もまた、農本主義の中にはあった。この農本主義を掲げる

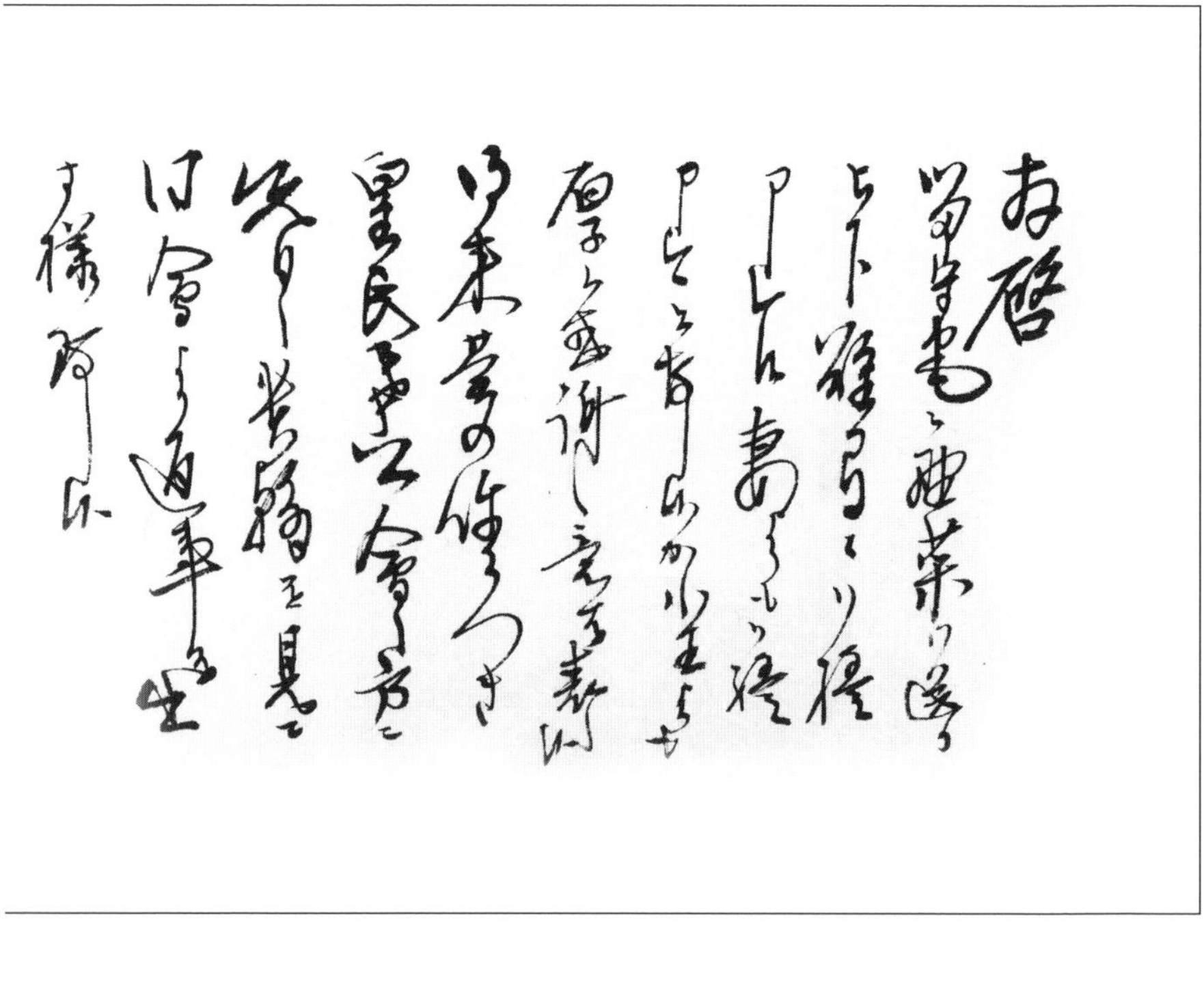

思想は、元関東軍参謀として満州事変を引き起こした石原莞爾とつながって行く。

石原莞爾と「最終戦争論」

大正から昭和にかけて、石原莞爾という風変わりな人物が日本陸軍にいた。陸軍幼年学校、士官学校、陸軍大学校のエリートコースを歩み、関東軍作戦参謀として満州に配属された。やがて彼は一九三一年（昭和六年）に、満州事変を引き起こす。この事件はやがて日本が大陸へと侵略してゆく布石となり、六年後の一九三七年には盧溝橋事件を契機として本格的な日中戦争が始まった。

石原はしかし、主観的には中国侵略を意図していたわけではなく、むしろ日本軍の中国侵略の最中にも、中国と満州国の日本からの独立、朝鮮自治政府設立など、当時の日本政府方針とも対立する立場を主張していたため、当局からは「危険人物」とみなされていた。

柳条湖での列車爆破と中国東北軍への襲撃は、石原参謀によって立案され、板垣征四郎高級参謀（当時）以下関東軍によって遂行された独断先行の軍事作戦であった。勝手に満州事変を引き起こしておきながら、日本による擬似独立国家「満洲国」創設と中国侵略に、自らが手を貸した事

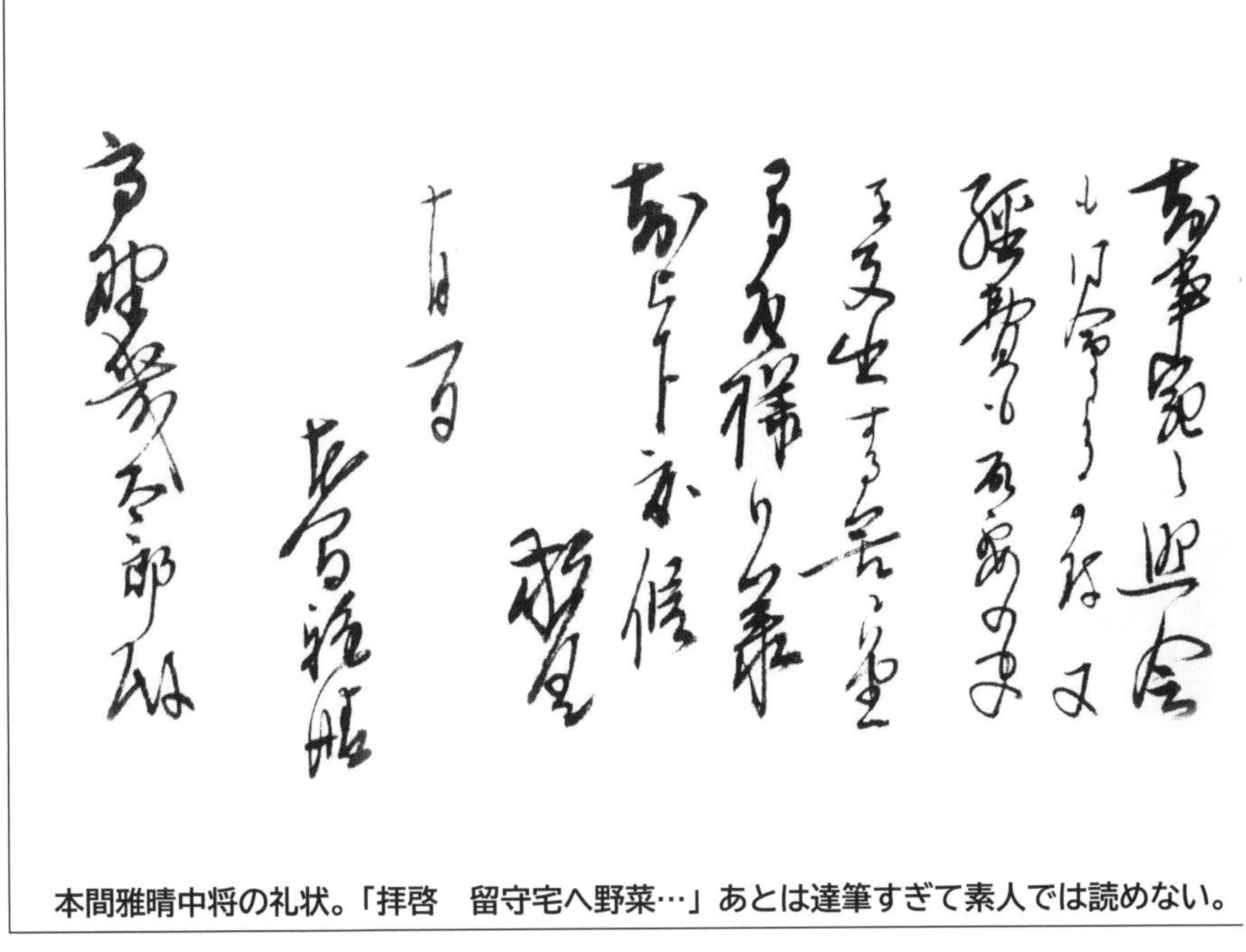

本間雅晴中将の礼状。「拝啓　留守宅へ野菜…」あとは達筆すぎて素人では読めない。

実に自覚がないのはあまりにも矛盾しているが、一方、そこには彼独特の、世界戦略を巡るヴィジョンがあった。

石原は「日米最終戦争」が起こると予測していた。東洋の覇者日本と、西洋の覇者アメリカとが最終戦争に突入し、その戦争を乗り越えたのちに天皇を中心とする恒久平和が訪れる、という思想で、これに基づいて一九四〇年に著した『世界最終戦論』は当時注目された。この最終戦争に勝利するためにも満州、中国、日本が対等の立場で連帯する必要があると、石原は判断していた。これは、アジア侵略から対米英戦争へと、一方的に戦線を拡大してゆく当時の軍部の方針と、真っ向から対立するものであったため、やがて石原は退役とともに軍から離れて行った。

石原の「世界最終戦論」は一種の「終末思想」であり、かれが心酔していた日蓮系の田中智学による「国柱会」の思想に影響されていたものであった。

東亜連盟が拡げた地平

石原は自らの思想の実現を目指し、東洋（日本・中国・満州）の対等平等の団結（東亜連盟）を推進するために「東亜連盟協会」という組織をつくった。東亜連盟協会は旗揚げから一年で日本国内に三〇近い支部組織を作り上げた。海外では南洋パラオにも支部組織が存在した。多くの国会議員や地方議会議員、大学研究者や地方の有力者などが続々と参加し、東亜連盟協会の会員数は新潟や東北の農民の会員も含めて一〇万人に及んだといわれる。

東亜連盟には日本農民連盟に所属する左派系農民活動家や社会大衆党の代議士、右翼団体「東方会」、民政党などの政党からも多数の参加があった。前述の加藤完治や野口伝兵衛も会員であった。

「東方会」とは政治家の中野正剛により創設された団体

であった。中野正剛はムッソリーニやヒットラーを高く評価し、国家社会主義（ファシズム）をめざした。

東亜連盟と日本社会党

日本のファシズムは天皇制と結びつき、国家統制とアジア侵略の道を突き進んだが、一方、民間のファシズムは社会主義とも親和性があり、民間のファシストの中には、主観的には人道主義者がいた。それらのファシストと社会主義者が東亜連盟協会で同居し、協働していた。

戦後暗殺された日本社会党委員長・浅沼稲二郎は社会大衆党出身、東亜連盟協会東京支部の中央参与であった。

また戦後新潟の地で日本社会党衆議院議員となり、新潟社会党建設の功労者ともいえる稲村隆一は、日本農民連盟であると同時に東方会の会員でもあり、東亜連盟協会設立メンバーであった。

東亜連盟と高野幾太郎

この東亜連盟協会新潟支部の中央参与会員として新進農堂の堂長（記録には「推進農堂長」と間違って記載されている）であった高野幾太郎の名前が見える。

幾太郎が農民運動の活動家という記録は聞いたことがないが、農本主義運動としての新進農堂から東亜連盟に加わって行ったのだろうと思われる。戦後、参議院議員選挙に立候補したことからも、幾太郎の政治意識は高かった。

宮澤賢治と石原莞爾

岩手の地で農業と芸術の理想郷建設をめざして活動した宮澤賢治。昭和軍部において特異な存在として注目され、戦略を持たない当時の日本軍の中で唯一、世界戦略を打ち立てた石原莞爾。この二人には一見なんの関係もないようだが、実は大きな共通点があった。ふたりとも農村共同体の振興を促す「農本主義」思想に関与していたということ、そしてその思想的源泉として、日蓮宗の改革者・田中智学が創始した「国柱会」の門徒だったことである。

田中智学の思想は過激であり、世界統一のためには侵略も肯定されるという主張があり、石原には強い影響を与えたと思われるが、宮澤賢治にはそのような傾向は全く見られない。それどころか、宮沢賢治の場合には、例えば『銀河鉄道の夜』ではキリスト教博愛主義の影響も見られる。

※参考　内村琢也著『東亜連盟運動と石原莞爾』

母についての備忘録
九一歳で永眠　一周忌に当たって

2015年12月　たかのみきひで

祖父のこと

祖父金島秀一（かねしまひでいち）は自分の過去をあまり話さなかったのでその経歴がほとんど分からない。

周囲から聞いた乏しい情報によれば、広島の花柳界に生まれ、「金島」は母方の姓だった。という事は、正式な婚姻による子どもではなかったのだろうか。今も広島に分骨されたお墓があるらしいが、行ったことはない。いずれ時間を見つけて行ってみようと思う。

なお、「金島」の苗字は珍しく、祖父への手紙は「新潟県・金島秀一」だけで届いたほどだ。もしかすると祖父の母は朝鮮系だったのかも知れない。

祖父はやがて関西学院大学に入学した。その勉学の費用は母がお金を貯めて工面したのか、それとも実の父からの援助によるものなのだろうか。いろいろ想像はできるが確かなことはまったく分からない。

祖父はやがてそこでキリスト教を知り、洗礼を受けた。西の関西学院は東の立教大学と並び、英国国教会系のキリスト教大学である。祖父の成績はかなり優秀だったらしく、英語も流ちょうに話せた。

大学卒業後、山下汽船の社員となり、高額の収入を得た。山下汽船は三菱財閥等とも縁が深く、ともに日本資本主義を牽引する企業の一つとして莫大な収益を上げていたらし

い。祖父はブルジョアジーではないが、その下で高給をとって働くエリート社員だった。

いかにも高給取りらしく、当時の庶民にはできないようなスポーツをやっていた。テニスでは国体に出場した事もあるが、当時の事であってみれば、テニス人口が少なかった時代、趣味でやっている程度でも出られたのではないだろうか。また当時ほとんど普及していないゴルフなどもやっていた。

祖母のこと

そこに嫁いだ祖母佐藤ハルは、福島・相馬藩の筆頭家老の格式高い家系だった。有名な相馬の野馬追いの行事では佐藤家当主がこの行事の両軍の一方の総大将を務めてきた。しかし近年の震災の後はどうなったか知らない。

明治時代にそれまでの身分制度が廃止され、四民平等となったが、その遺制は続き、小学校の卒業証書授与の際には「佐藤ハル　氏族」と呼ばれた。金島家に輿入れの時には先祖伝来の大小の日本刀を持参した。それはやがて大刀(本差)が金島の長男の家に、小刀(脇差)が母を通じて高野の家に伝わっている。

名門氏族の娘と成金平民との結婚は、「花子とアン」のお白蓮と九州の炭鉱王の婚姻をミニチュアにしたようなものだが、いずれにしてももっと前の時代ならあり得ない組み合わせだったと言える。ただし祖母の名誉のために付け加えるが、決して金目当ての身売り結婚ではなかった。

結婚後、祖母もまもなく洗礼を受けてキリスト教徒となった。私も幼い頃、よく祖母に連れられて教会に行き、聖体拝領の儀式を受けた。祖父アクラ秀一、祖母エリサベツハルは今は一緒に新潟小針の紫苑の丘に眠っている。園内の小高い丘に大きな十字架があり、そこから新潟海岸が一望できたが、今では宅地造成のため見えなくなっている。

母のこと

祖父母のもとで母はお姫様のように大事に育てられた。少女時代にはピアノを習っていたが、飽きたのか、それとも才能の無さを思い知ったのか、やがてやめてしまった。

私が子どものころ、アンダーソンの『ウオーターローの戦い』やブルグミューラー練習曲二五番『貴婦人の乗馬』など、初歩のピアノを練習している時、母が懐かしそうに側に寄ってきて、自分も子どもの頃に弾いていたと語った

ことがある。

母は新潟高等女学校（今の新潟中央高校）を出て、その後は東京に移り、千代田女子専門学校に入学した。それは今の武蔵野女子短大にあたる。

母は祖父の仕事の関係で何度か引っ越している。東京、静岡、富山など。

東京ではあの忠臣蔵の四十七士の墓で有名な泉岳寺の近くに住み、住職にかわいがってもらった。戦後何年も経ってから、祖母と母がふたりで、老住職に会いに行った。家督を子どもに譲って引退した老住職は、昔を懐かしがって、祖母に尋ねた。

「あの時のかわいいお嬢さんはどうしていますか？」

「私がそうです。」と、母が答えた。

まさか、あの時のかわいい少女が、すっかり中年のおばさんになっていたとは。老住職は朗らかに笑った。

母は東京に住んでいた時に、祖母とともに二・二六事件をまのあたりに目撃した。祖母とふたりでタクシーに乗り、街中を走っている時、大勢の軍人の物々しい姿を見た。

富山に行ったのは戦争による疎開だった。

戦後、一家は新潟県三条市に移り住み、ここが祖父の終焉の地となった。

金島家で母は一人っ子だった。しかしやがて祖父が養子を迎えたため母はその妹となった。

長男となったのは金島正一。余談だが「島」の字をとると、字は違うが「キムジョンイル」と読める。旧姓入村。入村正一には巻中学（現巻高校）時代からの親友がいた。それが高野幹二だった。余談のついでに、高野幹二から「野」をとると「高幹二」（コ・カンアル）となり、中国人らしい名前となる。

ふたりは巻中時代、ともにヴァイオリンを学び、クラシック音楽に通じていた。当時の新潟にはクラシックを知る者などほとんど皆無だった。それから数年が経過し終戦。二年後、ソ連抑留から戻って来た幹二に正一は言った。

「俺に妹ができた。妹を嫁にもらってくれ」。

こうして父と母は出会った。

復員後、新潟県庁に務めた父の給与は少なく、家は貧し

かったらしい。「らしい」というのは、私も妹も貧しさを感じた事がまったく無かったからだ。しかしいま振り返ると、そういえばカレーには肉は一切入っていなかったし、たまに食べることができた肉はことごとく魚肉ハムだった。また、キャベツの油炒めや魚肉ソーセージの焼きそばが素晴らしい御馳走だった。
「お金持ちのおじいちゃん」から時々レストランでご馳走してもらったり、クリスマスパーティに連れていってもらったのが夢のような思い出だった。
公務員の給与は民間に比べて少なく、今とは逆だ。もっともその原因は民間の給与が大幅に減ったからであって、公務員の給与が高給になったからというわけではない。そんな貧しい生活の中から、私は大学まであげてもらった。

かけがえのないやさしい母と父。いま思うが両親、とりわけ母は幸福な人生を送ることができたとつくづく思う。子どものころから問題ばかりおこし、長じては反体制運動にかぶれて学校から何度も呼び出しを受けた道楽息子をよく最後まで見放さなかった。

母には本当に感謝するばかりである。もちろん父にも。

二〇一五年一二月　高野幹英

太古の昔
甲田香さんを追悼する

1999年4月26日　たかのみきひで

太古の昔、人々は自然を畏怖し、その中に「神」を見た。人々は神に生け贄を捧げ、その見返りに種族の結束と繁栄を願った。

数千年の時を超えて、この残酷な風習が我が獨協混声にも復活したのか。

数年前、ひとりの先輩がこの世を去った。仲間の誰もが慕うやさしい人だった。

今また、ぼくらみんなに慕われたカオがいなくなってしまった。

もう二十何年もむかし、ぼくらは獨協混声の団員だった。ある者は一年か二年、又ある者は四年かそれ以上。この団とつきあう期間は一様ではなかったけれど、ぼくらは互いに同じ時を共有し、同じ喜びを分ち合った。

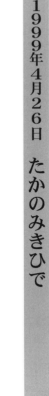

春。

桜の咲くころぼくらは入学した。そして合唱団に入団してみると、ここはとんでもないクラブだった。恐ろしいほど大量の楽譜を手渡され、わずか一年でこれらを全部暗譜して歌うのだと言う。

ブルックナー・ミサEモール「ラシーヌ頌歌」「動物園」「旅」「水のいのち」「美しく青きドナウ」「ざわめけアムール」等々、そして二〇〇ページにもおよぶヘンデル「メサイア」……。正気の沙汰ではない。

練習はきびしく、そして毎日忙しかった。でも楽しかった。二棟四〇二号室の黒板を背に立つ。授業はさぼっても練習はさぼらない。ぼくらの右端のピアノの前にいつもカオがちょこんとすわって伴奏していた。

夏。

蝉しぐれの松原湖畔での合宿の思い出。そして合唱コンクール。ぼくらはブルックナー「クレド」を持ち込んだ……審査員の誰も聴いたことのない曲。強烈なユニゾンではじまり、やがて八声部に展開してゆく「信仰宣言」。

ヴィズィビリウム・オムニウム・エト・インヴィズィビリウム

全ての目に見えるものと見えざるものとを創りたもうた全能の神を我は信ず……

埼玉大会を突破し、関東甲信越大会では一位なしの三位を獲得。

そして秋。

一一月定期演奏会。ぼくらは三列に並んでステージに立つ。緞帳があがる。頭上から降りそそぐ光のシャワーの中でぼくらは正面の暗がりをまっすぐ見すえ胸をはる。やがて指揮者小林研一郎の登場……演奏が始まる。先生の指揮に合わせてカオの伴奏がきこえてくる……

オクターブにやっと手がとどくほどの小さな手で、彼女は難しい伴奏もよく弾きこなした。

時々、指がすべってとちる。先生のするどい視線がとんでくる。でもカオはめげない。とちりながらも先生をにらみ返し、なおも弾き続ける。

驚くべき記憶力とそして努力。あれだけ膨大な楽譜を、自分のパートをちゃんと覚えたうえに伴奏もやりきったのだから。カオはぼくらの頼もしい伴奏者だった。

冬。

ぼくらはメサイアを演奏した。二〇〇ページの暗譜が試された。

一年のサイクルが終わり、次の春がやってくる。春合宿のあと新入生を迎え、再び新しい曲に挑戦する。またもてんこ盛りの楽譜の山。フランクのミサ、ケルビーニ・レクイエム、モーツアルト・レクイエム「岬の墓」「蔵王」「日曜日」……

現在の独協大学

春、夏、秋、冬……ぼくらがいっしょに次の季節をむかえる時、その傍らのピアノの前にはいつもカオがいた。

ぼくらはよく語り合った。飲んだ。あそんだ。しかし何よりもいっしょに歌った。あのすばらしく美しい時間をぼくらは分かち合った。歌の中でぼくらは一体になった。

たくさんの歌をぼくらは一緒にうたった。歌の数だけ思い出も残った。

やがてぼくらはそれぞれ卒業し、思い思いの方向へ散っていった。あれから二〇年以上の時がたった。お互いに何年も会っていない者もいる。それでもなお、あのわずか幾年かの記憶が今もぼくらをしっかりと結びつけている。あの時代を思い出す時、ぼくらは青年にもどる。

ぼくらはお互いをあだ名で呼び合った。名前は忘れてもあだ名は忘れない。

竹居　香・あだ名「カオ」または「ガバチョ」。甲田　恵一・あだ名「ガラ」。誰もがうらやむ学生カップルはやがて結婚し、「甲田夫妻」となった。

訃報を受け取った時、「行こうふたたび」の詩が頭の中をよぎった。

ああ、未来はあかるくかがやき、行こう美しい旅に……

とその詩は告げる。

なのに、カオの未来はこんなにも短かったのか、と思う。

残されたぼくらは悲しみを共にする事でさらに互いのきずなを深めあった。

ぼくらはもうカオに会えない。

あの、大きくて愛嬌のある目と、かわいらしい鼻と、そのくちもとから飛び出す不思議な「カオ語」……「へっだりがわ」(左側)「よかっちゃった」……奇妙な日本語を操るあのカオの姿に二度と会えない。

でもぼくらが、あの素晴らしく充実した獨協混声の日々を思い出す時、いつもその中にカオがいる。練習や演奏の場面を思い出す時、カオの弾くピアノの音が聴こえてくる。カオはいつもぼくらといっしょにいる。

先日我が家に小さなオルゴールが届いた。「虹のかなたに」は本当にカオにふさわしい曲と思う。カオの思い出に一生大切にしようと思う。

甲田恵一様

一九九九・四・二六　高野幹英（ヘッケル）

追記
あの素敵なカオが亡くなり、悲しくてガラにこの手紙を書いた。追悼の会で僕がそれを読むことになったが、みんなでいろいろ歌った後なので声がかすれてうまく語れなかった。

あの追悼会でちょっと印象に残った会話があった。誰だったか、先輩女子同士の会話の中でのこと。

「でもカオ、早く死んで良かったことが一つだけあるわね。若いままで天国にいるんだもの。私たちがすっかりおばあちゃんになって天国に行ったら、若いカオが迎えに来て言うのよ『あなたたち歳取っちゃったわねえ』って」

「そうね、ずるいわ」…。どんな悲しみの中でも、わが先輩女子たちはたくましく突き進む。

この追悼文のことをすっかり忘れていたが、古いパソコンを整理したら出てきた。

折角だから、ここに再録しとこう。（ヘッケル）

羽衣の天女の化身
飯富先生追悼
2009年4月18日　たかの

飯富さん
幸枝さん
ユッコ

先生はいろいろな呼び方で呼ばれていた。それぞれの呼び方は、先生と、その方々との間の関係を示すものだった。私のつれあいは先生との出会いを通して知り合った十文字学園謡曲仕舞部出身者で、やはり先生を「ユッコ」と呼んでいた。この世でただひとり、麻夜さんだけが先生を「お母さん」と呼ぶ事ができた。

私にとっては何よりも「先生」であった。私は最後に病室をおたずねしたその時まで「飯富先生」とお呼びした。先生もまた能楽師としての威厳と風格を持って私に対応して下さった。

先生との出会い

私はクラシック音楽が好きで、随分といろいろな曲もきき、また演奏や合唱にも参加してきたが、どちらかといえば古い曲にのめり込んでいった。バロックからルネサンス音楽へ、そして中世の音楽へと進み、その中世という時代に深く惹かれるようになった。中世に関連する書籍を読みあさり、中世の人々がいきづいていた時代に思いをはせた。その興味の対象はヨーロッパ中世から中近東へ、そして日本の中世へと拡がっていった。

日本の中世といえば、平安末期、武士勢力が台頭して以降のことである。それまでの貴族の権威が崩壊し、武家が実権をにぎった時代、まだ農民と武士との階級的境界線ははっきりとしていたわけではなかった、この時代、ひとにぎりの権力者だけでなく、庶民が歴史の表舞台に登場を始めてゆく。庶民の中から芸能など独自の文化が生まれ、それを演じる人々、観客として楽しむ人々の姿が文献などで伝えられ始めたのである。猿楽はちょうどこの頃に生まれた日本独特の芸能である。

「猿楽を知らなければ、日本の中世を理解することはできない」。そう思った。当時の猿楽を、田楽やその他の芸能も包含しながら最もよく現代に伝えているのは能・狂言である。そこで私は手近なところで主だった友人たちに、能・狂言に詳しい人を知らないかと尋ねまわった。するとある友人が、自分の知り合いにプロの能楽師がいるから紹介する、と言ってくれた。友人に聞いた住所をたずね、先生のお宅の門を叩いた。

お会いして驚いた。まだ芸大を出たばかりの女性の能楽師であった。若すぎる。まだ一度も弟子をとって教えたことはなく、したがって私は「一番弟子」ということになった。はたしてこの人で大丈夫なのか。まともに教えていただけるのだろうか。失礼ながら、正直、その時にはそう思った。

しかし私はすぐに、先生の並々ならぬ才能に驚かされることになった。

舞姿に魅了され

最初、私は中世猿楽の研究という目的以外に興味はなく、能を「芸ごと」として学ぶ気もなかったので、仕舞いを学ぶつもりは毛頭なかった。ただ謡だけを習うつもりでいた。ゴマ節のついた、あの独特の謡本を読み、六〇〇年の時空の彼方に開けられた窓の向こう側をのぞき見ることができれば、それでいいと思っていた。しかし先生のほうが、仕舞いもぜひやりましょうと大いに乗り気になっておられ、結局そのことばに従って仕舞いもやるということになった。

日本語の「まなぶ」と「まねる」とは同じ語源である。伝統芸能のお稽古はすべて「まねる」ことから始まる。謡のお稽古も、先生の謡のとおりに口伝えでまねる。仕舞いもそうである。先生の手の動き、足の運びをそのまま、まねる。宝生流では仕舞いは「熊野(ゆや)」から始まる。先生はまず自分で舞い、お手本を示してくださった。その時、先生のその舞姿の美しさに、私は途方もなく魅了された。

先生は誰もが認める美人であった。女性として美しい。だが、私を魅了したのは、そうしたものだけではなかった。先生の舞いそのものに惹かれたのだった。能楽がもつ、極限まで削ぎ落とされた簡潔な表現としての舞いの真髄を、先生はこの若さで体得されていた。素人の私が見ても、それは見事なものだった。その時の舞姿の美しさにすっかり魅了された私はどうしてもそれを絵に残したいと思った。そして先生にお願いしてモデルになってもらった。

絵を描くからといっても、先生に何時間もじっと立っていてもらうわけにはいかない。また舞いは、その連続する動作の流れの中の一瞬の間に美があるので、止まってしまったらその魅力は消え失せる。そこで友人の横谷君にお願いしカメラを構えていてもらいながら、先生に何度も同じ舞いを舞っていただいた。

その時、舞っていただいたのは「羽衣」だった。

なぜ、その時そんなに美しいと思ったのか。その謎を解く鍵は、あるフランス人の言葉にあった。

橋懸の向こうから

ポール・クローデル。

演劇に造詣が深く、多くの著作を残しているが絶版が多い。私も増田正造氏の引用によってこの人のことを知った。

この人にはお姉さんがいた。

カミーユ・クローデル。

彼女は彫刻家ロダンのモデルであり、弟子であり、また恋人でもあった。彼女は映画にもなったことで有名になった。

その弟はお姉さんほど知られてはいないが、能楽への貢献によって能楽界では知る人も多い。おそらく能をフランスに初めて本格的に紹介したのは彼であった。彼は外交官となり、そこで出世した。そしてフランス大使となって大正末期から昭和初期の日本へ赴任し、そこで「能」と出会った。彼は能を観て衝撃を受けたのだろう。能についての深い洞察に基づくことばを残している。

演劇は、何事かが起こる。能は、何物かがやってくる。

西洋を起源とする演劇では、舞台の上で何か「事件」がおこる。そしてそこから展開するドラマを追ってゆくのが演劇の基本のすがたである。しかし能はそうではない。ドラマの内容を観客はあらかじめ知っている。観客がじっと目を凝らして見つめるのは、はしがかりの向こうからやってくる「何物か」である。はしがかりの向こうは「別の世界」。その「別の世界」から人ならぬ「なにか」がやってくる。それは鬼であったり、幽霊であったり、神であったりする。人であったとしても、それは千年も昔に亡くなった人の化身である。中世の人々は、これらの「異界からの訪問者」の出現に心を躍らせながら猿楽を観ていたのである。

能役者はこれを演じるために「ひと」である自分を捨てる。面(おもて)をつけた瞬間から、能楽師は人ではない「なにものか」に変身する。それは面をつけていない時でも同じである。面をつけない素面(ひためん)の時まったく顔に表情を表さないのは、面をつけたのと同じ状態だからである。こうして能楽師は「人ならぬ何物か」となって舞台に立つ。

羽衣の天女の化身

能の舞いは、無駄な動きを一切捨て去って様式化された、舞いの「型」の連続によって構成される。そこに演劇によって解釈されるような「演技」の余地を必要としない。能楽師は「自分」を捨て去り、ただ一心にその曲中の主人公になりきって舞うのである。その心持ちは能舞台において本番を舞う時も、またお稽古舞台において稽古する時も同じである。

前田先生のご自宅の舞台をお借りして私に稽古をつけて下さっている時、先生がその「人ならぬ何物か」となって舞う姿を、わたしは何度も目撃した。羽衣の舞いを舞って見せてくださった時、そこに「飯富幸枝」という人物はいなかった。その時、先生はまぎれもなく「羽衣の天女の化身」だったのだ。

私はあの時、「ひとりの女性」を描いたのではなく、羽衣の精の化身となった能楽師の姿を描いたのだった。

三月六日、風の姿、花のささやきを私に教えてくれた先生は、今年の桜をみる事なく逝ってしまわれた。五一年の生涯は短すぎる。しかし、能楽師として立派な業績を残された先生は、きっと、この世界で為すべき使命を果たし、ふたたび羽衣をまとって天へと帰っていかれたのだ。

本の紹介
『妻が遺した一枚のレシピ』
山田和子さんとこんがりパンやのこと

２０１５年９月１５日　月刊『コモンズ』８７号より　高野幹英

昨年の本紙七一号に、子どもの貧困問題と、それに対して地域の助け合い運動を支えている手作りパン工房のことを紹介した。「あさやけベーカリー」はほとんど利益を求めず、地域のホームレス支援団体を支えるために運営しており、また同日、貧困家庭のこどもたちのために開かれる「要町あさやけ子ども食堂」のほうも、栄養や素材にこだわりながらわずか三〇〇円で提供している。

子ども食堂は現在ではＮＰＯ法人豊島子どもＷＡＫＵＷＡＫＵネットワークに参加しているが、店主の山田和夫さんはそうしたボランティア活動に始めから興味を持って参加していたわけではない。六年前に亡くなったお連れあいの和子さんに導かれたと言ってもいい。

こんがりパンや

和子さんが地域のお母さんたちと四人で「こんがりパンや」を始めたのは一九八九年。パン作りの楽しさにひかれてのことだった。パンを作りながら学んで得た知識は彼女を更に広い世界へと導いていった。

パンに向いていないという国産小麦にこだわり、目当ての小麦をめざして東北の製粉工場まで見学に行ったり、息子を連れてパンの味を求めてドイツにまで足を運んだ。またイーストではなく酵母にこだわった。何に対しても積極的で、生協が主催する環境問題や食物の添加物についての勉強会などにも参加し、分からないことがあれば物おじせ

あさやけベーカリー
あさやけ子ども食堂 店主
山田和夫
妻が遺した一枚のレシピ
がんで逝った妻との約束。
それは妻とつながる一本の絆だった。
東京・池袋の小さなパン屋の物語——。
単行本化
NHK「日本紀行」放送で話題!
定価:本体1300円+税
青志社

ずに手を挙げて質問する人だった。そんな彼女の積極的性格がやがて、池袋のホームレス支援団体「TENOHASI」との出会いに結びついた。和子さんは今までよりもパンを多めに作り、残ったパンを全て定期的にTENOHASIのスタッフに渡すようになった。

「こんがりパンや」のパンは近所で評判となり、その評判はクチコミで広く伝わり、お店は繁盛していった。そしてこれからという時に、彼女が末期のガンであることが分かったのだった。お店は閉店したが、「こんがりパンや」をネットで検索すると今でもたくさんヒットする。そこで和子さんの素敵な笑顔を見ることもできる。この店の評判のほどが知れる。

一枚のレシピから

寝たきりになった和子さんがある日、和夫さんに「お願い、パンを焼いてくれない?」と頼んだ。それまでパン作りに関わっていなかった和夫さんには焼く自信がなかった。両親を亡くし、子供たちも巣立って、妻も亡くなった一軒家で和夫さんはひとりぼっちとなった。

和子さんはパン作りのための一枚のレシピを和夫さんに遺していった。この一枚のレシピは、やがて妻を亡くして落ち込んでしまった和夫さんを奮い立たせたのだった。レシピをもとに試行錯誤を繰り返しながらパンを焼いてみる。

さらに、さまざまな人々との交流がはじまった。みんな和子さんの活動仲間や、パン工房を通じて知り合った人々だった。「TENOHASIのスタッフは「パン作りの手伝いを連れてきますからまたパンを作ってください」と言ってホームレスの当該者たちを連れてきた。

和子さんの知り合いで以前から子どもの貧困に取り組んでいた人が、この家をこどもたちのために利用できないかと言ってきた。和子さんの別の知り合いから「こども食堂」の話を聞き、それをやってみようと思い立った。

和子さんが亡くなった後も、彼女と結びつく大勢の人々のネットワークが、こんどは和夫さんを押し上げてきた。

この本を読みながら、ふと、夫婦の絆は「死が二人を分かつまで」ではないのだと思った。

和子さんの大きな愛情が、彼女の死後も和夫さんを立ち直らせ、地域の貧困者や子どもたちに注がれている。

そう思った時、急に胸がいっぱいになり、涙がこみ上げてきた。

追記

個人的なことなので、新聞『コモンズ』では全く触れなかったが、山田和夫さんは、独協大学混声合唱団の先輩である。渾名は「ケム」。彼がバスで、私はテノールだった。やがて素敵な人と結婚したと聞いて要町のお宅にお邪魔してお会いした。朗らかで、大きな口を三日月型に曲げて笑う顔がなんともチャーミングな美人だった。

このころ、ちっとも女性にモテなかった私は、なんとなくあちこちの人妻とお知り合いとなり、お会いする時に花束を捧げたりしていた。和子さんにもお花をプレゼントしたことがあった。(いえ、だからと言って、なにも起きてませんよ。)

「和夫と和子」のカップルから二人の子どもが生まれ、「元和」「和気」と名付けられた。ぜんぶ「和」が付く、おもしろい家族。愉快な和夫さんと朗らかな和子さんなら、始終笑いが絶えなかっただろう。あの、素敵な素敵な和子さんの思い出をいっぱい持っているケムは幸せだ。

ミルクの注文のしかた ことばが通じないって、なんて楽しいんだろう

2002年6月　たかのみきひで

海外旅行経験は短いものを含め、ベトナム、タイ、中国、パキスタン、ケニア。ベトナムへは二度行った。一度目は中越戦争の中、訪問団の一員として、二度目は、楽器類を贈呈しに（詳細は第一部「ダラットへの道」を参照）。

アジアとアフリカばっかり。

ヨーロッパはこれから行こう。ヨーロッパ文明を築いてきたその源流はローマだ。もちろん古代エジプトやメソポタミア文明、その後に起こったギリシャ・エーゲ海文明があろう。しかし、「カプト・ムンディ」ローマの政治制度、法制度、道路と駅制度、水道・公衆浴場などの衛生設備、軍事組織などを創設した、近代にも匹敵する高度な社会が、二千年も昔に存在したことは驚嘆に値する。

ローマは帝制末期（四世紀）に周囲の蛮族からの侵入を受けて滅んだが、内部的にその高度な文明を滅したのはキリスト教だ。東ローマは本来のローマとは言えない。

権力を握った後のローマカトリックは「カルト」だ。例えばローマ法は現代の法学の礎となっており、二千年も昔のキケロの弁明集が現代の法学者の手本となっているが、キリスト教はそれら一切を「神」の名のもとに否定し、刃向かう者を容赦無く「異端」として破門し、「魔女」と決めつけ火刑に処した。貴重な古代の遺跡や彫像の多くを「邪教のシンボル」として何千何万と破壊し尽くした。まるでアルカイダのようだ。ミロのヴィーナスには両腕がない。サモトラケのニケには首がない。歴代皇帝やカエサル、ス

キピオ、アレクサンダー大王像もほとんど破壊された。

ときどき妄想することがある。もしもローマがカルト宗教にも負けず、そのまま高度な文明を辿っていたら、と。そうしたら歴史は一千年くらい速く進んだのではないか。

紀元九〇三年には飛行機が飛んでいただろう。飛行機からジェット機、ロケットへと発明は進み、人類は紀元九六九年には月面に到達しただろう。そしてそれから一千年後の今、われわれは資本主義の欠点を克服した新しい文明社会の中で、より自由な生活を謳歌していただろう…と。

だから、ローマ文明によって築かれ、発展してきたイタリア、ヨーロッパの諸都市にはぜひ行ってみたい。

東は十字軍やマルコ・ポーロが途中に立ち寄り、メフメット二世が船を山へ登らせて征服したイスタンブールから、西は大西洋に向かって指をさし示すエンリケ航海王子像の指の先まで。観たいものは尽きない。

アメリカは…あまり興味がない。

ラテンアメリカの方なら少し興味がある。ウユニ塩湖。ティティカカ湖。コナン・ドイル「ロストワールド」の舞台となったギアナ高地とエンジェルフォール。空中都市マチュピチュとサクサイワマンの城。

そして何よりもゲバラの故郷の巨大な銅像。

二七歳で経験したベトナム旅行が、初めての海外旅行だった。そこで見聞きしたものは、いちいち感動するものばかりだった。まず何よりも、今まで日本にいて「あたりまえのこと」と思っていたことが通用しない。その不安が返って快感であった事だ。ホテルの壁を這い、鳴き声を発するヤモリたち、自分の知らない言語で話し、全く異なる歴史と生活習慣を持って暮らす人々。

しかし、日本でもよく観られる光景だって、いくらでもある。夕方の涼しい時間になるとやってきて湖のほとりのタイニェン通りを散策する若い恋人たち。子どもたちの遊ぶ姿、サッカーに興じる少年…。

ハノイではわれわれは「リエンソー」と呼ばれた。夜、サーカスを見物に行った時には人々がわれわれ旅行団を取り囲み、口々に「リエンソー」「リエンソー」とささやく。「リエンソー」とは「連ソ」つまりソ連のことだ。ベトナム戦争のあいだ中、外国から北ベトナムへ支援に来ていたのがソ連だったからだ。北ベトナムでは外国人はみな「ソ連人」なのだ。南ベトナムでは何と呼ばれるのだろう？

まだ中国との戦争の最中だったので、街角で戦争の状況を示す展示会があり、撃墜された中国のミグ19や、勇敢に闘うベトナム軍兵士らの写真がたくさんかべに貼り付けられ、多くの市民が見ていた。


「チュンクォック！」（中国！）

突然、鋭い声が背後から聞こえた。

叫んだ男はAK47を持ち、私の方を鋭い目つきで見ている。世界の武器市場に5億丁も出回っているという「カラシニコフ銃」。米軍のM16ライフルと並ぶ名銃だが、こんなに近くで見たのは初めてだ。

中国のスパイとでも間違われたのだろうか。

「トイ　ラ　グヴォイ　ニャット」（私は日本人です）

男は写真を指差しながら、激しい口調で「バッキン」（北京）の犯罪を語ってくれた。あ。私のことを疑ってたんじゃないかも？　でも意味はよくわからなかった。


ベトナム語はもっと覚えたかった。リズムとメロディがある、音楽のように美しい言語。歌うように話す民族。一度目の旅行で、たった一つだけベトナム語の歌を覚えた。「ニューコ　バホー」。私がベトナム語で歌える唯一の歌だ。

クチ県の革命根拠地を見学した時、かわいい男の子が「外国人」のわれわれを珍しそうに見ていた。そこで覚えたての簡単なベトナム語を試してみた。

「バオニウ　トゥオイ？」（何歳？）

「チン　トゥオイ」（九歳。）…

通じた！　それだけの事なのに、なんて嬉しいんだろう。


大学では第二外国語にフランス語を選んだ。しかし結局いくつかの簡単な単語と共に覚えたのは「ジュ　ヌ　パRル　パ　フラ（R）ンセ」（私はフランス語を話せません）だけだった。「R」は英語のような巻き舌の「R」ではなく、うがいをするような要領で喉の奥を鳴らす、フランス独特の「R」である。

これが役立った（と言えるのか？）ことがあった。

「エスク　ヴ　パRル　フランセ？」

フランス語を話せますか？　と、突然聞かれた。

「ジュ　ヌ　パRル　パ　フランセ。」

すると相手は言った。

「ヴ　パRル！」しゃべってるじゃんか！

いやいや、ホントにそれだけしか喋れないんです。

関西弁に置き換えたらこうなるかな？

「あんた関西弁しゃべれまっか？」

「わて、ようしゃべれまへんのや。」

「しゃべってまんがな！」

漫才のようなオチがついたひとコマでした。

ベトナムの食事はうまい。それはそうだろう、と思う。何しろ、中国に支配され、次にフランスに支配された歴史を持つのだから、世界三大料理のうち、中華料理とフランス料理の文化がベトナム料理に息づいている。屋台で売られているパンはフランスパンだし。ちなみに、三大料理のあと一つはトルコ宮廷料理。トルコ料理については屋台で売ってるドネルケバブしか食べたことがない。

ベトナム料理には、パクチーなどの香草が入り、それが独特の香りと味を醸し出す。また食材もバラエティに富んでいる。私たちが泊まったホータイ（西湖）のほとりのタンロイ（勝利）ホテルで出された料理に、小さなもも肉から揚げがあった。とても美味しい。ベトナムにはハトの料理があるそうだが、これはハトのもも肉かな？

ん？　でも、足先に水かきがあるような？……。

料理を運んで来た給仕さんに何の料理か聞いてみた。

「コン・エック」と彼女は答えた。　※エック＝カエル

もしも、旅行に行くために外国語を学ぶのであれば、手っ取り早いのはとにかく単語をたくさん覚える事だ。ヘンに文法を考えると萎縮して何もしゃべれなくなる。

でもことばなんかわからなくても大丈夫。何とかなる。

我々がベトナムに行った一九七九年、行きの便でＣＡ（当時はまだスチュワーデスと言った）が飲み物を聞いてきたので、ミルクを注文した。Ｌの発音も正しく言ったつもりだったが、ビールを出された。「ノー、ノー、ミルク」と再度言って、頭に両手の人差し指でツノを作り「ンムゥ～」と鳴いて見せたら、笑ってミルクを出してくれた。

「これだ！」ことばなどわからなくても、通じるんだ！

三年後、次の試練がやってきた。

一九八二年、アフリカのケニアへ旅行した。一週間のサファリ旅行のあと、ナイロビから鉄道で五〇〇キロ先のインド洋沿岸都市モンバサまで行った。ここからは更に海岸沿いにマリンディにも行ける。

ここから見えるのはインド洋。船乗りシンドバッドの世界だ。古くからアラビアの船乗りたちが漁業に、交易に、盛んに通行していた海。この海のはるか先にアラビア半島があり、そのさらに先にはインド亜大陸がある。

モンバサにはインド人とアラビア人が多くいて、お昼に

はイスラム教のモスクからアザーンの声が聞こえる。

私が訪れた八二年、この街には日本人がいなかった。日本人を含めて東アジア人の姿が珍しいらしい。街中のどこを歩いても、常に周囲からの視線を感じる。

彼らが知っている東洋人のイメージは、街角に貼ってあるテコンドー教室の案内ポスター、それから映画館に来ている香港のカンフー映画だ。だから東洋人はみんなカンフーやテコンドーができると思っている。

街のあんちゃんが近づいてきて「カンフーを教えてくれよ」と言う。子どもたちは人の顔を見るとカンフーのポーズをとって「アチャー！」と叫ぶし。こちらもカンフーのポーズで「アチャー！」と返すと大喜びで逃げてゆく。

ケニヤではどこでもうるさいくらいに「カンフーできるか？」と聞かれたが、その理由は出国の時に判明した。税関職員が、「あなたは今映画館でやっているカンフー映画の俳優に似ている」と言ったのだ。

ほおー！　誰に似ているのだろう？　ブルース・リーかな？　ジャッキー・チェンかな？　ジェット・リーかな？　まさかサム・ハン・キンポーじゃないだろう。

モンバサのあるレストランへ入った。すると、そこにいた客も店員も、ひとり残らず、私をじっと見つめる。料理人までが、厨房から料理を出す低い小窓から、身を乗り出すようにしてこちらを見ている。アフリカ人もアラブ人もインド人もみんな顔が黒いので、何十個もの目がじっとこちらを凝視しているのが強烈にわかる。

東洋人がよほど珍しいんだ。

ボーイさんが注文をとりにきたので「ミルク」と注文した。ところがボーイさんは首を傾げて解らない様子。

だって、厨房入り口の小さな黒板に書いてあるじゃないか！「ＭＩＬＫ」と！　なんでわからないんだあぁぁ！

頭をかきむしりたくなるのを我慢して、また三年前の「あれ」を試してみた。頭に指を立てて「ンムゥ〜」と牛の鳴き声をやって見せたのだ。

店内中が爆笑の渦となった。

おおー！　なんだか楽しい。

しばらくしてボーイさんが持ってきたのはビーフシチューだった。「ノー、ノー、ミルク」と、もう一度言って、今度は乳を搾るまねをしたあとコップで飲むまねをしたら、再び店内は大爆笑。

いやあ、言葉が通じないって、なんて楽しいんだろう
そして出てきたのは、豆乳のミルクだった。

不思議な幸子さん
鏡の国からやってきたアリス

2020年5月　たかのみきひで

幸子さんを見ていると、いつまでも飽きない。おかしな言葉は呟くし、勝手に「ことわざ」を作ってしまうし。

「ああ〜、話に背ビレがぁ〜！」尾ひれでしょう？

「猫がねえ、繕い物をしてたの」毛づくろいじゃないの？猫が靴下のホコロビでもつくろってたの？

浅草のほおづき市の帰りに、大好きな漫画「マーガレット」を買いに書店に入った。疲れていてひざが曲がらないのに、目的のマーガレットは書棚のいちばん下に平積みになっていた。手が届かない。

「う〜…ひざが曲がらなぁい。まーがれっとぉ！」

自分でダジャレを言ったのに気づいてないし。

ジャンケンをすると、君はいつもグーを出す。だから僕はいつも、連戦連勝。あまり勝ち過ぎると気づくかもしれないので、時々は負けてやると、勝った時は大

喜び。それでも本人は不思議そうに言う。

「私、なんでいつも負けちゃうのかしら？　みーくん、私が何を出すか、どうして判るの？」

そちらこそ、どうして気づかないかなぁ？

かわいそうなので「秘密」を打ち明けてしまったが、あと十年くらい黙っておけば良かったかな？

そんな君の面白さに、僕は今まで随分と君の漫画を書いてきた。毎年の年賀状、引越しのご案内…。家の表札には、行進する少年楽隊の絵をあしらった。暑中見舞いでは君はカカシになった。お正月のたびに君は、乙姫様になり、勧進帳の弁慶になり、ジャックと豆の木のハープの精になり、エジプトのネフェルティティになり・・・

本当は、君の魅力は、そんなドジ話にあるのではない。僕はいつも君の気高さ、分け隔ての無い優しさに驚かされる。こんなに汚れの無い人を僕は他に見たことがない。その心根の素直さ、ほとんど人を疑うことを知らない真っ直ぐな心。だから嫌な目に遭ったあとには、猛烈に怒り出す。

君の周囲には君の魅力を見抜いている素敵な人たちが集まる。しかし物事を表面的にしか観ない人には、君の本当の姿は見えてこない。その人に君がどう見えているかによって、そのまま、その人の心が見えてくる。

君は人のこころを映し出す鏡。

子どものこころを持ったおとな。

そのためなのか、君は、以前長く勤めていた英文雑誌社では、外国人スタッフから「アリス」と呼ばれた。

僕は限りなく君を尊敬し、君の前で、自分の心の汚れを恥じる。本当に僕で良かったのか？　と自分に問う。

「何言ってんの。今さら遅いわよ」

そう言われそうなので、聞かないでおこう。

僕らは能楽の趣味で知りあい、三年後に付き合い始めた。最初のころ、僕は君を「さち」と呼ぼうとした。しかし違和感があった。呼び捨てにするのがなんだか嫌だったのだ。

ある夜、君は夢を見ていた。そして寝言を言った。

「サチコさんはねえ…」

ああ、そうか。その呼び方、いいなあ。

それ以来、君を「幸子さん」と呼ぶことにしている。

呼び捨てにすることへの違和感の正体はやがてすぐに判明した。それは「対等ではない」からだ。

一般家庭で夫婦が互いを呼ぶときの呼び方は「おまえ」「あなた」。明かに男が上、女は下だ。これは長らく、家長として家を支配する男と、家庭内で家事と育児を担当する女の立場を表現するものとなり、習慣となっている。男は女を名前で呼び捨てにするのが当たり前になっている。

しかし、と思う。

今、新しい時代がはじまっている。長い間「男より下」の身に甘んじていた女の地位は変化しつつある。それどころか「男」「女」の明確な区別さえ、曖昧になりつつある。それなのになお、全国の家庭から「おまえ」「あなた」の呼び方が不断に差別を再生産し続けている。

小さなことだが、僕は君と対等平等になることから、ふたりの関係を始めたいと思った。

男女の不平等は、中国から儒教道徳が入ってきた時から始まった。それ以後、ほとんどの宗教が男性上位の世界を築き上げてきた。こうした、道徳や宗教に縛られない古代の日本では、もっと男女の関係はおおらかだった。

君のことを想うとき、古代の男女の恋を歌った、平井康三郎の歌「平城山」を想い起こす。僕は百歳まで生きるつもりだけれど、もしも君が僕よりも先に逝くようなことがあれば、僕はきっと、この歌で君を送ろうと思う。

平城山（ならやま）　詩・北見志保子

人恋ふは
悲しきものと
平城山(ならやま)に
もとほり来つつ
たえ難(がた)かりき
古(いにし)へも
夫(つま)に恋ひつつ
越へしとふ
平城山の路に
涙おとしぬ

少年に捧げるソネット

柘植洋三『我等ともに受けて立たん』に寄せて

2012年4月25日　たかの

二十数年ぶりの再会

柘植さんと再会したのは二〇〇三年五月、三里塚空港反対同盟の秋葉哲さんの葬儀の日であった。秋葉さんは三・二六開港阻止決戦の時には横堀の要塞に立てこもって闘った。あれから二五年。葬儀案内のメールをもらい、京成線日暮里駅の成田行きのホームに何人かの人と集まった。そこに柘植さんがやってきた。喪服姿の我々を見つけて三里塚の葬儀に行くのかと尋ねた。二十数年ぶりの再会であった。もっとも柘植さんから見れば、私は大勢いた元活動家たちの一人に過ぎなかっただろう。私にとっても柘植さんはとっくに引退してはいたが、第四インター組織の雲の上の人だった。八名ほど集まった仲間たちは葬儀に参列し、その帰り道に喫茶店でくつろぎながらお互いの近況などを語り合った。

その時初めて柘植さんが、合唱組曲『月光とピエロ』を話題に出したのである。

「俺は今、こんなものを歌っている」

そういって、所属する東久留米市の男声コーラスのチラシを見せた。

一緒にいた他の人々にとって合唱音楽は無縁であった。私だけがその話題に乗った。『月光とピエロ』は高校・大学時代に何度も歌った懐かしい曲だった。私は「月夜」「秋のピエロ」「ピエロとピエレットの唐草模様」などをつぎつぎとその場で歌ってみせた。その他、『山に祈る』『雨』『柳川風俗詩』など三〇年も昔に歌った曲を遠い記憶の中から呼び覚まして歌ってみせた。

合唱人には合唱人同士、響き合うものがある。この時、初めて本当の意味で私は柘植さんと「出会った」のである。これが機縁となって、男声合唱団「ダンディーズ」に加わった。私はそれから六年間、池袋から西武線に乗って練習に通い続け、至福の時をこの合唱団とともに過ごした。

ジュル・ラフォルグ

ダンディーズでの練習で『月光とピエロ』について語り合っている時、柘植さんに

「ラフォルグを知っているか?」ときかれた。

「え?」…一瞬耳を疑った。

胸の内を戦慄が走った! ジュル・ラフォルグは中学生の時に出会って以来、ずっと私のお気に入りの詩人だったからだ。メランコリアの淵にひたりきっていた高校時代、私はラフォルグのペシミスティックで諧謔的な詩に自分を重ね、よく暗誦していた。それから今まで「ラフォルグを知っている」という人にはひとりも会ったことがなかった。だから柘植さんからその名をきいた時、初めて「同志を得た!」という想いに駆られたのだった。

ラフォルグは『月光とピエロ』を理解する上で重要な詩人である。ラフォルグの詩には悲しいピエロばかり出てくる。人生に絶望するピエロ。「慢性孤独病」で死ぬピエロ…

ピエロは日本ではサーカスクラウンと混同されてきたが、本来のピエロは一六世紀、イタリアに起こった即興の滑稽劇「コンメディア・デッラルテ」の登場人物「ペドロリーノ」から来ている。それがフランスで「ピエール」に変化しイタリアに戻ってきて「ピエロ」になった。他にもアルレッキーノ、プルチネッラ、カサンドロス、コロンビィヌなど、多彩なキャラクターが登場するこの滑稽劇はヨーロッパ中に波及し、音楽、絵画、演劇、ファッションにまで影響を与えた。

ラフォルグはまた、たびたび月を詩に書いた。ヨーロッパでは、あの青白い美しい光は人を酔わせ、精神を惑わすと信じられてきた。そのため「ルナ」Ｌｕｎａ(月)から「ルナティック」Lunaticという言葉が派生してきた。この両者が結びつき「月とピエロ」というモチーフが生まれた。アルベール・ジローの詩「月に憑かれたピエロ」はシェーンベルクによって見事な曲となった。堀口大学もラフォル

グから影響を受け、『月光とピエロ』を書いた。

不安定で多感な高校時代、私は自分の気持ちを代弁しているかのようなラフォルグにのめり込んでいた。一方柘植さんは、合唱組曲『月光とピエロ』と出会い、堀口大学を通じてラフォルグを知った。それはかつて組織活動が壊滅的打撃を受けたショックで鬱病に陥った時の記憶を呼び起こすのだろうか。私はラフォルグを通して、あの時代の柘植さんの苦痛を思った。その時を境に柘植さんは政治活動をぷっつりとやめてしまっていたのだ。

二七年の時空を超えて

二〇〇五年六月一九日だった。あの日のことは今でも鮮明に覚えている。ダンディーズに入団してから二年が経過していた。その日は柘植さんから東部地域センターにいつもの合唱の練習開始時間よりも早めに呼び出された。そして管制塔元被告たちへの損害賠償請求が、彼らの雇用者に対して毎月給与の四分の一を強制的に徴収するというやり方で無慈悲に執行されている事を聞かされた。しかもそれは二ヶ月も前の四月から執行されているという。柘植さんもまだ知らされたばかりだった。

「病人と言う事で情報を伝えてくれなかったようだ」と悔しそうだった。

権力・空港公団は最短でも六年間から一二年ものあいだ獄中に囚われ続けた元被告たちに、今度は一億もの賠償金を課したのだった。返済するには一生かかる額だ。また、いまどき給与から四分の一も天引きされたら生活がなりたたない。新たに借金を重ねるしかない。つまりこれは「おまえたちの一生を台無しにしてやるぞ」という、権力からのメッセージなのだった。

なんということだ！　なんとむごい報復をするのか！　人の一生を平気で握りつぶすとは！　しかも二七年も経った今頃になって！　国家権力への激しい憎悪がこみ上げてきた。

それと同時に二七年前のあの感動が蘇ってきた。彼らは我々の期待を一身に背負って管制塔に駆け上がり、空港開港を阻止したのだ。あの時の快挙に惜しみない喝さいを送った自分が、彼らの苦境には知らん顔をしていいのか。今度は自分が管制塔元被告たちを守る番だ。彼らの苦しみを自分も引き受けよう。……だがどうしたらいいのか。

その時点で、この事実を知る者は当事者（元被告たちと元所属のセクト幹部）以外にはほとんどいなかった。しかし損賠攻撃の事実を外部に公表せずに当事者だけで引き受けるにはあまりにも負担が大きく、その破たんは見えていた。何らかの別の手段が絶対に必要だった。柘植さんが私にだけ伝えたのは私が政治上の後輩だという理由だけではなかった。

その時すでに、柘植さんには計画があったのだ。

反撃の狼煙（のろし）

その計画とは、私のネット人脈の利用である。私はインターネット上で「まっぺん」の名で四トロ（第四インター派の愛称）同窓会（二次会）を主宰していた。ネット上では様々な同好者たちのコミュニティが存在するが、私は「共産趣味者」のコミュニティでは多少知られていた。私のそこでの交友関係はいわゆる「同窓生」ばかりではなく、セクトの別を超えて広がっていた。

この人脈を出発点として、インターネットを通じて「友人の友人」「友人の友人の友人」へとカンパの呼びかけを広げていけないか、というのが柘植さんのもくろみだった。私は柘植さんの持つ人脈の中では、この任務に最もうってつけだったのだ。それ以来、私と柘植さんは毎回合唱練習で顔を合わすたびにカンパ運動の構想を話し合った。電話やメールでもひんぱんに連絡し合った。

ネットによるカンパ運動の計画は柘植さんから当事者たちにも提案された。しかし当時はすでに左翼運動が大幅に後退し、元被告たちもほとんどが運動から引退していた。だからいまさらそんなことでカンパが集まるだろうなどとは、誰も予想できず、柘植さんの提案は当初、被告団や関係党派など当事者たちからは冷ややかに見られていた。

七月七日、元被告たちへの損賠の事が新聞に報道された。私はすぐにカンパの呼びかけをネットに流した。これは反撃の合図ののろしとなった！　ネットでの呼びかけに対する反応はほんとうに驚くべきものだった。多くの人々が管制塔占拠闘争を熱く語り、また受け身の姿勢ではなく、自らが主体となり、積極的に呼びかけを始めたのだった。また次々と新しい人が運動に参入してきた。私の「四トロ同窓会」掲示板にも書き込みが殺到した。また他にも多くの掲示板やブログがこの話題で持ちきりとなり、「管制塔戦士を救え！」の檄が飛び交った！「蜂の巣をつついたような騒ぎ」というのはこういう有り様をさすのだろう。これがやがて感動的な大カンパ運動へと広がってゆく。

柘植さんの思惑は当たった！

柘植さんはもうひとつ、カンパ運動の計画を立てていた。それは、様々な市民運動家と連絡をとり、チラシ配布や様々な場所で肉声での呼びかけをすることであった。

柘植さんはかつて、連帯する会事務局長、廃港要求宣言の会の事務局員として運動を下支えしながら多くの文化人やジャーナリストたちとの交流を拡げていた。その人脈がこの時に役だったのだ。こちらもまた、破竹の勢いで影響を拡げていった。

なぜこれほどまで…

この運動に参加した人々は驚くべき献身性を示した。その献身性の一端を、送金者の通信から拾うと…

ある者は「給料の半額を送る。来月も送る。達成するまで送り続ける」と書いてきた。

またある者は老後のために蓄えてきた百万円を差し出した。また「主人は亡くなりました」といって、ご遺族の方が驚くほど多額の、お香典として受け取ったお金を送ってきた。

また失業中にもかかわらず一万円を送ってきた人もいる。この人にとっての一万円は何十万円にも匹敵するほど大切なものだったに違いない。

これほど多額なカンパが強制ではなく自発的におこなわ

れた例を聴いたためしがない。元被告たちと支援者が文字通り一心同体となって損賠攻撃を跳ね返したのだ。

それから後の感動的な毎日を語り尽くすことはとてもできない。「管制塔元被告連帯基金ウエブサイト」のカンパ額のバナーがほぼ毎日更新され、その金額が日ごとに増えていった。元被告たち、支援者たちはこれを毎日見ながら涙を流し、また勇気を奮い起こした。

なぜこれほどの大成功に至ったのか。それはあの管制塔突入占拠闘争の感動を多くの人が忘れていなかったからだった。そして、それを人々に思い起こさせたのは柘植さんだった。何が何でも元被告たちを救おうとする柘植さんの熱い魂から発する何本もの檄文がインターネットを通して全国に流れ、人々をして被告への連帯心を激しく揺り動かしたのだった。それは「人を組織する」ことの本当の意味を教えている。

やさしさを組織する

人を組織するとはどういうことだろう。新左翼セクトにとってのそれは、運動の中で「我が組織」へと人々を囲い込むことであった。しかし柘植さんはそうではなかった。

本書を通して、読者は柘植さんが砂川の百姓たちと深い

今、二千人が管制塔に
駆け上がった
WE WON
WE WON

信頼関係で結ばれていた事を知ることだろう。それは普段から本当に百姓たちの立場にたって行動していたからだ。柘植さんのこのような態度は、三里塚に移ったあとも続いた。

政府の威信をかけた新空港建設のため、百姓たちは容赦なく弾圧された。そのため、当初は一五〇〇人もいた反対同盟の中からも、泣く泣く土地を手放す者が増え、同盟員の数は少しずつ減っていった。土地を手放して去ってゆく百姓を「脱落者」「裏切り者」と罵るセクトもあったが、柘植さんはそういう百姓たちの生活の相談にまで乗ってあげていたのだ。運動にあくまでも残ろうとする決意は必要だが、やむなく去ってゆく人々の気持ちに気づいてあげるやさしさもまた大切なのだと柘植さんの行動は教えている。

相手のことを思いやる柘植さんのこの態度は、管制塔元被告救援運動の際にも遺憾なく発揮された。七月から始まり一一月一一日に一億三〇〇〇万円を叩きつけるまでの四ヶ月間に柘植さんが発したメッセージは二一本にものぼる。本書に収録されたその一本一本を読めば熱い魂が伝わってくる。それはまるで、当時ネット上で話題となっていた「電車男」のようであった。

この柘植さんの心意気はネットを通じて多くの人々に乗り移り、我々みんなが「電車男」となった。そして元被告たちの「共謀共同正犯」となっていった！　それを評して、元被告たちは「やさしさを組織する」と表現した。人々の立場に立ち、人々の苦しみを分かち合い、一緒に乗り越えてゆこうとする中に、本当の「組織者」の姿がある。柘植さんは八〇年代前半頃に心労で倒れて活動家を引退し、以来三〇年経つが、あの元被告救援運動に見せた獅子奮迅の働きは、まぎれもなく最も良質の左翼活動家にも匹敵するものであった。

管制塔元被告救援運動はこうして勝利を獲得した。そこには柘植さんの鬼神のような働きと、炎のようないくつもの檄文があった。

その後しばらくして、柘植さんのこの功績をねぎらうささやかな飲み会が池袋駅北口の「天狗」で催され、一〇人ほどが集まった。ここには前田行動隊長も、中川さんも出席した。我々はお金を出し合って非常に珍しいハーモニカをドイツから取り寄せ、柘植さんに記念品として贈呈した。柘植さんはハーモニカの名手である。

その時、いっしょに私の拙い詩を柘植さんに捧げた。

一部修正の上、再度ここに捧げたい。

少年に捧げるソネット

遠く幼いそのかみに　習い憶えたハーモニカ
少年は　そのやさしい響きをこよなく愛した
こころさざめく　銀の音色に魅せられて
少年はいつしか　この楽器の名手となった

そしてやがて成長し　人とひととのむすびつきや
自分と世界とのむすびつきを　知った少年は
その純真さとやさしいこころは　そのままで
世の不正にいきどおり　立ち向かうおとなとなった

不正なちからの虜となった　仲間たちを救う
少年はふたたび己を捨て　闘いの先頭にたつ
少年の熱意に呼応した人々の奏でる　感動の交響曲

全てを終えて指揮棒を置き　少年は去ってゆく
少年はひとり　銀のハープを静かに奏でる
少年のこころを　さわやかな風が吹き抜ける

※柘植洋三『我等ともに受けて立たん』
（つげ書房新社）への寄稿

Finale

おわりに

■父のこと、祖父のこと

「君たちのおじいちゃんのこと」については父が死ぬ少し前に話し出した実話である。戦時中の短い時期、琿春（こんしゅん）部隊本部で父が体験した、一種の戦争秘話であり、これはどうしても残しておこうと思った。ついでに少年時代からの物語も付け加えた。

しかし、戦後のこと、とりわけ巻町助役時代、町長時代のことはむしろ多くの人に知られており、書く必要もないので省いた。原発問題まで書いてゆくとキリがない。

少しだけ付け加えるとすれば、父は町長に当選した時、まず東京目白の田中角栄のところに当選の報告に行った。その頃には原発についてははっきりと推進を決めてはいなかったようだ。しかしやがて推進派となり、それに合わせて町政を運営していった。

父の死後、原発問題の風向きが変わり、住民投票が行われることになった。母の知人の多くは推進派だったが、母はあとでこっそりと息子に漏らした。「原発事故になったら怖いから、私は反対投票したのよ。誰にも言わないでね。」その母も亡くなったので、この秘密はもう解禁しても良いだろう。

二人の祖父のことについてはまだまだ知らないことが山ほどある。

高野の祖父の石原莞爾とのつながりについては全く偶然に創価大学の内村教授の研究をインターネットで知った。

一方、金島の祖父は、エリート社員としてそこそこの資産家となり、三条市のロータリークラブ会員であったことまでは知っているが、関西学院大学に入る前の少年時代については現在も全くわからないままだ。

これからも高野の祖母、金島の祖母のことも含め継続して調べてゆこうと思う。

■三里塚との不思議な巡りあわせ

人生には不思議な巡り合わせというものがあるものだ。

この書の最後に掲載した「少年に捧げるソネット」は、三里塚空港管制塔占拠闘争の仲間を救った第一の功労者、柘植さんへの献呈の辞であると説明したが、そこに至る経過の中に不思議な巡り合わせを感じている。

またそれには「後日談」がある。

本文にもあるように、柘植さんとは三里塚空港反対同盟の秋葉哲さんの葬儀の時に二十数年ぶりにお会いした。そして、それがきっかけとなって、私は柘植さんの所属する東久留米の男声合唱団に参加することになった。そしてそれから二年後、管制塔元被告たちへの一億円もの損害賠償請求が起こされたのだった。

その時に私が柘植さんと同じ合唱団にいたことは、この損害賠償請求を跳ね返す運動を立ち上げるのに実に都合の良い条件をつくった。

この一連の流れに不思議な因縁を感じる。あの時、秋葉さんの葬儀の時に柘植さんと出会わなかったら、それまでで終わっていた。また、もしもその時に柘植さんが合唱団で歌っていなかったら、そして私も合唱経験を持っていなかったら、やはりあの時の出会いはそこで終わっていた。そうであったら、二年後の連帯基金運動があれほどうまく運んでいただろうか。

そう思うと、秋葉さんは、死してなお、我々の「合唱」という共通性を結びつけ、たたかいに導いてくれたのだ、と、その不思議な出会いを思わざるを得ない。

■たたかいは飛び火する

三里塚元被告救援運動はその二年後にさらに新しい運動へと飛び火した。以下がその「後日談」である。

我々は、あの時、インターネットの持つコミュケーションの力を、運動の中で思い知った。

ところがその二年後の二〇〇七年、その力を発揮するチャンスが再び訪れた。「東京都知事選挙」である。都知事選では、その四年前の二〇〇三年、石原慎太郎が三〇八万票もとって他を寄せ付けず圧勝していた。

今度は石原勝利を許さない、として「東京をプロデュース」なる勝手連が立ち上がり、宮城県知事を三期経験した浅野史郎氏を担ぎ出し、急速な求心力を持って運動を組織していた。この運動は浅野さんの立候補を受けて始まったのではない。勝手連がそれこそ「勝手に」始まって、「まず浅野さんに立候補する気にさせよう！」として「ハートに火をつける」運動を起こしたところから始まった。

柘植さんから、ぜひこれに乗って、インターネット選挙をやり切ろうという提案があり、私もそのためのWEBサイトを立ち上げて大いに宣伝した。

毎日が生き生きとした、久しぶりに面白い都知事選挙であったが、結果は残念ながら負けてしまった。

しかし、ではどのように負けたのか。敗北をどう総括するべきなのか。それが重要だ。

主要な候補者の二〇〇七年の得票数を比較してみると次のようになる。

●二〇〇七年（投票総数五五六万票）
石原慎太郎（無所属保守）二八一万票
浅野史郎（無所属革新）一六九万票
吉田万三（共産系革新）六三万票

選挙後、多くの浅野勝手連からの悲痛な敗北総括が出されていた。二八一万票対一六九万票では百万票以上も開きがある、惨敗だ、という絶望の声が多く聞かれた。しかし、その総括に私は疑問を持った。実はこの結果には大きな希望があるのだ。それは四年前と比較してみればわかる。

●二〇〇三年（投票総数四四四万票）
石原慎太郎（無所属保守）三〇八万票
樋口恵子（無所属革新）八一万票
若林義春（日本共産党）三六万票

四年前、革新二派の合計は一一七万票。石原の三〇八万票には到底追いつけない高い壁だった。ところが四年後の選挙では革新二派の合計は四年前の約二倍に拡大していた。それなのに、石原は逆に票を減らしていたのだ。しかも前回よりも投票総数が百万票以上も増えてるのに、そこから一票も取れず、逆に二七万票も減らしてしまったのだ。

かくして、革新二派の合計を石原票と比較すれば、二三二万票対二八一万票。前回よりもかなり近づいていることが分かる。「この勢いで行けば、次回こそは勝てる」という希望が見えてきたのだ。私はこの事実を「希望が見えてきた！」と題してメーリングリストに流した。

はたしてこのメールは、それまで絶望していた人々の心を大きく変えることになった。

「希望が見えてきた！」

私たちはどんな結果の前にも希望を捨ててはいけない。それを私は、この一連の闘争の中で学んだ。開港阻止・管制塔突入作戦の成功、元被告救援一億円カンパ運動の勝利、そして都知事選での大躍進。これからどんな試練が来ても、何度でも立ち上がろう。何度でも突き進もう。

ふたたび夢に向かって！

■著者　高野幹英（たかの　みきひで）

（ペンネーム：まっぺん　武峪真樹　守門岳人　景　清　自然居士）
(mappen) (butanishinju) (sumontaketo) (kagekiyoshi) (jinenkoji)

1970 年 3 月　新潟県立三条高等学校　卒業
1970 年 4 月　獨協大学法学部法律学科　入学
1973 年 9 月　株式会社けやき印刷　入社
1973 年 9 月　獨協大学　除籍
1979 年 4 月　ベトナム訪問団に参加（～5 月）
1982 年 8 月　ケニア旅行
1984 年 5 月　株式会社けやき印刷　退社
1990 年 8 月　有限会社とき　創設　代表取締役就任
2002 年 6 月　二度目のベトナム訪問（楽器の寄贈）
2003 年 6 月　男声合唱団ダンディーズに入団
2005 年 6 月　管制塔元被告連帯基金運動に参加
2008 年 6 月　月刊紙「コモンズ」創刊　以後編集部に入社
2020 年 2 月　「コモンズ」編集部を退社

ふたたび夢に向かって　高野幹英

2020年8月20日第1刷発行　定価2000円＋税

著　者　高野幹英
装　丁　高野幹英
制　作　赤色土竜社
印　刷　（株）スバルグラフィック
発　行　柘植書房新社
〒113-0001 東京都文京区白山 1-2-10 秋田ハウス 102
電話：03（3818）9270　FAX：03（3818）9274
http://www.tsugeshobo.com
郵便振替 00160-4-113372

乱丁・落丁はお取り替えいたします。　ISBN978-4-8068-0743-8

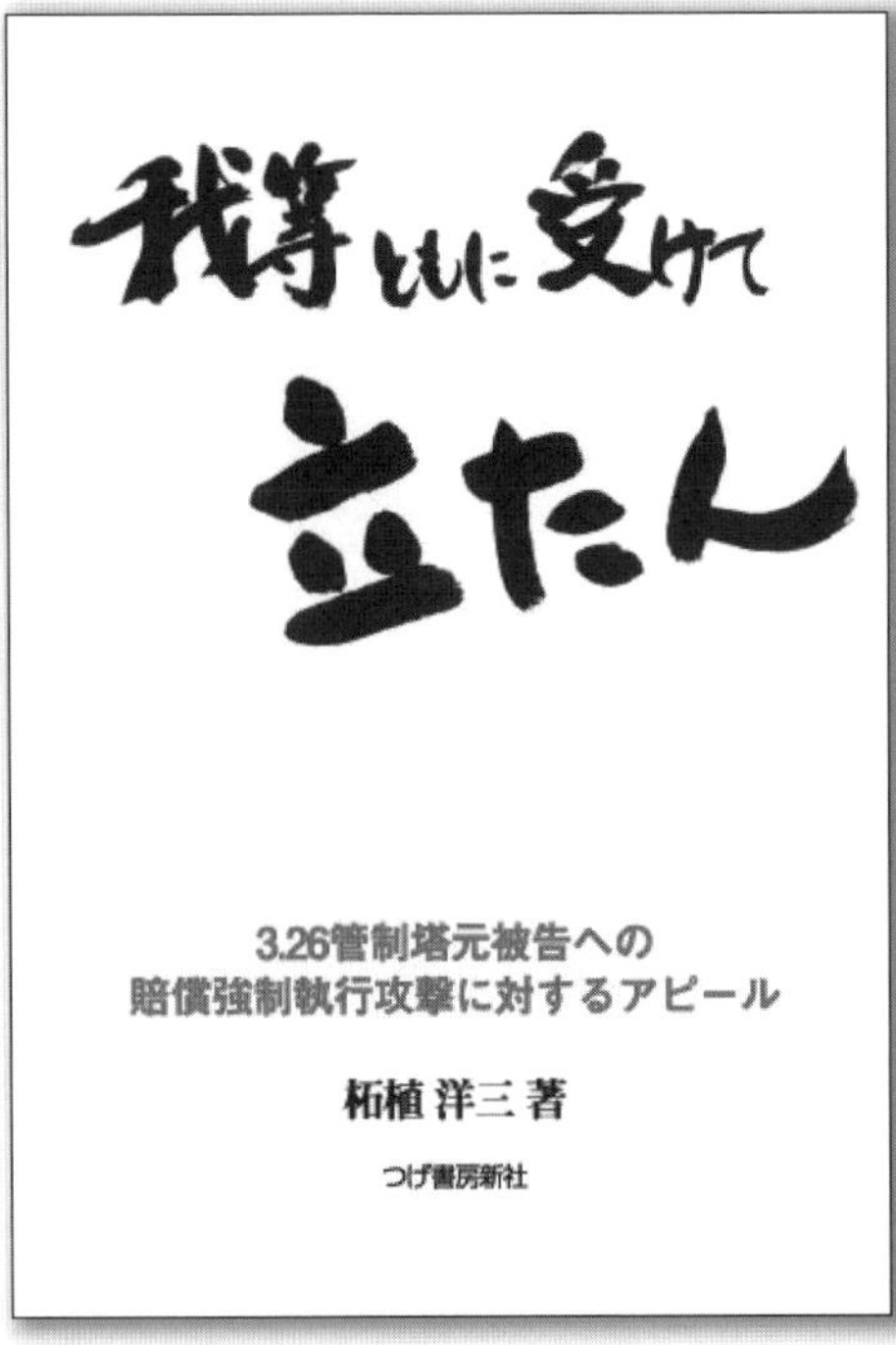

柘植洋三著
「我等ともに受けて立たん」
四六判並製／ 192 頁／定価 1800 円＋税
ISBN978-4-8068-0630-1 C0036

1982年に病を得てすべての運動から離れて10年の闘病生活を送り、趣味の生活を過ごしていた。2005年、成田空港管制塔占拠元被告たちに対し、突然1億300万円の損害賠償請求攻撃が始まった。著者は、インターネットで情報を間断なく流して、運動の状況を知らせ、元被告に対する賠償攻撃を跳ね返すカンパ基金運動を募ることに意を決した。本書の第1部は、基金運動を呼びかけた7月から、1億300万円を叩きつけた11月まで、著者が発信し続けたアピールである。第2部は、砂川闘争と三里塚闘争での人との出会いを記す。

柘植洋三著
「あだーじょの文化」
四六判並製／ 176 頁／定価 1800 円＋税
ISBN978-4-8068-0629-5 C0095

1982 年に病を得て、すべての運動から離れて 10 年にわたる闘病生活を送る。1990 年代からは合唱団、ハーモニカ、ボランテイアなど、趣味の世界へのめり込む。そしてその間、幼少期・少年期・青春期の故郷のこと、日々の生活の中で起きる出来事、音楽や文化についてさまざまな文章を書きためてきた。

第１部　佐久の草笛
第２部　アダージョの文化
第３部　『月光とピエロ』